吴淡如新说红楼梦

吴淡如 著

中国出版集团
现代出版社

版权登记号：01-2016-1776

图书在版编目(CIP)数据

吴淡如新说红楼梦 / 吴淡如著. —北京：现代出版社，2016.9
ISBN 978-7-5143-4716-6

Ⅰ. ①吴… Ⅱ. ①吴… Ⅲ. ①《红楼梦》研究 Ⅳ. ①I207.411

中国版本图书馆CIP数据核字(2016)第205038号

原书名《吴淡如新说红楼梦》，经作者授权在中国大陆地区独家出版发行

吴淡如新说红楼梦

作　　者	吴淡如
责任编辑	申　晶
出版发行	现代出版社
地　　址	北京市安定门外安华里504号
邮政编码	100011
电　　话	010-64267325　010-64245264（兼传真）
网　　址	www.1980xd.com
电子邮箱	xiandai@cnpitc.com.cn
印　　刷	三河市金泰源印务有限公司
开　　本	710mm×1000mm　1/16
印　　张	15
版　　次	2016年9月第1版　2016年9月第1次印刷
书　　号	ISBN 978-7-5143-4716-6
定　　价	36.00元

《红楼梦》人物——

“宝黛之争”谁赢了？

《红楼梦》是历代小说中唯一留心描绘女性内心世界的小说，也是最能细致刻画女性性格多面向的一本书。

曹雪芹为什么写《红楼梦》？他自己开门见山地说，是因为他混到这个年纪，风尘碌碌，一事无成，在感慨之余，忽然想到过去认识的那些女子，仔细想来，那些女子的才华见识和行事风格，样样比他强。

凭着这么一个念旧的动机，十年辛苦不寻常，所以，他完成了八十多万字的《红楼梦》。

随着他巨细靡遗的描述，随着他的文采铺陈，那些女子，一个一个神灵活现地在白纸黑字上活过来，牵动着两百多年来读者的细腻心思。

红楼女子最可爱的地方，在于她们都像真人。像真人，不是“完人”，无意为读者树立一个完美的标杆和模范，所以各有各的优点，也都各有缺点。

她们的优点没好到值得歌功颂德的地步，缺点也没糟到十恶不赦的地步。她们不像贞贞烈烈的王宝钏，也不像童话里一路使奸计的巫婆，她们的人性在字里行间处处浮现——我们几乎感受得到她们的喜怒哀乐，甚至也可以在生活周遭中找到一个似曾相识的投影，尽管我们和她们的时代不同，环境也不一样，人物的典型与特性，竟可以跨越时空，由虚入实。

谈起《红楼梦》中的女子，十二金钗中最重要的女主角，就是林黛玉和薛宝钗。自古《红楼梦》迷们，总分成“拥林”和“拥薛”两派。曾有这样的记载:清朝两个文人朋友，谈起《红楼梦》来，一个拥林，说薛宝钗奸诈；一个拥薛，说林黛玉尖酸。两人一言不合，竟然打了起来，还要旁观者劝架才分得开，后来两人只好赌咒，碰面时绝口不提《红楼梦》。

听起来是个笑话，不过是小说人物嘛，青菜萝卜各有所好，何必认真到这个地步呢？但两个小说人物，能令爱书人爱到如此痴狂，也算是桩佳话了。这种魅力，可是其他的小说人物很难匹敌的，不是吗？就算是看《三国演义》好了，没有人会为拥戴曹操或刘备打架，也没有人会为支持周瑜或诸葛亮闹得不开心。

被文人“旗鼓相当”拥护的真人是有的，最著名的莫如李白和杜甫。尽管李杜生前算是精神上的知己，为了拥李或拥杜，历代总有些文人吵吵闹闹。喜欢这个，就贬低那个，非要定出个胜负不可。

就像唐诗不能没有李白或杜甫，《红楼梦》里也不能没有黛玉或宝钗，少了谁，故事都不会精彩。

她们也许是曾经在作者早年记忆中出现的两个个性迥异的女子，在小说中，也是一个很好的对照组，“木石前盟”会领先，还是“金玉良缘”够实力？这个伏笔一直是《红楼梦》的主线故事，引领许多读者穿越大观园里的细流水账寻觅下去。

从E Q来看林黛玉，人人都会觉得她的缺点比优点多。

她的器量确实小。器量怎么小呢？写她器量狭窄的例子都很生动，比如：薛宝钗的母亲，托个管家送宫花给住在贾府的姐妹们。送花人顺路送了过去，最后才送到黛玉的住处，因为她住得最远。别的姑娘拿了宫花，好歹会跟送花的管家说声谢，她偏偏要拐弯抹角地问：只送我一个？还是大家都有？那管家摸不着意思，诚实回答：大家都有，这两支是姑娘的。黛玉听了，竟然冷笑道：我就知道，如果不是别人挑剩下的，也不会拿到我这里来。

连收到礼物都不开心，这样的女子，确实难讨好。

还有，她太自命清高。大观园里养了个戏班子，戏班子里头有个小姑娘，大家都觉得她长得像黛玉，但人人也都知道黛玉小心眼，正心照不宣时，神经最粗的湘云却把实话说出来，惹得黛玉大大地生了气。只因戏子身份卑下，就不能长得像她？换作宝钗，必是一笑置之，她却斤斤计较。

她还有些刻薄。刘姥姥为了弄点银子度过荒年，阴错阳差进了大观园，逗得贾母无比开心，不喜粗人的黛玉却在私下称呼这位老太太“母蝗虫”！

黛玉葬花的桥段，向来是《红楼梦》中的经典片段，那一幅少女荷锄葬花的画面，确实凄绝美绝。然而，这样的景象背后，藏着的不只是多愁善感的灵魂，还有一颗拒绝接受现实的心：连落花陷污泥她都无法忍受，怎么可能接受世间种种丑恶？

平日都已经这么小心眼，一碰到感情，更容不下一粒沙子。别说沙子，可能连一点灰尘也容不下吧，偏偏大观园里出现了薛宝钗这个大情敌。宝钗身上还戴着个金锁的佩饰，和贾宝玉凑合成“金玉良缘”。这件事，怎不教她如鲠在喉，动不动就和宝玉怄气！这样会生闷气的女子，在长辈眼里，怎么当得了好媳妇呢？

所以她不像薛宝钗一样得到长辈的属意，她的爱情注定是悲剧。

从心理分析来看林黛玉，自命清高的背后，是自卑在作祟。她自幼丧母，少女时期又丧父，只好投靠外祖母和舅舅，寄人篱下，个性好强的她为了一点尊严，把自己弄成一只纸老虎，空架子里头藏着一颗比豆腐还柔软的心。

然而，林黛玉的文学形象却仍讨人欢喜——我们看得出她的真诚，她有心眼，却没心机；她很聪明，却一点也不精明。我们不知不觉像贾宝玉一样爱上她了。不然，我们不会在这个小心眼又有点刻薄的女人吐血焚稿、而“一群奸人”又拿宝钗冒充黛玉嫁给宝玉时，忍不住掩卷叹息，激动地掉下眼泪，心里为她打抱不平，说：“怎么可以这样？怎么可以这样？”

其实她的缺点与优点是不可分的一体两面。

正因她自视甚高，所以她不会劝宝玉好好读八股文考取功名，绝不是个俗不可耐的女人（你有没有发现，在历代小说中，她也几乎是唯一一个敢瞧不起功名利禄、不肯尽心尽力鼓励男人考状元的奇女子？）正因为她是个美貌又孤傲的少女，所以由她葬起花来不显得虚伪矫情；正因她薄命，所以她不必面临贾府被抄家时树倒猢狲散的不堪。

没有出路的时代，这样的女子唯有香消玉殒才能逃离。在一个封建时代，一个女人再有才华，也不过是要嫁个好丈夫，生几个好儿子。林黛玉再文质彬彬，也得走这条路；但以她的个性、以她虚弱的身子，为她安排个完美而庸俗的下场也很牵强。如果你是贾母，恐怕也只要这样的外孙女，不要这样的孙媳妇吧？我们虽然同情她的焚诗毁帕，抑郁而亡，心里却又明白：人间总有许多不得已，这样也好。

这样也好。你记得金庸小说里的黄蓉吗？有两本金庸武侠小说都写到黄蓉。《射雕英雄传》里的黄蓉，是个心眼好多、鬼灵精怪的少女，让大家好生欢喜，就算她有时手段太狠了些，我们也舍不得怪她；《神雕侠侣》里头的黄蓉已是个中年妇人，心眼依然很多，处处防着杨过，只教人觉得这女人能干有余、度量不足，好生难搞。

两本小说中，黄蓉的性格其实没变，只是年纪变大了。这是人间很不公平的一个通则：美貌少女刁钻很可爱，中年妇女刁钻起来，你却会觉得她嘴脸可憎。人不能越活越老，还“吾道一以贯之”。

林黛玉若嫁给贾宝玉，两人可能要吵一辈子。林黛玉也可能会变成一个宝玉口中最俗气的人，不得不为下一顿饭在哪里愁眉苦脸，动不动因为老公流连在脂粉堆里大发脾气，不可能自命清高活下去。

让林黛玉在该出局时出局，是天妒良缘，却也是个巧妙的安排。

《红楼梦》如果写成大团圆剧，那必然是本俗不可耐的小说了。

如果说，林黛玉像文人，薛宝钗就像商人。

黛玉是文人之女，宝钗是富商之女，她们的出身点出了她们的性格。

林黛玉说话酸不溜丢、爱使性子；薛宝钗却懂得事不关己不开口、搞好人际关系。她也有才华，不输林黛玉，只是意趣不同；黛玉写的诗意境总是悲苦，宝钗的诗却总是很吉祥如意的，连歌咏柳絮——一向被视为无根而漂泊的可怜柳絮，都可以被她翻案，写成“万缕千丝终不改，任他随聚随分，韶华休笑本无根，好风凭借力，送我上青云！”

好“正面思考”的一个人。

黛玉是个写意的人，宝钗是个写实的人，葬花对后者而言必然是个荒谬的笑话。如果没有宝钗这个凡事踏实的对照组，林黛玉的形象必然失色许多。

然而，乖巧懂事，未必出自纯洁天真。林黛玉小心眼，却没心机；薛宝钗器量大，心机却深。在大观园里的薛宝钗，也不过十来岁，就非常懂得做人。会做人到什么地步呢？她分送礼物时，连贾府里行事最卑鄙的赵姨娘（贾宝玉父亲贾政的侍妾，也是贾环和探春的母亲）都有一份。就连赵姨娘都会受宠若惊地想：怪不得人家都说宝丫头好，如果是林丫头，连正眼都不会看我们母子一眼，别说送东西了！

黛玉说话处处调侃人，宝钗说话却处处为人着想；话虽不多，迎合长辈却很周到。宝玉跑到母亲王夫人房里和金钏儿调笑了几句，惹得王夫人生气撵走金钏儿，金钏儿竟然投井自杀以证明自己无辜。王夫人正为处理金钏儿的丧事惴惴不安时，宝钗还可以含笑对着王夫人说：我们都知道您一向是个大善人，所以您才以为她的死跟您有关。我想她不是赌气投井，是在井边玩，不小心掉下去的；就算她是生气去投井的，也是个糊涂人，死不足惜！

话说得好听，也说得有理。说完还把自己的新衣服拿去给金钏儿做丧服，帮王夫人一个忙，表现出毫不忌讳的气度。这一点，使她深得未来婆婆的欢心。

可是，这样的安慰话可不是一般少女说得出来的。她识大体，却近乎无情。黛玉连花谢了都会哭，宝钗连人死了都能淡然处之。如果你有宝钗这样的朋友，你总会怀疑，她对你和气，是否出自于真感情，还是只为了证明她会做人而已？

一个重情，一个重理。宝黛之争，也是情理之争。

不过，《红楼梦》里，宝黛之争都不是明争，读者看不到惊心动魄的爱情争夺战实况转播。因为宝钗从来不跟黛玉明争，向来都知退让，甚至很懂得收服黛玉的心，最后连黛玉都忏悔自己太多心，认她为知己。

宝黛之争也是"喜欢"与"爱"之争。宝玉爱黛玉，却也喜欢宝钗喜欢得不得了，虽然对林妹妹的挚情铭刻在他心里，但他也应该会很犹豫：如果是宝钗远嫁，他又何尝舍得这个贴心的宝姐姐！

一整部的《红楼梦》，宝钗应对进退无一不得体，但无人能看出她的喜怒哀乐爱恶欲。甚至在黛玉病入膏肓时，她竟可以镇定地顶替黛玉嫁给宝玉。虽然说长辈之命难违，但她表现得依然稳重，仿佛一切与她无关，也就有点让读者心寒了。宝玉曾说，女人婚前都很可爱，像珍珠；婚后却常沾染了男人的气味，变得混浊起来，成了鱼眼睛，比男人更不可爱。婚后的宝钗就应验了这句话，变成一个只会苦劝丈夫考功名、丈夫只要有一点伤春悲秋她都要大泼冷水的妇人。

宝黛之争，宝钗坐上宝座，然而现实中的金玉良缘却无法击退精神上的木石前盟。

虽然当上贾家的好媳妇，对宝钗却只是悲剧的开始，因为降罪抄家、繁华不再，一场崇尚性灵的红楼梦，在这个时候，已是曲终人散的时刻。宝钗虽然得到"宝二奶奶"的头衔，却没法戴上光芒万丈的胜利冠冕，因为贾家和薛家，都变成王谢堂前燕，不可能再恢复往日荣光。末了，宝玉为了交代，留下一个后代，考上一个功名，然后便出家了。

宝黛之争，宝钗的胜利并不风光。赢的是翻脸无情的命运。

一个死，一个逃，一个守活寡，若要以结果论英雄，《红楼梦》里，无人胜出，男人女人，都是一枚枚不由自主的小棋子，那是一个人的自由意志逃不出命运的时代，你我得接受此等的无奈。然而宝玉、黛玉、宝钗却如此鲜活地活在我们心里，让我们仿佛备受荣宠的贾宝玉，为了黛玉和宝钗谁可爱而犹豫，这就是作者的胜利。赢的是曹雪芹。

第一回

女人是水做的。

这是宝玉从前最爱说的一句话。

那男人呢?

记得秦钟曾经这样问他。

男人是泥做的，所以混浊不堪。

我和你呢？秦钟不肯放弃，不断拿这问题烦他。我们是混浊不堪的泥了？

宝玉偏着头想了很久。事实上，说这句话的时候，他根本没把自己算进去。那一年他十三岁，眼中看不到自己，他也还不认识秦钟。他不曾把自己算作男人，或是女人。他对这红尘世界未曾看透，就忙着为他的芸芸众生下结论。待年纪渐长，他才发现，水与泥是混合成一气的。

女人只是比男人多了一点儿水气。

打从他呱呱落地，被接生婆一把放进温暖的清水中，洗去一身红腥时，他就已经喜欢上水了。那么温柔地把他包裹着，那么深沉地拥他入怀中，淙淙水声是天际传来的霓裳舞衣曲，远胜于所有的丝竹管弦之音。

现在，他站在山崖高耸处看金陵。金陵城和他十三岁那年一样，红尘滚滚，繁华依旧。但是，在一刹那的恍惚之间，金陵的雕梁画栋全都消失了。无声无息地消失了。所有肉眼原能瞥见的一切，化成一条泥河，漫漫地往前奔流，一直流向天边，急急湍湍、混混浊浊、无声地流。

他凝视那一条无有止境的河，看见许多似曾相识的脸。

秦可卿丰美如白牡丹的脸，瞬间转为病逝前形容枯槁的容颜，像一朵隔夜玉兰颓败的花瓣，随浊水流去。

秦钟清秀如白荷的面容，也在流水中载浮载沉，轻轻巧巧地冲走了。

他也看到黛玉。黛玉最是水做的，所以终其一生，她不断为他流泪，为自己流泪。她用眼泪还尽她前世的债。她的泪水滴进他心里，打出一个又一个的窟窿，前生之债，她欲还而他难收，一点一滴都是痛。

还有宝钗如春日芙蓉的脸庞一闪而逝，他看不清她是笑还是哭。她的泪水也和笑容一样冷吗？他从来没看过她真正的喜怒。

咝咝，泥河中轻微地响了一声。他脸上的肌肉紧了一下。金钏儿，是金钏儿，她投井了。自从金钏儿投井后，几乎每个夜里，他都恍惚听到这种异样的水声，金钏儿像水中幽灵，以看不见的嘴形对他说话……金钏儿在水中泡得浮肿的身子从他眼前流过去，像一尾死鱼，毫无怨言地顺水而走。他也看到父亲贾政严厉的脸，还有他费尽力气挥下来的鞭子。他闭起眼来，但已感觉不到从前的椎心之痛了。

真正的痛不在肌肤之上。刻骨铭心的痛也会随时光磨灭殆尽，生命中只留下一种厌烦，比井中死水还滞闷的厌烦，比平静还平静的平静，在死水表面下隐藏着平静的疯狂。他看见凤姐的脸像一个惨白的面具，一成不变地对他笑着，她细瘦的身子则是无生命的布偶，随着一股腥色的水流漂浮，悠悠流向远方。

而他也看见自己了。穿着同样的大红色披风，在泥水中挣扎了几下之后，消失了踪迹，只剩荡漾的涟漪随着水势远去。风把他的披风吹得飒飒作响，他的耳中响起了既熟悉又陌生的音调：

> 世人都晓神仙好，惟有功名忘不了！古今将相在何方？荒冢一堆草没了。
> 世人都晓神仙好，只有金银忘不了！终朝只恨聚无多，及到多时眼闭了。
> 世人都晓神仙好，只有姣妻忘不了！君生日日说恩情，君死又随人去了。
> 世人都晓神仙好，只有儿孙忘不了！痴心父母古来多，孝顺子孙谁见了？

“宝玉，宝玉……”远处有人唤他，一跛一跛地向他走来，笑道：“世上万般事都一样，‘好’就是‘了’，‘了’就是‘好’，若不了就不好，若要好就须了！”

宝玉没有回答。他已经不叫宝玉了，那个叫宝玉的人忽而在浊流之中，随着水波从他眼里流走，一去再也不会回头。他对道人笑笑：“走了罢。一切都好。一切都了！”

第二回

当一只水鸟从身边击翅而过，唰啦刺向远方，只剩一个小黑点的时候，黛玉看着滔滔江水发呆。

黛玉并不知道，她人生的第一个旅程，就是宿命的投奔。拜别了父亲林如海，来到荣国府，正是她十一岁的那年冬天。距母亲贾敏去世已有五年。

林家在姑苏世袭爵禄，书香鼎盛。但家中人丁一直不旺，传到林如海这一代，只剩黛玉一个女儿，自小体弱多病，即使不染风寒，也要咳得掏心掏肺。

黛玉十一岁这年，外祖母派人来接，林如海心想，自己的身子已大不如前，而女儿又如此体弱，既无母亲，又无姐妹，不如到金陵依傍财大势大的贾家，可以有个照应，也省去自己的内顾之忧。

于是黛玉含泪挥别父亲，由奶娘陪伴，与荣府的老妈妈们登舟往金陵。

十一岁前，黛玉不曾出门，这回要到金陵这个繁华的城市，和从未谋面的亲人过日子，心中免不了惴惴不安。

孤零零的船只划过静静的河水，夹岸树叶落尽，只见枯枝在寒风中颤抖，黛玉为自己的身世飘零落下眼泪。

船未到岸，荣国府的轿子和行李车已在岸上等候。黛玉上轿后不久，即听见人声嘈杂。她掀开纱帘一角往外瞧，果然街市繁华，不时有好奇的行人对着轿子指指点点。

她想，这几天和她在一起的嬷嬷，虽然自称是贾府的“下下人”，但看她们的打扮、举止，都像一般富贵人家，不由得想起幼时母亲常说荣国府的场面、气派；临行时父亲又叮咛她处处留心，时时在意，不要多说一句话，不可多行一步路。这贾府想来，侯门深似海，教人生畏。

忐忐忑忑又走了半天，轿子总算缓下来。只见街北蹲着两只石狮子，一座堂皇的大门落入眼帘，门前坐着一群衣着华丽的人，她原以为这就是了。但轿子只是打这三间大门掠过，门上的匾额写着“敕造宁国府”五个大字。

轿头往西不远，照样也是三间大门，这才是荣国府。转过正门，由西门而进，轿子又走了好一会儿，换上四个眉清目秀的仆人接过轿子，往里头抬进去。到一座被盛开桃花遮掩的大门前，抬轿的仆人全毕恭毕敬地退下，嬷嬷们上前打起轿帘子，扶黛玉下轿。

黛玉扶着嬷嬷的手，小心翼翼地往前走，过了桃树荫，便是回廊，回廊尽处有个穿堂，由一座以紫檀木架子托着的大理石屏风挡着，绕过屏风，还有小小的三间厅房，厅后才是正宅大院。大院中处处雕梁画栋，走廊上挂着各色的鹦鹉和画眉。几个穿红戴绿的丫头一见她们来了，笑脸相迎，有人说：“刚刚老太太正念着呢，这么巧，你们就到了。”

“林姑娘来了，林姑娘来了！”顿时丫头们像一群报春的雀鸟，争相走告。

黛玉才进房门，两个妇人扶着一个白发如银的老太太，一脸和气地迎上来。黛玉心想，这一定是外祖母了。正想下跪时，已被外祖母搂进怀中。

“我的心肝肉呀！”贾母见了外孙女，也想起早死的女儿，悲从中来，涕泪纵横。黛玉的泪水也一发不可收拾。她从来爱哭，没来由的，清泪就可以成河，何况经多日舟车劳顿，离乡背井，又见到亲人。

众人劝了好一阵子，贾母才擦干了眼泪。贾母为她介绍了眼前的几个妇人。一个是她的大舅母邢夫人，一个是二舅母王夫人；另一个年轻的妇人，应该是早逝的大表哥贾珠的遗孀李纨。黛玉一一鞠了躬。

“去把姑娘们都请来吧，说今天有远客到，不必读书上课！”

贾母一吩咐，几个丫头争先恐后地请人去。不一会儿，几个表姐妹都已到齐。她听说大小姐已贵为皇妃，为贾家光耀门楣；那个不高不矮、身材丰腴、看来温柔端庄的，是二小姐，大舅舅贾赦庶出的女儿，叫作迎春；个子高、削肩细腰、眉目之间有一股英气的，是三小姐探春，是二舅舅贾政庶出的女儿；四小姐惜春，是宁国府当家贾珍的妹妹，还是个身量没长足的小女孩呢。待丫头们送上热茶后，贾母又问起当时黛玉的母亲如何得病、如何请医生和如何发丧的经过，白发人送黑发人的伤感又勾起来；众人再次手忙脚乱一番劝慰，贾母好不容易才又收住泪水。

“哎呀，我来迟了！没来得及迎接远客，失敬失敬……”

忽然间，后院传来一阵银铃般的笑语声，黛玉心惊胆跳。她纳闷着：贾府的人在外祖母面前毕恭毕敬，一句话都不敢说，偏偏这人人还没到，笑声就如此张狂！顿时，几个仆妇拥着一个衣着华丽的少妇走了进来。少妇不仅衣着华丽，也生得雍容华贵：鹅蛋脸上两弯柳叶眉，一双丹凤眼，即使盈盈带笑，仍一派威风。

贾母一见来人，笑容更灿烂，向黛玉介绍："她是我们府里有名的泼辣货，你管她叫凤辣子便是。"黛玉不知究竟该如何称呼，愣在一旁，探春赶紧补充："她是琏二嫂子。"原来她是表哥贾琏之妻，也是二舅母王夫人的内侄女王熙凤。听说，王熙凤自幼被当成男孩教养，言行举止带着几分豪放，不像传统的女人家，今日一见，名不虚传。

王熙凤含笑站在黛玉跟前，慢慢地将黛玉打量了一会儿，才牵着黛玉的手，走到贾母身边，对贾母说道："老祖宗！打从我出生到现在，还没见过这么标致的人儿呢！怪不得您老天天挂在嘴边，放不下心……只可惜我这妹妹命苦，年纪轻轻，母亲就去世了……"说完泪珠如泉涌，掏出手帕，不停拭泪。

贾母见凤姐掉泪，反而笑出声来："你这鬼怪灵精的东西，怎么我才刚哭完，你就来了？你妹妹身子弱，又打远道来，你别净惹她伤心！"

凤姐收了帕子，立刻破涕为笑："老祖宗说得对，我该打，真该打！"

说着牵了黛玉的手，连珠炮般地问道："妹妹几岁了？上过学没有？要什么吃的，什么玩的？尽管告诉我！丫头嬷嬷有什么服侍不周到的地方，也尽管对我说！"黛玉还来不及回话，凤姐已连声差人为她打扫屋子和安顿东西去了。

吃了凤姐亲手布置的茶果，贾母要人带黛玉见两位舅舅，黛玉便随着邢夫人走了。但贾赦自言身子不好，没有出来见客，说是怕见了面触景伤情，暂且不忍相见；到王夫人那里，二舅舅也斋戒去了。王夫人坐在炕上和她闲聊，等着贾母传令开饭。

"你刚刚认识的三个表姐妹，待人都极好，以后你跟她们一起读书、认字、学针线，我十分放心，但有件事非得先叮咛你不可！"

"舅母有什么吩咐，尽管说就是了。"

"你知不知道我们家有个祸胎？他是家里的混世魔王，现在他到庙里还愿去了，所以还没见着人，晚上你就会见到他了。他……唉，家里的这些姐妹，没人敢惹他，都怕他发起疯来……你以后少理他便是了。"

黛玉约略明白，王夫人说的混世魔王，大概是指她的表哥宝玉。听说是他衔玉而生，自小受她外祖母钟爱，所以难免有些纨绔子弟的习气……

谁理谁呢？黛玉的心眼，向来比人多一窍，听了这话，心里不太畅快，接了话道："舅母不必担心，我在这里，自然和姐妹们共处一室，弟兄们住在别院，岂有惹他之理？”

王夫人闻言笑了：“这你就不知道缘故了。他自幼得老太太宠爱，从来就喜欢和姐妹们厮混，如果姐妹们不理他，他还安静些，万一让他太称心惬意，他就会发起疯来，惹出许多事端，所以我才嘱咐你别理他。不管他讲什么，你且都不要相信。”

黛玉点头答应了。心中却大大地警惕，可要躲得他远远的才好。

“吃晚饭了。”丫头来报，王夫人带着她，东绕西走，通过了几扇门，又回到了贾母的房间，原来这府上每一间正房都有曲径相通。贾母房间好不热闹，许多婢女忙着安放桌椅，贾母在正面的榻上独坐，两旁有四只空椅子。熙凤要黛玉坐在贾母左边的第一张椅子上。黛玉一直推让，直到贾母说，她的舅母和嫂子不在这里吃饭，她才安心坐定。三个春字辈的姐妹也跟着坐定下来。每人旁边都有一个丫头捧着手巾和漱口杯伺候。李纨和凤姐则在一切安顿后各自回房吃饭。

才吃了一口鹌鹑蛋，贾母又开口，问黛玉，读了什么书？黛玉轻声回答：“刚刚读了四书。”话刚说完，丫头来报：“宝玉来了！”黛玉心想，这人不知长成什么无赖样子？

进来的，却是一个标致的年轻公子。戴着紫金冠，穿着一件大红箭袖袍子，气色红润，浓眉如画，一双眼睛却如秋日的潭水一般妩媚。

“哪里见过这个人呢？”黛玉看了心惊，明知没见过，却又觉得他眼熟。他就是那个混世魔王吗？

没等贾母介绍来客，贾宝玉早已注意到座中有个娇弱的妹妹。心想，这大概是姑苏城来的林姑妈之女了。他已走到黛玉跟前，喜盈盈地作揖相见，回了自己的座位，还目不转睛地看她，好像座中只有她一人似的。

这个妹妹，连笑的时候也像在蹙着眉头，眼睛里似乎随时泪光晶莹闪烁。整个人像一株水边的柳树，周边被淡淡的烟雾笼罩，有着不属于这繁华人间的清新。

“这个妹妹，我是见过的。”宝玉忽然说。

“又胡说八道了，”贾母笑说，“你打从娘胎，未到过姑苏；你妹妹也是第一次来金陵城，你何曾见过她？”

宝玉认真地想了想：“虽然没见过，看着却挺面善，像是很久以前就认识的一样，好像……好像……久别后才重逢一般！”

“好，好，但愿以后你跟林妹妹和睦相处才好！”贾母这天见了从未谋面的外孙女，分外开心，胃口也好了起来。

宝玉索性走到黛玉身旁坐下，又把林妹妹打量了一番，问：“妹妹，你可曾经读过书？”

“只上了一年的学，识了几个字。”黛玉想起父亲要她来此要谦逊待人的。

宝玉只问：“妹妹叫什么名字？”

林黛玉报上姓名后，他又问：“有没有字？”

黛玉答说没有。正中宝玉下怀，他开心地笑了：“那我送妹妹一个字好不好？”平日帮家里的姑娘们改名取号本是他的乐趣，他素日读书学来文采全用在这里，听说林妹妹没有字，他便做起文章来，“妹妹如果要取个字号，没有比‘颦颦’这两个字好的了。”

“这两个字出自哪一个典故？”探春插嘴道。

“这个妹妹，每天皱着眉头，取这个名字，不是很恰当吗？”宝玉理所当然地回答，想想又问黛玉，“妹妹，那你有没有玉？”

这话问得突然，众人都不知道他葫芦里卖什么膏药，黛玉心想，那一定是他生来便含玉，所以才故意问我有没有，想来炫耀一番而已，立即回话说：“你那玉是个稀罕的宝贝东西，哪能人人有？”

随口一答，没料到宝玉听了，忽然像发疯了一样，马上就摘下了胸前戴的玉，往墙角掼了过去：“那我也不要这个东西，有什么好稀罕的！”

人人都没料到他有此一摔，纷纷拥上前去帮他拾玉。贾母也气急败坏地搂着宝玉，又搓又揉：“你这可万万使不得，你在家里，如何骂人打人都可以，千万不要摔你的命根子！”

宝玉已哭得泪痕满面，争辩道：“家里的姐姐妹妹都没有这玩意儿，这个长得像神仙似的妹妹也没，可以见得这不是什么好东西！”

贾母哄孙子早有一套：“胡说，你这妹妹原来是有玉的，因为你姑妈去世时，你妹妹为了表示孝心，所以拿玉陪你姑妈去了，你娘如今好好地在这里，你怎么可以把玉乱丢！”说着，接过了玉，又亲手把它戴在宝玉胸前。

吃了晚饭后，黛玉的奶娘问住处在哪里，贾母疼惜这个没了娘的外孙女，舍不得她住远了，要管家们把黛玉安置在自己房中的碧纱橱里，待来年春天再帮她收拾新房舍。宝玉听了，坚持自己也要住在临碧纱橱外头的大床。每人由一个奶娘和一个丫头照管，其他的服侍丫头就在外头的房间听从使唤。

黛玉从姑苏城来到这里，身边只带了两个人。一个是自己的奶娘王氏，一个是只有十岁的丫头雪雁，贾母看那一个老一个小都不怎么灵巧妥帖，料想她们皆不顺黛玉的心，于是把自己身边一个二等丫头叫作鹦哥的给了黛玉，除了奶娘外，又给了她四个嬷嬷供使唤，还有两个丫头，管她穿戴和沐浴，还有四五个洒扫房屋和供使唤的丫头，一切和迎春姐妹没什么不同。

王氏和后来改名为紫鹃的鹦哥陪着黛玉住在碧纱橱中，宝玉则和奶妈李嬷嬷和一个叫袭人的大丫头陪侍在外头的大床上。

袭人本来不叫袭人，她姓花，叫作蕊珠，是贾母旁边的婢女，贾母太疼爱宝玉，就把身边这个做事最妥帖的婢女拨给了宝玉，由她来料理宝玉的生活起居。宝玉嫌蕊珠的这个名字俗气，知道她本姓花，又曾在陆游的诗句里读过“花气袭人知昼暖”的句子，自作主张把名字改为袭人。袭人是个性子死忠的人，跟着贾母时，心中只有贾母，跟着宝玉时，心中又只有宝玉，在宝玉身边那么多日子，见他做人乖僻，屡劝不听，心里实在烦恼，实在不知如何是好。宝玉摔玉的那晚，她见宝玉和李嬷嬷已经睡着了，而黛玉房里的灯还亮着，自己卸了妆后，径自往黛玉的碧纱橱里来了。黛玉一只眼睛红肿，见她进来了，连忙要让坐。“林姑娘怎么不休息？想家？”袭人轻轻地在床沿上坐了下来。

鹦哥笑道：“林姑娘正在掉眼泪呢。她今天才来，就惹出你那公子哥儿的病来，怕他万一把玉摔坏了，岂不是她的错？她伤心老半天，我好不容易劝好了。”

袭人温柔劝说：“姑娘快别这样，只怕将来比这更奇怪的笑话还有呢。如果为了这区区的一件小事，你就如此伤感，只怕一辈子伤感不完。”

黛玉虽然不太了解她的意思，口里却答道：“既然姐姐们这么说，我记住便是了。”

第二天一早，几个姐妹来访她，一齐到贾母跟前问了安，再到王夫人房中请安时，王夫人房里已有熙凤在，几个人围着正在读一封信，王夫人一脸严肃。黛玉固然不晓得发生了什么事，但探春一听便明白，她们正在谈论住在金陵城内的薛家发生的事情。薛姨妈是王夫人的胞妹。不久前，她们的表兄薛蟠仗势欺人，竟把人打死了，犯了大案，现正在官府里受审。

自从林黛玉来到荣国府，贾宝玉即和林黛玉同住在贾母房中，白天一起读书吃饭，晚上同时休息。贾宝玉向来和姐妹们共处惯了，一直到十多岁，眼中仍无男女之别，对女孩儿还特别亲近。他常说：“女孩是水做的骨肉，男人则是泥做的骨肉，我见了女孩儿就觉得神清气爽，看了男人就觉得浊臭逼人！”

在众姐妹中，他对黛玉又特别亲密，有什么好东西，总没忘了先给黛玉一份；若在口头上得罪了她，害她掉眼泪，更是百般委曲求全，又哄又骗，非得要黛玉心回意转才罢休。

她的日子里，从此多了一个让她欢喜让她忧愁的人，仿佛上辈子欠他一钵泪水，今世今生，是来为他流泪，为他消瘦。

第三回

审理薛蟠官司的不是别人，正是林黛玉在老家时教她读书的先生贾雨村，新上任的应天府执法。

贾雨村在年轻时十分落魄，曾住在一间葫芦庙里，靠卖字画为生，后来得一个叫甄士隐的人支持，赴京赶考，中了进士第，做到了县太爷的官职；这人虽然有才干，但生性恃才傲上，而且施法严酷，上任不到一年，就被人参奏，只好解了官，四处游山玩水；黛玉赴金陵时，他带了两个小童，一齐赴京，先到了贾府，拿出了林黛玉的父亲林如海的推荐信，以贾氏的“宗侄”之名见了贾政。不到两个月的时间，就接任了金陵应天府的执法这个缺。

这件案子，是因人贩子将一个女孩子英莲两卖所引起的。人贩子将女孩卖给了冯渊，又收了薛蟠银子。薛蟠知道了，先把英莲抢走，当冯渊到薛家要人，被薛蟠不分青红皂白打死。案子由冯渊的仆人呈上去一年多了，却无人敢审。

贾雨村听了原告的话，勃然大怒：“天下哪有这种事情？打死人的人白白跑了，没人敢拿他，那天下还有公理吗？”他立刻发令将凶犯拿来拷问。但身旁一个差役却面有难色地盯着他看，似乎暗示着他什么。贾雨村心下存疑，把这名差役唤到后堂去，问他究竟葫芦里卖什么药。

“老爷！你升官发财后，就不记得我了？”

贾雨村再次打量这名差役，觉得他十分面善，但就是想不起在哪里见过他。

贾雨村仔细想，才记起这人的形貌，原来这名差役就是八九年前在葫芦庙的小和尚，如今他长大了，又蓄了长发，难怪他不认得。这一认出故人来，赶紧要他坐下，叙了一些旧事后，贾雨村问道："刚刚你为什么一直对我使眼色？"

"老爷新官上任时，难道没有抄一张护官符？"

"什么叫作护官符？"贾雨村还大惑不解。

"凡是做官的，总会先打听打听，这里有哪几家是不能得罪的，否则，只怕这官位难保。"

"哦？"贾雨村确不知情，暗自怪自己粗心，上回他丢官，不就是因为得罪了一些不该得罪的人？

这差役马上从口袋里掏出一张纸，给贾雨村看。上头写着四句为官诀：

贾不假，白玉为堂金作马。

阿房宫，三百里，住不下金陵一个史。

东海缺少白玉床，龙王来请金陵王。

丰年好大雪，珍珠如土金如铁。

"这是什么意思？"贾雨村问。

"这里有四大家族，贾、史、王、薛，这四家彼此之间都有一些裙带关系，四大族共存共荣，得罪一家，就是得罪四家！这一牵连，事情恐怕就闹大了，从前的大人不办此案，就是因为这个原因。"

贾雨村捋须深思。"那么，你对此案的来龙去脉一定知之甚详了？"

差役笑了："不瞒老爷说，这案从头到尾我再清楚不过了。它还跟老爷有些牵连呢。"

"这话怎么说？"贾雨村又愣住了。

"您且听我说。这被打死的倒霉鬼是一个小地方官的儿子，名叫冯渊，他父母双亡，又无兄弟，只守着一些薄产度日，这个人当时十八九岁，从来喜欢男童，对女色并无兴趣，一眼看见这被拐卖的丫头，便有意买来做妾，也算是机缘了。谁知这贩卖人口的又把女孩偷偷卖给薛家公子，本想拿了两家的钱逃走，被发现之后，打了半死，两家都向他要人。薛家先抢走了，冯渊去讨人，薛蟠便将冯渊打个半死，抬回去三天后，一命呜呼！薛公子打死了人，像个没事人似的，那个丫头从此也不知下落了。老爷，您猜这被卖的丫头是谁？"

"是谁？"

"她的父亲还是老爷的大恩人呢！您还记得从前您在葫芦庙的事吗？有一位甄老爷……"

“难道是甄爷的女儿？”贾雨村回想往事，眉毛一挑：“听说他的女儿五岁时就被拐走了……”

“老爷您不知道，这种人专拐幼女，养到十二三岁，带到他乡转卖。偏偏他租了我的房子住，我一看女孩眉心有一颗痣，心想，这不是我们从小哄着玩的英莲吗？”

“孽障，真是孽障！”贾雨村感叹道，这事还真麻烦，被拐的是恩人之女，而杀人的又是另一个恩人的亲戚……小官难为，自古皆然！“这该怎么判才好？”他越发犹豫了。

“老爷素来果决，今天怎么没了主意？”差役笑道，“有句话叫顺水推舟……”

“顺水推舟？可是这件事事关人命，怎么能徇私枉法……”

“老爷，识时务者为俊杰，趋吉避凶才是为官之道！”

贾雨村想了一夜。第二天，他抓了几个冯家和薛家的下人来问，他发现冯家不过想多要些银子，而薛家却仗势不肯多给，所以一直没有了结。于是他便多判些银子给冯家，就此结案。事情办完，他还兴冲冲地写了两封信给薛家的姻亲——贾政和京营节度使王子腾，向他们报告，请他们不必费心。

至于那个差役吗……贾雨村怕他说出自己贫贱时的事，面子上可挂不住，干脆找个借口把他给调走。小差役一时好心，却没好报。

这案子如此轻易就发落完毕，着实让薛家喘了一口气。薛氏是贾府王夫人的亲妹妹，已守寡多年，全心全意守着薛家产业，抚养一双儿女。这回闹出人命的薛蟠正是薛家的独子。正因为母亲的百般纵容，薛蟠不但性情奢侈，做人也毫不知礼数，虽然薛家占着“皇商”的名号，专门供应宫廷所用的日常物品，因而累聚了百万家财，但薛蟠却是个不学无术的浪荡子，对从商全无所知。反正诸事都有老家人和伙计们做主。但自从他父亲死后，其他同行看他如此年轻而不懂事，也都暗暗欺起薛家来，十年一晃眼，家产渐渐削减，薛家的盛况已大不如前。

薛氏对时时惹是生非的独子头痛至极，但一点办法也没有，所幸还有一个知书达礼的女儿宝钗，不时为她分忧解劳。

薛蟠在惹事后，一点也没悔意，不过为了躲一时风波，他要母亲和妹妹一起和他到京中去，美其名曰是盘查京中生意，实则想游历京府的繁华风光。当一行人到贾家拜会以后，贾政为免外甥薛蟠再次惹是生非，要王夫人劝妹妹住进贾家。

薛蟠生性最怕有人管，对住进姨父府上一事，当然不表赞同，但他母亲这回却坚持得很。他只好勉强住下，找机会再搬走。但不消数月，薛蟠和贾家那些年轻的子弟便混熟了，今天喝酒、明天看花，吃喝嫖赌都有人陪，薛蟠已乐不思蜀。

美丽温婉又懂得体恤人情的薛宝钗住进贾府之后，受尽贾府上下的欢迎，都称赞她是不可多得的好孩子，人人偷偷拿黛玉和宝钗比较，都说黛玉有所不及，连小丫头们也喜欢跟宝钗亲近，这惹得黛玉心里老大不舒服。

这年春天未到，宁国府中的千株梅花迫不及待地争相绽放。宁国府当家的贾珍之妻尤氏，带了儿子贾蓉和儿媳秦可卿前来请贾母、王夫人、邢夫人赏花，宝玉这天碰巧没课，贾母便要他作陪。

宝玉只有和姐妹在一起才有精神，姐妹们都没来，宝玉看花自然越看越是无趣，到了中午，便觉得困了。贾母爱孙心切，要下人带他午睡。秦可卿笑道："老祖宗，只管交给我就是了。"于是带着宝玉的丫头和奶妈，到了事先准备好的房舍去，但宝玉却不肯在那里休息。只因那房室中挂着一副对联，写着：世事洞明皆学问，人情练达即文章。他嫌俗气，不肯和它共处一室。

秦可卿拗不过他，说："要不，你就到我房内睡觉便是了。"

贾宝玉素来喜欢温柔娴雅的秦可卿，这个建议正合他的心意，当下点头微笑。奶妈插嘴说："论辈分宝玉大了一辈，哪有叔叔往侄儿媳妇房里睡觉的道理呢？"

秦可卿笑道："哎呀，他才多大，就忌讳起这个来了？我弟弟和他同年，站起来恐怕还比他高呢！"

听秦可卿这么说，贾宝玉又吵着要见秦可卿的弟弟。

一进秦可卿的房里，贾宝玉就闻到一股甜香，沁人心脾，他舒服得连骨头都软了。没想到秦可卿的房里摆设如此考究，一点不俗，宝玉稍稍打量一下，即连声称赞："这里好，这里好！"秦可卿见他满意了，笑着说："你再不满意，我就没办法了，我这里，连神仙也不敢嫌呢。"说着，亲自铺好了枕被。只留宝玉的四个大丫头袭人、晴雯、麝月和秋纹在外看守。

宝玉才刚合上了眼睛，迷迷糊糊便进入梦境。仿佛之间，跟着秦可卿到了一个人迹罕至的世外桃源，青山绿树，流水淙淙。宝玉心里正欢喜："如果能在这里过一辈子，我才不愿意回家呢。"忽然背后有个女孩唱道：

> 春梦随云散，飞花逐水流……

宝玉回头看，原来是个美丽纤细、仙风道骨的女孩子。宝玉听完她的歌，回过神来时，秦可卿已然不见。他赶紧向走过来的这个女孩作揖："神仙姐姐，请你告诉我该往哪里去？"

女孩打量了他一会儿，说：“我那儿有茶有酒，也有歌姬演唱曲子，你若没地方可去，不如到我那边歇一会儿！”

听她这么说，宝玉兴奋异常，不知不觉间，随她走到一座刻着“太虚幻境”四个字的石碑前。两边的对联写着：“假作真时真亦假，无为有处有还无。”是什么意思呢？宝玉正在发呆，那仙姑又唤他往前走，进了一座叫作“孽海情天”的宫门。宫门里头又有几个小房间，上头挂着“痴情司”“结怨司”等匾额，他随处兜走游览，一抬头走进一座“薄命司”里头。宝玉觉得好玩，走进里头，看见几个大橱，封条上还有各省的字样，他取了金陵的册子翻了起来。当中一本写着“十二金钗正册”，又有一本写着“十二金钗副册”。

“你不用看了，像你这样的凡夫俗子，看了也是不懂的。”不知何时，女子又出现在他身后。

宝玉不依，继续看下去，果然里头的诗文都像一句一句谜语，他如堕五里雾中，只知那些诗文之中都透着颤颤哀音。什么“玉带林中挂，金钗雪里埋”，什么“三春怎及初春景？虎兔相逢大梦归”。诗旁还有画，但连画中景象都萧条无比。

虽不知其中的真意是什么，宝玉只隐隐觉得这诗文中写的人和家中那些姐妹们有关，还想细细看下去时，女子却抢过画册，对宝玉笑道：“你再看下去，可要泄露天机了，走吧，我带你别处玩去，别在这里打哑谜！”

宝玉恍恍惚惚地跟着走，来到一座华丽的大殿前。只见雕梁画栋，珠帘绣幕，而殿前的花园里长满了奇珍异草，香味扑鼻。听得女子一声笑话：“喂，你们快点出来看看新客人！”

话未说完，房子里翩翩走出了几个仙子模样的女孩，个个娇若春花、媚如秋月，走路的样子轻盈得像荷叶迎风。她们看见了宝玉，脸上却露出了不悦的神色，埋怨道：“警幻姐姐，你不是说今天有个绛珠妹妹的灵魂会到这里来玩吗？怎么来了这样的俗物，来污染我们这清净的女儿国？”

原来这女子名叫警幻。警幻笑着向众姐妹说明了偶遇的经过。众姐妹们才对他稍稍和颜悦色，请他入座奉茶。宝玉喝了茶，只觉得气味清香，是他从未喝过的极品，就问警幻：“这茶叫什么名字？改天也叫人帮我买去。”

警幻笑道：“这茶是你买不到的，茶叶出自仙山中，又搜集仙花、灵叶上的隔夜露珠才烹调成的，叫‘千红一窟’。”

喝完后不久又有小丫头来摆设酒席，琥珀杯里的酒也香洌异常，他不禁问了名字。警幻又说，这是集百花万木的精髓而成，叫作“万艳同杯”。宝玉又是一番衷心的称赞。

接着，十二个舞女上来，警幻命她们演奏红楼梦的十二支新曲，舞女们轻轻敲着檀板、款款按着银筝，唱的又是哀歌。

宝玉已醉眼蒙眬，平板哀怨的曲调又令他昏昏欲睡。恍惚间只听得几句词儿：

为官的，家业凋零；富贵的，金银散尽；有恩的，死里逃生；无情的，分明报应；欠命的，命已还；欠泪的，泪已尽；冤冤相报自非轻，分离聚合皆前定。欲知命短问前生，老来富贵也真侥幸。看破的，遁入空门；痴迷的，枉送了性命；好一似食尽鸟投林，落了片白茫茫大地真干净。

不及听完全曲，宝玉已醉得失去知觉，要求警幻为他找个地方休息。警幻牵着宝玉的手，将他送到一个女子的闺阁中。待宝玉全身躺到了床上，才发现身旁竟有一个貌美的女子，她的明艳妩媚像宝钗，风流袅娜又像黛玉！宝玉看得呆了，竟不知该如何是好。警幻笑道："这是我的妹妹兼美，字可卿，今天，就将她许配给你……"

"这……为什么……"

"因为你是天下古今第一淫人！"

听到淫字，宝玉骇然大惊，忙于分辩，却被警幻打断了他的话："我说你是淫人，可不是一句俗话！凡是天性中别有一番痴情的，称之为意淫，这两个字，只可心领神会，不可以用凡人的言语解释。"说着，脸上带笑，将男女之间如何翻云覆雨的事约略告诉了宝玉，便掩门离去了。

宝玉依旧恍恍惚惚，将警幻教的和兼美依样做了，这一缠绵便没有止时，从黑夜到天明，一直难分难解，在床上软语温存……直到春梦变成噩梦！但见荆棘满地，虎狼叫声不绝于耳，迎面一道黑色的湍流挡住了去路。他正徘徊时，警幻追了过来，大叫："别再往前走，回头要紧！"

"这是哪里？"

未听见警幻回话，前面黑色溪流中忽然伸出许多只手来，要将他拖下水去，宝玉冷汗如雨，不知不觉脱口大叫："可卿救我！"

守在外头的几个丫头听到了他的叫唤，涌了进来："宝玉别怕，我们在这里呢！"宝玉睁眼一瞧，外头仍是春光明媚，飘落的梅花瓣如雨雪纷飞，仍是一个静谧无扰的午后。没有警幻、兼美，没有幻境，没有亭台楼阁，没有哀歌怨曲。

秦可卿本来在外头和丫头们说话，忽然听见宝玉口口声声叫着她的闺名，心里好不纳闷，却又不好问明缘由，又招待贾母等人去了。

宝玉醒来，若有所失，一时神情茫然，麝月端来桂圆汤，他只喝了两口，便没有再喝下去，一径发着呆。袭人替他整理衣服，为他系裤带时，不小心摸到了他大腿内侧一片黏湿冰凉，吓得把手抽了回来，问："你怎么了？"

宝玉涨红了脸，捏了袭人的手一下，示意她别张扬。袭人虽然不知什么男女滋味，年纪到底比宝玉大上两岁，过去也曾听闻一些女人们窃窃私语些"不可告人"的情事，看宝玉难得如此羞涩，心中明白大半，不知不觉羞红了脸。宝玉托说身子累，不和大家吃晚饭，仍旧待在秦可卿房里。袭人胡乱随贾母吃过晚饭，趁奶妈和其他丫头都不注意时，回荣府拿了一件干净的中衣，又回来看宝玉。

宝玉脑海里仍是警幻教他的那些事，一刻也没安歇过，看袭人来，含羞求她："好姐姐，你千万别告诉别人。"

袭人却掩不住好奇，见四下无人，笑问："你梦见什么？那……是哪里来的？"

宝玉红着脸，不肯回答，袭人看着他直笑。两人不言不语对看了一会儿，宝玉才把梦中的事情告诉袭人，袭人掩面不停地笑。眼看旁边并没有其他人，此情此景，又哪里输给他梦中幻境？宝玉黏缠着袭人，非要她陪着，照梦里情景试一试。

袭人半推半就想了想，当初贾母将她给了宝玉，虽为主仆，将来毕竟是他的人。现在推托，将来必也无可推托，看四下已无人，决意把自己给了宝玉。

这年宝玉十二岁，在宁府秦可卿的房里，第一次试得男女滋味。秦可卿房里一幅唐伯虎画的海棠春睡图，静静地觑着他们，桌上宝镜也端端印证一对少年男女的漫漫春情。

忘情的那一瞬间，他的身体像一弯水流，湍湍归向母性的温柔大海。他好像不知不觉地踏入了一个陌生世界，在那儿，他得以暂时解脱于万事万物的束缚；母亲的叮咛消失了，父亲的苛责也不重要，他只是一个漂浮物。

那种解脱只是灵光一现的幻想，比朝阳探出头的那一刹那还短。末了，他睁开眼睛，海棠春睡图仍是海棠春睡图，镜子里，只剩他自己。

不知何时，袭人已经离开了。他惶恐起来，第一次品味到孤独的滋味。荣宁二府人人视他为稀世之珍，美婢成群，陪他打发日子，他从未感受过这样的孤独。宝玉闭起眼睛，感觉自己像茫茫大海中的一颗露珠，完全摸不到边际的虚无，只有虚无。

第四回

王熙凤不过二十岁，在荣国府管事却有五年历史。荣国府人口上下约有三百人，琐事日日都有千百样。亏得凤姐做人利落，大大小小的事情，无不当机立断。

荣国府树大招风。除了家中的内务外，凤姐还要应付那些想来借点钱的远亲或族人，这些人像烂疮上的苍蝇，挥走一批，总会迅速地再黏上一批。

刘姥姥进荣国府，也是为了钱。

刘姥姥老早死了丈夫，膝下无子，跟着女婿过活，帮务农的女儿、女婿看顾孙儿。有女婿养活，当然胜过自己一个人孤苦过日。但寄人篱下也有她的难处，少不了要看人脸色。这年秋末冬初，眼见寒气一天浓过一天，而家中的余粮已经不多，刘姥姥的女婿狗儿忧烦在心，成天就在家中喝闷酒、耍脾气，刘姥姥忍了好些天，实在憋不住了，开口劝女婿：

“姑爷呀，我们这些做庄稼的，哪一家不是年年难过年年过？像你这样，只因从小过过几天好日子，心性就把持不定——有了钱时顾头不顾尾，没了钱就瞎生气，算什么男子汉大丈夫？我们住的地方虽然离城里远了点，但到底还是在天子脚下，人家说这京城中，遍地都是钱，只可惜没人去拿，光在家里跳脚有什么用？”

狗儿给她这么一说，老大不高兴，横眉竖目：

“你坐着说倒容易，难道叫我出去打劫不成？”

“谁叫你去打劫来着？”刘姥姥没好气地看了狗儿一眼，“大家可以想想法子，不然，难道银子会长脚跑到咱们家？”

狗儿冷笑道：“有办法还等到今天？我又没有做官的朋友，也没有收税的亲戚！就是有，也不见得会理我！”

说到做官的，刘姥姥灵光一闪：“嘿，我倒替你想出一个主意来了，你们祖先当官的时候，不是和金陵的王家结成了亲吗？谁教你们家道中衰，和人家疏远了？想当年我和女儿还曾上过王家一趟，他们家的二小姐，做人倒是爽快，一点骄气也没有，如今，听说她是荣国府二老爷的夫人呢！不久前我听得人家说，贾家因为老太太自己已经上了年纪，越来越怜老恤贫，慷慨布施，如果厚着脸皮去求求王家二小姐……或许她还认得咱们呢。”刘姥姥越说越高兴，“只要她肯发一点善心，拔一根汗毛，恐怕比我们的腰还粗！”

“说得容易，”女儿刘氏插嘴道，“像你我这副模样，怎好上人家的大门？只怕连门房都不肯通报！”

女婿狗儿一听说此事，已经动了心，开始讨好起岳母来：“既然您见过人家太太……不管如何，您就去活动活动吧！”

刘姥姥一听又畏缩起来：“哎哟，俗话说，人穷狗都怕！恐怕人家现在已经不认得我了，去了也是白去！”

狗儿脑袋一转，又想起一个人：“……我记得王二小姐嫁到贾府时，带了个周大爷，他是我老爹的朋友……他买田时，我爹曾帮过他忙。您去找他准没错！”

刘姥姥心想，人老脸皮也自然厚，为了过好年就端着一张老脸去碰碰运气吧，省得成天看女婿嘴脸过日子。第二天一大清早，她便起来梳洗，带了孙儿板儿进了城。怕板儿还没见过世面，还特地教他几句应酬话，走到荣国府门边，自己却被这偌大的门面吓着了，迟迟不敢过去。瞧了老半天，才硬着头皮要门房找周大爷。

原本没人理她，过了半晌，有个年纪大的门房看她年事已高，才说：“那周大爷到南方办事去了，只他娘子在家，你绕到后街去找她就是了。”

刘姥姥到了后门，只见几个生意担子歇在那里正热闹呢。有卖吃的，也有卖玩的，二三十个孩子正在那里嬉戏。她赶紧拉住了一个：

“哥儿，你可知道周大娘住在哪里呢？”

孩子瞪着她：“哪个周大娘？我们这里的周大娘就有好几个！”

“就是……陪王夫人嫁过来那位……”

“哦，这个容易，跟我来。”他拉刘姥姥进了一个院子，往里头大叫，“周大妈，有个老奶奶来找你！”

周妈连忙迎了出来，将来人看了两眼，认不出是谁：“您哪位？”

“嫂子，您好哇。”刘姥姥满脸笑容地向她作揖。周妈认了半天，笑出声来：“原来是刘姥姥，您好呀，这几年没见，差点把您忘了……不嫌弃的话，请到我家里坐坐。”

刘姥姥一边走，一边笑：“您是贵人多忘事，哪还记得我们？”

周妈拍拍板儿的头，说光阴易逝，没想到连板儿都长这么大了。两人寒暄几句，见多识广的周妈问起客人的来意：

“您这次来，是路过的，还是特地来看王夫人的？”

刘姥姥说：“这次来，一来是看看您可安好，再来是想请太太的安；如果您方便的话，领我见太太一面，最好不过，若不能……也不打紧，就……帮我问声好也行。”

周妈这么一听，已知道了刘姥姥的来意。想当初自己丈夫买地一事，确实得了狗儿父亲的帮忙，不好让刘姥姥空手而归；再来，也想在故旧面前显示，自己虽是下人，倒还算贾府中有头有脸的人物，笑说：“姥姥，您放心，您大老远跑来，没理由教您这样空手回去。但您可能就有所不知：我们府中人人各有职守，替来客传话原与我不相干！但……您老既是太太的亲戚，又这么将我当人看，我就破个例为您通个信儿也好。”周妈想了想，又说，“有件事您可要先明白，五年前，我们太太已不管事，早由琏二奶奶当家。您倒猜猜，这琏二奶奶是谁来着？她就是太太的内侄女，小名叫凤哥的。”

刘姥姥听了，又记起了许多事，赶忙堆出笑脸说：“原来是她呢，从前她还小时，我就觉得她跟别人不一样，将来必能当家！我今天可见得到她？”

“要见当然得见她。如今，见凤姑娘胜过见太太，才不枉走这一遭。”

“阿弥陀佛，全仗嫂子引见了！”

周妈立刻叫小丫头去打听，老太太房里摆饭了没？摆完饭，凤姐才会回自个儿房里，此时凤姐才得空。两人说了几句闲话，全绕着凤姐打转。“这位凤姑娘如今不过二十岁上下吧？”刘姥姥屈指一算，“能有本事当这么大一个家，真是难得！”

“姥姥，说了您可不信，这凤姑娘年纪虽小，做事可比任何人都强！如今她出挑得美人儿似的，心眼和口齿都不是一般男人比得上——您见了就知道了。就只一件事不妙——”周妈小声说道，“……不是我多嘴……她待下人未免严苛了些。”

过了一会儿，小丫头来报：“老太太房里摆完了饭，二奶奶已回到自己屋里。”周妈忙催刘姥姥：“现在快走！凤姑娘吃饭时才有空，我们赶快去，否则，待会儿向她回报的人多了，她可没空理咱们！”

两人往贾琏的住处奔去。周妈先要刘姥姥在外头等一会儿，自己进了院门，找到凤姐身边最得力的大丫头平儿，将刘姥姥的来历禀明了，力陈刘姥姥大老远来请安，当日因王夫人常见，到底算是老亲戚，所以凤姐也最好见见刘姥姥，以免日后夫人知道了，说咱们待客不周。

平儿素来是凤姐调教出来的机灵丫头，不久前她当了贾琏的通房丫头，也是凤姐的主意。一听此事，不敢怠慢："叫他们先进来等就是了。"

刘姥姥带着板儿，战战兢兢地跟着周妈上了正房的台阶，丫头们打起了猩红色的毡子，让他们走入厅里。一进到厅里，刘姥姥就闻到一股奇香扑鼻而来，不知道是什么气味，闻了之后，只觉身子像在云端一样舒服；屋子的摆设，件件耀眼争辉，刘姥姥看得头晕目眩，不由得念了一声："阿弥陀佛！"

走到东边屋里，刘姥姥看见一个遍身绫罗、穿金戴银、花容月貌的女子，差点就要叩头称"姑奶奶"了。只见周妈告诉她："这是平姑娘。"才知道那不过只是个体面的丫头。平儿起身让刘姥姥和板儿上暖炕坐着，自己和周妈坐在炕沿上，要小丫头倒了茶来。

正喝着茶，忽听到锣鼓般的声响，只见几个小丫头满屋子跑来跑去，说："奶奶来了。"平儿和周妈也急忙起身，平儿说："姥姥只管坐着，我们到了时候便来请你。"

刘姥姥屏息以待，远远听到有人笑着走来，又听到"摆饭"两个字，肚子都饿了，不久有两个人抬了一张桌子放在这炕桌上，桌上满满的都是大鱼大肉。板儿看了流下了口水，咕咕哝哝吵着要吃肉，刘姥姥一急一巴掌打了下去！此时周妈进来，笑嘻嘻地向她招手，刘姥姥会意，带板儿下炕去。

刘姥姥拖着板儿，亦步亦趋地随着周妈走进另一座富丽堂皇的大屋子里，见到一个脂光粉艳的玉人儿，心下不免惊叹：天底下有这么样的富贵角色！

凤姐穿着桃红色的棉袄和银貂皮裙，披着灰鼠皮做的披风，手里拿着铜筷子拨着手炉里的灰。平儿坐在炕边，捧着一个茶盘。待他们走到跟前，凤姐还没来得及起身迎客，便满面春风地问好。刘姥姥早已在地下拜了数拜，嘴里一直说："问姑奶奶安，问姑奶奶安……"

凤姐连忙要周妈扶起刘姥姥，一边说："您可要原谅我年轻不懂事，不知——该怎么称呼您才好？"

刘姥姥要板儿向凤姐作揖，板儿却躲在她身后死也不肯出来。凤姐笑道："亲戚们不太走动，都疏远了，知道的呢，会说你们嫌弃我们，所以不肯常来；不知道的，还以为我们眼中无人呢。"

刘姥姥听了这话，念道："阿弥陀佛！我们是家道艰难，不好意思登门拜访，怕管家爷们看我们不像亲戚哩！"

凤姐笑道："这样说可就见外了！俗话说，就是朝廷也有三门穷亲戚，何况我们呢。"说着，已知对方来意，一边含笑应付就打发周妈传话，问太太的意思去。

凤姐抓了些糖给板儿吃，又聊了几句闲话，就有许多管事的来做例行报告。凤姐要平儿代理了。不一会儿，平儿进来，说是没什么要紧的事，请他们散了可好？凤姐点头同意，不久，周妈回来报告：“太太那边没空，说是有二奶奶陪着也一样，有什么事只管告诉二奶奶就行。”

说完，周妈传了个眼色给刘姥姥。刘姥姥会了意，脸却先红了，吞吞吐吐地说：“照道理，今天刚见着姑奶奶，本来不该说的，只是大老远跑到您这儿，不说又不对……”好不容易正话要出口又有人来报：“东府的小太爷来了。”凤姐即要刘姥姥打住。

刘姥姥听得一阵靴子响，一个十七八岁的清秀少年走了进来。多了个生人，刘姥姥顿觉坐立难安，凤姐笑道：“这是我侄儿贾蓉，自己人，您只管坐着。”刘姥姥才忸忸怩怩地在炕边侧坐了。

贾蓉向凤姐请了安，说是父亲要他来借一座玻璃炕屏。凤姐眼睛一抛，只把白眼给他看，脆声说道：“你可来迟了，昨天已经给了人。”

贾蓉不信，笑嘻嘻半跪在凤姐跟前：“婶子若不借，我父亲必会嫌我不会说话，怪我惹恼婶子，晚辈少不了要挨一阵打了。好婶子，你还是可怜可怜我吧。”

凤姐眉开眼笑：“你们就这么爱我的东西？以为我们王家的东西都是好的？”

贾蓉赔着笑：“只求婶娘开恩！”

“若碰坏了，我可就要剥你的皮！”凤姐一边这么说，一边要平儿拿了钥匙去拿。贾蓉才刚出去，凤姐又想起一件事，向窗外叫：“喂，蓉儿回来！”这一叫，外面便有几个小厮接着传声，回回荡荡：“请蓉大爷回来！”贾蓉又急忙转回来，站着听凤姐有何指示，凤姐只管慢慢地喝茶，好像出了神似的，忽然脸蛋一红，挥手笑道：“算了，你先走吧，等我吃过晚饭再来说也不迟，现在我有客人呢……”

贾蓉恭敬答了是，抿嘴一笑，又慢慢走了出去。

陌生人一走，刘姥姥才觉得安顿了些，说：“我今天带着你侄儿来，不为别的，只因他爹娘在家里连吃的都没有了……”说完推推板儿，要他说话：“别只顾吃糖！你爹在家里教你说什么来着？”板儿塞了满嘴糖，一句话也说不出来。凤姐笑了：“不用叫他说了，我都知道。”问明刘姥姥还未吃过饭，便传了饭在东屋里搁着，要刘姥姥过去吃了。私下问周妈：“太太交代了什么？”周妈答道，太太要二奶奶裁夺，只说不可怠慢。待刘姥姥用过饭后，凤姐又请她上座，笑着对她说：“您的来意，我已经知道了。不过您可能不明白，我们家看来气派大，但里头其实有难处……说给外人听，外人也不相信。”这是怕所有的远亲闻风来借钱，不得不把丑话讲在前头。话锋一转，笑得春风荡漾，“不过，您大老远来，我也不好让您空手而回，刚好昨天太太给我丫头们做衣裳的二十两银子还没动呢！如果您不嫌少，就先拿了去吧。”

刘姥姥听到凤姐说到难处，以为已无希望，后来听到二十两银子，笑得嘴合不拢：“我们也知道难处的，但俗话说：瘦死的骆驼比马还大……不管怎样，您的一根汗毛，比我们的腰还壮呢。”

周妈觉得刘姥姥说话实在不雅，在旁使眼色阻止，但刘姥姥喜出望外，哪里看得见周妈的暗示？凤姐笑笑，不予理睬，叫平儿拿了二十两来，又多取了一串钱，都送到刘姥姥面前，说：“这是二十两银子，暂且给孩子做冬衣吧。改天没事，别忘了来逛逛。”

刘姥姥千谢万谢，捧着银子，随着周妈走了出来，又到周妈家坐了坐，硬要留一两银子给周妈的孩子买糖吃，以表谢意。周妈哪里将一两银子放在眼里？执意不肯收。让刘姥姥感激不尽地走了。讨钱过冬，自是下不为例，可不能再来丢老脸。刘姥姥绝没想到，后来竟还有机会大摇大摆踏进贾府大观园。

精明如凤姐也想不到，一念之慈，赚得日后福报。

第五回

送走了刘姥姥，周妈又到王夫人处报消息。王夫人不在房里，丫头金钏儿说，她往薛姨妈那儿聊天去了。自从王夫人的妹妹薛姨妈搬到贾府来暂住后，一向不多话的王夫人，多了个说话对象，除了在佛堂念经外，不时会来找亲妹妹聊聊。因为薛姨妈借住在梨香院里，于是周妈马不停蹄，又往梨香院赶来。

周妈轻轻掀起帘子，只见王夫人正和妹妹薛姨妈闲话家常。她没敢惊动夫人们，径自进了里头的房间，只见薛宝钗穿着家居衣服，正和丫头莺儿坐在炕上描绣花的花样。宝钗看她进来，满脸是笑："周姐姐请坐。"周妈也忙赔笑，问宝钗好。因为看宝钗的气色不佳，便问起："这两三天没看见姑娘出来，是不是你宝兄弟又惹你生气？"

"哪里的话？"宝钗笑着说，"是因为我的病发了，所以在家静养。"

"什么病？"这话挑起了周妈的好奇心。

"也没什么。"宝钗淡淡地说，"不过是打从娘胎带来的咳咳喘喘，没什么大碍。"

"那得趁早治好才是。"周妈问，"有没有请大夫？"

"请大夫总不见效。倒是从前有个秃头和尚替我开了一个怪药方，还有点用处。"

"什么怪药方？"周妈看看外头，王夫人还在和薛姨妈高谈阔论呢，所以又和宝钗继续聊下去。

"这药方叫冷香丸，"不管对长辈或是对下人，宝钗说起话来，总是慢条斯理、委婉亲切，使人如沐春风，家里的下人都佩服她的气度，说她不逊于做皇妃的贾元春，"说是要春天开的白牡丹花蕊十二两，夏天开的白荷花花蕊十二两，秋天的白芙蓉十二两，冬天的白梅花十二两……"这一串怪药，已把周妈听得一愣一愣，待说到还要把这许多药方集中在次年春分这一天晒干，周妈大叹：“我到老才开了这眼界！等十年未必等得到这一帖药呢。”

“还好我哥哥已经将各色药方给我等齐了，如今带来埋在梨花树下……”

周妈还要再问话，忽然听王夫人问道：“谁在里面？”周妈忙回来答应了，回了刘姥姥的事。王夫人不置可否，周妈才要告退，被薛姨妈叫住了：“你等一下，我有东西要托你分送。”说完叫道，“香菱，香菱！”一个十二三岁的小丫头出来答应：“奶奶，叫我吗？”

薛姨妈吩咐：“把我放宫花儿的匣子拿来。”

叫香菱的丫头捧了个小锦匣来。薛姨妈说：“这是宫里头做的新花样，我几次想要请人送给姑娘们，都忘记了，你来得巧，就劳烦帮我跑个腿。你们家的三位姑娘每人两支，林姑娘两支，另外四支送给凤姐儿。”

“怎不留给宝丫头戴？”王夫人问。

“说也奇怪，”薛姨妈笑道，“虽然都是女孩子，我们家宝丫头，从小不爱这些花儿粉儿的。”

周妈拿了匣子走出房门，看见王夫人的丫头金钏儿还坐在门外纳凉，又搭了几句话：“薛姨妈那边那个叫香菱的小丫头，是不是让薛爷为她打人命官司的那个叫英莲的？”

“可不就是她？名字给改了。”金钏儿眯着眼，懒洋洋地说。

此时香菱又笑嘻嘻地走来，周妈拉着她的手将她上上下下打量了一回，对金钏儿说：“她的模样儿，可像极我们宁府里头的蓉奶奶呢。”

周妈说的是秦可卿。金钏儿点了点头。

“香菱，你可记得自己是哪个地方人？今年几岁？父母在何处？”周妈把香菱的手拉得紧紧的，问了一串问题，香菱不断摇头，能答的也答不详细，说是不记得了。周妈又为她感伤了一回：“这女孩儿真可怜！”

说了半天话，才走到迎春、探春和惜春住的地方分送宫花。惜春正和水月庵里的尼姑智能儿一同玩耍，接了花，笑说：“我正跟智能儿说，明年要和她一起去做尼姑哩，你正好就送花来——若明年我真剃了头，就不必戴花了！”

周妈是个处处舍不得不聊天的人，又和智能儿嘀咕了一回，才往凤姐这边来。丫头丰儿见周妈来了，忙摇手要她走轻一点，因为凤姐的女儿睡着了。周妈悄悄地问：“二奶奶睡午觉吗？现在也该醒了……”才刚说完话，听见房里传来一阵娇笑，平儿要丰儿舀水进去。周妈当下明白，凤姐正与二爷在房里。于是把四支宫花呈给平儿代转。不多久，平儿从房里出来，叫了个丫头送两支到宁府给秦可卿。

最后只剩黛玉的两支了。周妈循着笑声在宝玉房里找到黛玉，她正跟宝玉在玩解“九连环”的游戏，周妈笑着说：“薛姨妈要我来送两支宫花给林姑娘。”

黛玉正在玩解连环游戏，宝玉先抢过宫花看，放在手里把玩。黛玉抬头，只往宝玉手上看了一眼，问周妈：“这是单送我一个人的，还是别的姑娘也有？”

周妈顺口答道：“别的姑娘都有了，剩这两支是林姑娘的。”

黛玉皱着眉头冷笑了一声：“我就知道，如果不是别人挑剩的，也不会给我。”周妈听了虽觉刺耳，也不好说什么。宝玉见周妈刚从薛姨妈处来，接过话去，问：“宝姐姐在家里做什么？好几天没看见她了。”

“宝姑娘身体不太舒服。”周妈勉强挤出笑容答道。宝玉听了，打发自己房里的丫头去问安：“就说是我和林姑娘要你问安，问宝姑娘吃了药没。我自己也着了凉，改天再亲自登门拜访。”

宝玉虽然自己想去看看宝钗，但知道此时若去，多心的黛玉一定要生气。

第二天，宁府的尤氏和秦可卿又请凤姐过去做客。宝玉听说也要跟，凤姐只得带着他一齐走。巧的是，秦可卿的弟弟也正在宁府当客人。秦可卿记得宝玉曾吵着见她弟弟，于是说：“我弟弟正在书房里坐着，你要不要瞧瞧？”

宝玉一听，立刻站起身子。凤姐笑道：“怎么不叫他来呢？难道我见不得他的？”

尤氏听了，故意嘲弄凤姐：“别人家的孩子，可不像我们家公子们这般胡搞瞎闹，见了你这样的泼辣货，恐怕要给你吓死！”凤姐微笑，故意装出慈眉善目状，轻声笑道：“多说没用，我不吓他便是了，赶快叫人请他去！”

贾蓉接着说：“他从小害臊，没见过大场面，嫂子见了，可别嫌他不会说话。”

“少跟我胡扯！”凤姐又翻起脸，“再不带来，我就赏你一顿！”

不一会儿，贾蓉领了一个怯生生的年轻人过来。这个少年比宝玉略瘦，举止斯文，面目清秀，长相还在宝玉之上，只是胆怯得像个见生人的女孩子；凤姐推推宝玉：“喂，人家一出来，你就被比下去了！”凤姐弯腰牵了他的手，要他在身旁坐下。凤姐带来的几个嬷嬷，看凤姐没准备见面礼，暗暗传话回去要平儿准备，平儿知道凤姐平时和秦可卿交情深厚，心想这礼数绝不能寒酸，拿了一匹上好绸布和两个金锁片儿，要人赶快送了过去，凤姐嘴里还嫌道：“这礼未免太单薄了些。”

吃过了饭，凤姐和尤氏玩骨牌，宝玉便过去和秦可卿的弟弟秦钟攀谈。一看见秦钟的斯文清秀，便惺惺相惜，讲了几句话，更觉投机了。秦可卿起初还怕宝玉和自己的弟弟处不来，一边张罗，一边不忘过来叮咛：“宝二叔，我兄弟年轻不懂事，说话如有冒犯之处，请你万万看在我面子上包容他。你别看他害羞，他个性可强呢。”

宝玉说：“我知道了，你忙你的吧。”

两人一见如故，秦可卿白担了心。宝玉听闻秦钟目前没有老师授课读书，就求他一起上荣国府的家塾。秦钟听了，高兴万分，两人便说定了。“待会儿，我们先告诉你姐夫、姐姐和琏二嫂子，我再回去禀报祖母，一定成的，你放心。”

天一晚，尤氏要人先送秦钟回家，秦钟依依不舍地向宝玉和众人告辞。等了半天，送人的车马却始终没来。

尤氏问：“到底派了谁？”

外头的婢女答道：“派了焦大，可是焦大烂醉如泥。”

尤氏有些不高兴：“派他做什么？难道你们不知道他派不得？干吗惹他？”

凤姐喜欢打抱不平，听了这话，忍不住插嘴：“难怪有人说你太软弱了，连一个仆人都管不住，那还得了？”

尤氏解释：“你没听说这焦大的来历？在我们这里，没人敢说他！只因他年轻时跟着我们老太爷出生入死，曾经从死人堆里把老太爷背了出来。自己挨饿，留东西给主子吃；两天没水，得了半碗水，也给主子喝，自己喝马尿！老太爷在时，别人都对他另眼相看，谁知他老了，一点也不知道自重，一喝醉就开始骂人闹事，我早叫他们当他是个死人，以后别派事给他做！”

凤姐眼波一转：“我何尝不知道这人的来头？倒是你们太装好人，打发他出去不就行了？”说完，牵了宝玉的手走出大厅，焦大还在大厅里骂管家赖二：“你做事不公道！好事就先派别人做，三更半夜要送人，就来支使我？没良心的王八羔子！你们想想，二十年前，我跷起一只腿，比你的头还高呢。那时我眼里哪看得见你们这一批狗杂种！”

贾蓉正送凤姐出来，听不下去，随口说了一句：“把他捆了，明天酒醒再放他！”

焦大眼里哪有贾蓉呢？一听贾蓉说话，他冲着贾蓉大叫：“你别在我面前使威风！就是你爷爷你爸爸也不敢在我面前大声说话！你算什么东西！再跟我要派头，老子看你不顺眼，一样白刀子进，红刀子出！”

上了车，凤姐才对贾蓉说：“这个没王法的东西，不趁早叫他滚了，岂不是祸害？让人家笑我们家一点规矩都没有！”

焦大越骂越张狂，几个壮丁拿了绳子上来捆他，拖往马槽去。焦大一气，索性连贾珍也骂了，乱叫乱喊，说要到祠堂里向太爷告状：

“家门不幸，生下了这些畜生！每天只知偷鸡摸狗，扒灰的扒灰，养小叔子的养小叔子，别以为我不知道！”

凤姐和贾蓉在远远的地方都听见了，却假装听不见。宝玉听了，却问凤姐：“扒灰和养小叔子是什么意思？”

凤姐连忙叫他住嘴：“少胡说，连醉汉胡诌你也要听吗？回去我跟你娘说，看她捶你不捶你！”

第六回

这天宁府的尤氏来请贾母等人过去看戏，王夫人、宝玉和黛玉等人也去凑了热闹。中午时间，贾母想回府休息，由宝玉陪着回来；贾母睡午觉时，宝玉忽然想起：宝钗正在家里养病呢。趁着大家看戏的当儿，正好看宝钗去。他叫丫头和奶妈别跟，一个人悄悄往梨香院走。

宝玉到了梨香院，先进薛姨妈屋里，薛姨妈正在做针线活儿。宝玉先问："薛哥哥不在家？"

薛姨妈叹息道："他呀，像只野马似的，哪里肯在家里待上一天？"

宝玉又问："宝姐姐身体好了没？"

"就在里面房间，你进去看她吧。"

宝玉走到了里面的房间，掀起一条半旧的红绸软帘，看见宝钗也坐在炕上做针线。头上的髻儿黑溜溜的，身上穿了蜜色棉袄和葱黄色棉裙子，淡雅而美丽。宝钗脸上不施脂粉，可是仍然唇红齿白、眉目分明，一双水杏般眼睛不笑而媚，宝玉不由得看得目不转睛。

"姐姐身子好了吗？"看了好一晌，宝玉才想起自己是为探病来的。宝钗含笑起身迎接："已经好了，多谢你挂念。"

难得坐得这么近，旁边又没有别人，宝玉傻着眼多看宝钗几分，宝钗看见宝玉胸前挂着他那块"命根子"，笑说："成天听说你这块玉的神妙，就是没有好好鉴赏过，今天我倒要好好瞧瞧了。"宝玉便从脖子上摘了下来，递给宝钗。

宝钗将它托在掌上看，只见这玉有雀卵般大小，光亮滑润，跟一般玉石完全不一样。正面写着：莫失莫忘，仙寿恒昌。宝钗轻声念着这几个字时，她的丫头莺儿走了进来，笑道："姑娘，这和你项圈上的那两句话，好像是……一对的呢。"

宝玉听了，好奇不已，"姐姐，我可要瞧瞧你的项圈！"

宝钗原来不肯，被他缠不过，只好解了外衣的排扣，将里头的大红袄儿上那串晶莹灿烂的黄金璎珞取了出来。宝玉一看，上头果然有两句吉谶：

不离不弃，芳龄永继。

宝玉念了两遍，又把自己的念了两遍，笑着说："姐姐这八个字，果然跟我的是一对儿。"莺儿说道："这是一个癞痢头和尚送给姑娘的字，他说，一定要刻在金器上才行。"

话未说完，宝钗低声骂莺儿："你不去倒茶，在这里胡说些什么？"

因为坐得近，宝玉从宝钗身上闻到一股香气，不知道是什么味道，又开口问："姐姐熏的是什么香？我从没闻过这种味道……"

"我从来不熏香，好好的衣服，熏什么香？"宝钗说。

"那这是什么味道？"除了读书不求甚解外，若有疑惑，宝玉向来问到底。

"我想起来了，"宝钗笑道，"是我早上吃了'冷香丸'，才有这种香气。"

"什么冷香丸？我也要吃！"

"胡说，药也有吃着好玩的？"

正胡闹着，外头传报："林姑娘来了。"不是冤家不聚头，话声未了，黛玉已经走进房间里，一看两人坐得甚近，状似亲昵，笑道："哎呀，我来得真不巧！"宝玉连忙起身让座。宝钗偏正色问："这话怎么说？"

黛玉回答："早知道他来，我就不来了。"

"这话怎么说？我可听不懂。"宝钗又问。

黛玉解释："如果今天他来，明天我来，错了开来，那岂不是天天有人来看姐姐？不会太冷落，也不会太热闹，岂不正好？姐姐有什么听不懂的？"

宝钗明知她强词夺理，只淡淡一笑，不与她分辩。

此时薛姨妈已准备好了几样茶点，留他们一起喝茶，伴茶的还有薛姨妈做的鹅掌，宝玉吵着要拿鹅掌配酒喝才够味。偏偏此时宝玉的奶妈也找到宝钗这儿，宝玉要喝酒，李嬷嬷急忙阻止。"你每喝一口酒，我可要讨两天的骂！薛姨妈，你可不知道他的性子呢，他喝了酒，就疯疯癫癫的……"

薛姨妈笑道："老货，这你不用担心，有我在这里，哪准他喝多？你也跟众人吃酒去吧！”

李嬷嬷走后，宝玉又说：“不必温酒，我只爱喝冷的。”薛姨妈见天气寒，当然不肯，劝道：“这可使不得，喝了冷酒，写字要发抖的。”

宝钗也说：“宝兄弟，亏你那么博学多闻，你难道不知道，酒性最热。热热地喝下去，发散得快，喝冷的，就凝结在身体里头，难不成拿五脏六腑去暖它！”

宝玉一听，觉得这话有道理，就不吃冷的了。黛玉在一旁听了，看他那么听宝钗的话，有些吃味，抿着嘴取笑他。碰巧黛玉的丫头雪雁来给黛玉送小火炉，黛玉便借题发挥：“谁叫你送来的？真难为有人为我费心！”

雪雁说：“刚刚下了雪，紫鹃姐姐怕姑娘冷了，叫我送来。”

黛玉接了暖炉，揣在怀中，笑道：“真亏你听她的话，平时我跟你说什么，你都当耳边风，怎么她说话，比圣旨还管用？”

宝玉听见了，知道黛玉指桑骂槐，一味傻笑，也不回嘴。宝钗明知黛玉爱拐弯抹角嘲笑人，只装作没听见。

转眼间，宝玉已吃了三杯酒，李嬷嬷转头回来，一看，不得了，又上来阻拦，不许他喝。宝玉央求：“好嬷嬷，我再喝两杯就不喝了嘛。”李嬷嬷却得理不饶人：“你可要小心点！今天老爷在家，提防他又来问你读了哪些书！”

宝玉听了这话，心里不高兴，慢慢放下酒杯。黛玉见情况不妙，悄悄推宝玉：“别扫了大家的兴。舅舅若找人，只说在姨妈这里不就得了？”接着小声说，“别理那老东西，咱们乐咱们的！”

奶妈耳朵虽然重听，却听得见黛玉的嘀咕，说道：“林姐儿，你别帮他了，你要劝他才对！”

黛玉一阵冷笑：“我为什么帮他？又为什么劝他？你这奶妈也当得太小心了。以前老太太也赏他酒喝，可没听见有人说什么话！难道在姨妈这里多吃了一口就碍事？难不成……你把姨妈当成了外人！”

这话，使得李嬷嬷听了急得跳脚，赔笑作揖了好一阵子：“林姐儿说话，比刀子还厉害呢！”宝钗也忍不住往黛玉脸上拧一把，打圆场：“说的也是，这颦丫头的一张嘴，真教人恨也不是，爱也不是！”

当下李嬷嬷不敢再说话，只敢悄悄和薛姨妈说：“姨太太，别让他喝多！”自讨没趣地走了。专门扫兴的奶妈离去后，宝玉酒兴更佳，但薛姨妈千哄万哄，也只容他再多喝三杯，收了酒具，替他煮了酸笋鸡皮汤来。宝玉一连喝了几碗，多吃了半碗碧粳粥。林黛玉吃完饭，问宝玉：“你走不走？”宝玉心知，不跟她走，又会惹她多心，立即说道：

“你要走，我就跟你一齐走。”

外头正下着雪，宝玉的丫头为他拿来大红猩毡斗笠。丫头动作粗了些，黛玉看不过去，拎过斗笠来，亲手为他戴上了。两人默默走着，穿过雪花飘舞的小径，来到贾母房中问安。一路上两人虽然一句话也没说，宝玉心里倒觉得自己说了许多话，不知是酒暖了他的心，还是因为有黛玉在身旁。两人虽然常会闹些小口角，但他到底知道她的心向着他。

回到房里，只见桌上摆着笔墨。他问是谁在他桌上写字来着，晴雯探过头来，笑道：“真是的！你一早叫我起来研了墨，只写了三个字，丢了笔就走了，害我等了一整天！赶快来给我写完！”

宝玉才想起早上的事，问：“那我早上写的三个字在哪里？”

晴雯说：“我看你真是喝醉了！分明是你叫我贴在门上的——我怕别人贴坏了，自己爬上去，贴了老半天，手都冻僵了！”

“那么，我替你握着手，你的手不就不冷了？”

于是两个人手牵手，一同欣赏门上新写的三个字。偏偏此时黛玉又走过来，看宝玉与晴雯如此亲密，心头又不是滋味，又怕别人笑她吃醋，只得装作没看见。宝玉一点不知她的心事，一派天真，问道：“林妹妹，你说说看，哪一个字好看？”

黛玉慢慢抬起头，看见了斗大的“绛芸轩”三字，抿嘴笑说：“每个字都写得好极了，改天有空，也替我写个匾额！”

宝玉说：“你又来哄我！”

忽然间，酒意醒了，想起一件事，问晴雯：“早上我在那边吃饭，看见一碟豆腐皮做的包子，我想到你一定爱吃，就叫人送过来了，你看见了没？”

“别提这回事，”晴雯说，“一送来，我就知道是给我的，搁在那边，原来要等有胃口了才吃，没想到李嬷嬷来，一看见，就说要带回去给她孙子享受。”

说着，茜雪为他送上茶来。宝玉随口说：“林妹妹喝茶！”

黛玉却已飘然走远了。

宝玉独自喝了这盏茶，忽又想起早上沏的茶，问茜雪道：“早上沏了一碗枫露茶，我说那茶要泡三四次才最好，怎么端上这个来？”

茜雪：“本来替你留着……但李嬷嬷来，一口气喝干了。”

又是那无趣的奶妈！宝玉一听不由得发了火，手上茶杯往地上一掼，顿时跌个粉碎，茶水洒了茜雪一裙子。他又跳起来问茜雪：“她是你哪一门子的长辈？你们这么孝敬她？我不过小时候吃了她几口奶，她就自觉得比老祖宗还大？我偏要叫她滚！”茜雪莫名其妙遭了波及，一脸不高兴，和宝玉生起气来，宝玉又吵着说，要回禀贾母撵茜雪走，他不要茜雪了。

袭人本来在炕上装睡，有意逗宝玉来吵她玩，冷不防听到宝玉摔茶杯，忙起身来劝解。贾母那边的人听到茶杯落地声，走过来问，袭人说是自己倒茶不小心砸了杯子，没事，又劝宝玉：“你若要撵她，不如连我们一起撵了，反正你也不愁没有更好的来服侍你。”

宝玉听了这话，才闭了嘴，由袭人扶到炕上休息。待宝玉躺下了，袭人摘下他那块“通灵宝玉”，用绢子包好，塞在床褥下，恐怕第二天戴时，冰了他的脖子。

撵茜雪事，袭人原本打算不了了之，不知哪个婆子舌头长了些，又传到贾母那边，说茜雪服侍不周，惹宝玉嫌。贾母爱孙心切，还是将茜雪遣走了。宝玉房里本来只有茜雪还听李嬷嬷的话，茜雪一走，就没人让她占便宜了。李嬷嬷为此叨叨不休，喋喋咒骂，但也无可奈何。

第七回

进贾府家塾陪宝玉读书，可以为家里省一些开支，秦钟当然高兴。这天，秦钟由姐夫贾蓉带着前来贾府。宝玉一听他来，兴高采烈出去迎接，将秦钟带到贾母跟前。贾母看见秦钟举止斯文，让他来和宝玉读书，自然放心，留他来吃饭。众人都喜欢宁府的秦可卿，见她弟弟竟和她一样温和，对他也十分殷勤。贾母嘱咐他："你家住得远，若一时不方便回去，只管住在我们这里。不过，最好跟你宝二叔住在一处，可别让其他不长进的东西给带坏了。"

秦钟和秦可卿并非亲姐弟。秦钟的父亲秦邦业，年纪已近七十，曾任营缮司郎中，素来和贾家有来往；当初因年近五十而无儿女，便抱了一儿一女来养，谁知道连养子也养死了，幸而不久，新买的妾生下秦钟，使秦家有子传香火。原先抱养的，只剩一个女儿，取名秦可卿，官名兼美，渐渐长成了个美人，一颦一笑间，万种风情。凭媒妁之言，嫁给贾珍的儿子贾蓉。

因有秦钟陪伴，原本都把老师请进家中的宝玉才甘心自愿到家塾上学。到了该上学那天，宝玉一睁开眼，袭人已经把他的书笔文物收拾妥当，坐在床沿发呆。宝玉以为袭人不喜欢他上学去，轻声问："好姐姐，你怎么了？难道怕我上学去以后冷落你们不成？"

袭人笑了："哪儿的话？上学读书是很好的事，不读书，可要潦倒一辈子的。不过，我可要说一句话儿：你念书的时候心里要想着书，不念的时候可得想着家，别和那些人一起玩闹，万一给老爷知道了，那可就大大不好！"

袭人叮咛一句，宝玉便答一句："是。"没有多说话。接着袭人又千叮百嘱："你那件白狐皮衣服，我也交李贵他们给你带去了，冷的时候可要记得添换；你可得记得说，否则那一群懒贼，要不说他们，他们可乐得不动！那边可比不得这里有我们照料……"

"你放心，"宝玉说，"我在外头的事，自己都会料理；你也别老闷在屋里，没事的话，到我林妹妹、薛姐姐那边走动走动。"

穿戴齐全后，照例要见祖母和父母。贾政和一班清客正在书房说闲话，宝玉硬着头皮进去请安，禀明要上家塾去。当着众人的面，贾政偏冷笑道："你要上学？我听了也得陪你脸红！我看你是去玩玩罢了……有你这样的人，站在我的书房里，我都嫌你站脏了我的地方！"

宝玉战战兢兢地站在一旁。贾政养的几个门客，素来知道贾政的脾气，拉了宝玉的手出去。贾政骂得意犹未尽，又问："谁跟着宝玉念书去？"

外面应了一声，传来了三四个大汉，其中带头的，是宝玉奶妈的儿子李贵。

贾政劈头又骂："你们这些人，每天跟着他念书，到底念了什么东西？依我看，他书没念好也就算了，还学了一些浑话！等我闲了，先剥了你们的皮，再跟那不长进的东西算账！"

这话吓得李贵等人双膝跪地，摘了帽子，连磕响头，回答道："哥儿现在已经念到第三本《诗经》，我听他念过什么：'攸攸鹿鸣，荷叶浮萍。'……小的绝对不敢撒谎！"

李贵本来想为宝玉说情，但满座的人听见他把"食野之苹"念成"荷叶浮萍"，不由得哈哈大笑，连贾政也忍不住笑出声来，说："恐怕再念三十本《诗经》，也是'掩耳盗铃'！你替我到家塾里告诉教书先生，就说我讲的，什么《诗经》、古文，都不用读，把四书讲明、背熟最要紧！"

李贵出来，看见宝玉还站在门外等他们，边掸衣服边说："宝哥儿，刚刚你听见了吧，老爷子要剥我们的皮呢！别人的奴才跟着主子总赚点面子，我们这些奴才，白白陪着你挨打受骂！你也可怜可怜我们吧！"

宝玉自己觉得好笑："好哥哥，你别觉得委屈，我明天请你就是了！"说着，又回到贾母那边，秦钟已经来了，正恭恭敬敬地听贾母叮咛。宝玉想起没跟黛玉告辞，又跑到黛玉房门，黛玉正在对镜梳妆，笑说："你上学去，可要学月宫里吴刚伐桂，孜孜不倦。"

宝玉还依依不舍，和黛玉唠唠叨叨了老半天："妹妹，你可要等我放学再吃晚饭……还有，胭脂膏子也要等我回来再调……"好不容易告辞了，黛玉又把他叫住："你怎么不去辞你宝姐姐呢？"

宝玉笑而不答，转身走了。

秦钟在贾府里住熟后，贾母也把他当孙子看，分外疼爱。论辈分，两人虽是叔侄，但宝玉嫌称呼起来麻烦，跟他私自约定："我们两个人一样年纪，又是同窗，称兄弟就好了。"

看见宝玉和族中的几个兄弟先后进了家塾，薛宝钗的哥哥薛蟠，竟然也动了上学的念头。不过，他这人虽自愿上学，却是三天打鱼、两天晒网，并不图学业进益，只求多些玩伴。薛蟠生性好色，除了女色之外还喜欢娈童。由于花钱阔气，上学不久，已勾引了两个长得有女孩子气的学生，一个取绰号叫香怜，一个叫玉爱，日日左拥右抱，好不得意。

这天授业老师贾代儒有事回家，命令长孙贾瑞管理大家做功课。这下可好，学堂里马上闹出事来。原来是秦钟和香怜两个人跑到后园说话，给一个叫金荣的刺激了几句，秦钟和香怜向贾瑞告状，贾瑞反而斥责他们多事。金荣得意回座，嘴里一直说脏话。玉爱听见了，又和他起了口角。

金荣唯恐天下不乱，一说到兴头上，硬说："刚刚我在后园，明明看见他们两个人在亲嘴摸屁股！"

这话一说，又得罪了一个人。这人名叫贾蔷。贾蔷原属宁府里的嫡系子孙，因为父母早亡，从小就在贾珍的照料下过活，然目前自立门户，不住在宁府，但和贾蓉素来有交情。

金荣欺负贾蓉的小舅子秦钟，等于是欺负了他，这口气哪里能不出？不过，因为金荣和薛蟠交情甚好，他也不想得罪薛蟠，心里盘算了一下，走到后院，悄悄把宝玉的书童茗烟叫到身旁，吩咐了几句话。

茗烟年轻，又爱好管闲事。一看有人欺负了宝玉的朋友，就听贾蔷的话，要触那人霉头。走进教室里，一把抓住金荣："人家亲嘴摸屁股，跟你何干？没 × 你爹已经很好了，有本领的话，出来和我茗大爷比本事！"

一番话吓得学生们呆若木鸡。贾瑞忙喝道："茗烟，不要撒野！"金荣一看茗烟如此，顿时把气出在宝玉身上："奴才都敢如此，看我怎样对待你主子！"说完，伸手去抓宝玉。金荣的同党也丢来一块砚台，差点打中了秦钟的后脑勺，掉在贾蓝和贾菌的桌子上。

贾菌年纪小，向来却天不怕地不怕，拿起了砚台，就要回扔过去，但人长得不够高，力气也不大，砚台反而扔到贾宝玉和秦钟的桌上，把他们的东西打落了一地。没打着，又跳出来想揪打金荣。大伙儿于是一起动手，宝玉的几个小厮：茗烟、锄药、墨雨、扫红齐助阵，门闩、扫把、马鞭都成兵器。贾瑞此时再喝阻也没人听见。

等到李贵这几个家仆听到声响冲进来时，已经打了许久，几个大汉费了一番力气才暂止事端。秦钟的头被金荣一把打中，宝玉正帮他搓揉。宝玉看见李贵，要他回禀贾代儒去。李贵知道这事查起来，贾政恐真要剥他的皮，极力阻止；宝玉却又吵着，如果学堂里有金荣这种人，从这天起，打死他他也不上学。

“叫金荣的到底是哪门亲戚？”宝玉问。

李贵迟迟不敢答，茗烟在外头大声应道：“他是宁府里璜大奶奶的侄儿！没什么人撑腰，还敢来吓大家！他那姑妈，只会跟我们琏二奶奶跪着借钱呢！”

宝玉气在头上，冷笑说：“我还以为是谁的亲戚！我这就到他家问去！”

说完便要走了，叫茗烟进来拿书包。茗烟又出了主意，“爷，你也不必亲自问他，我替你到他家去，就说老太太有话要问他，雇一辆车子把他们拉到老太太那里去，岂不省事多了？”

“你找死啊？”李贵一听，心里更急，“我这就去回太太和老爷，就说今天全是你教唆的！还敢加油添醋？”

贾瑞看事情闹大了，这才劝金荣：“俗话说：忍得一时愤，终身无恼闷！你既惹出事端，磕个头就没事了。”于是强迫金荣向秦钟作了一个揖，众人还是不欢而散。

虽然向秦钟赔了不是，金荣心里着实不服气，回家跟母亲胡氏说了事由，再三强调人非己是，说起秦钟，更是气冒三丈：

“秦钟跟我一样，又不是贾家的子孙，只不过附着贾家读书而已；仗着宝玉和他相好，就目中无人！他平时和宝玉鬼鬼祟祟的，当人家是瞎子，看不见，也就算了，今天他又去勾搭别人，给我撞见！是他不对！还要我给他道歉！这有天理吗？”

胡氏素来虽喜欢多管闲事，却知道贾家的闲事自己惹不起，叮咛儿子：“你干吗惹是生非！我费了千辛万苦跟你姑妈说情，你姑妈又费尽千辛万苦跟西府里的琏二奶奶说情，才帮你挣得这么一个念书的地方。在人家那里念书，茶饭都是现成的，家里可省了不少钱……如果不是在那里念书，你也不会认得薛大爷——就看在他给你的银子上，你也不该闹学！”

既然母亲这么说，金荣只有忍气吞声，第二天，硬着头皮上学去，就当没这回事。偏偏在这天，金荣的姑妈带了个婆子到金荣家串门子来，胡氏一时多嘴，偏又说起金荣昨天在学堂里被欺负的事。这姑妈嫁的是贾府“玉”字辈嫡系的贾璜，家里却只有些微产业，只因常常到宁、荣二府去请安，又会对当家的凤姐和尤氏说好听话儿，所以不时得到凤姐和尤氏的资助，才能过好日子。

不听还好，一听之下，金荣的姑妈怒气冲天，说：“秦钟这小杂种是贾府的亲戚，难道荣儿不是贾府的亲戚？待我到东府去，跟我们珍大奶奶和秦钟的姐姐说，叫他们评评理！”

金荣的母亲听了，急得不得了，连忙阻止：“都是我多嘴！求求姑奶奶别说罢，如果闹出事来，恐怕我们荣儿上不了课！”

金氏正在气头上，急着为自己的亲戚争回颜面，不听嫂子劝，便叫老婆子叫过车来，往宁府去，到了宁府，先拜见贾珍的妻子尤氏，说了一些寒暄话，才问：“怎么没看见蓉大奶奶？”

本想找秦可卿，在她们面前讨个公道，没想到尤氏却叹了口气：“这些日子，她不知道犯了什么病，经期有两个多月没来，叫大夫看了，又说没有害喜，人一天一天虚下来，我叫蓉哥儿不许劳动她，看看她静养几天会不会好。你知道，我这媳妇不但模样好，个性也是没话说的，再找她这样的人，恐怕打灯笼都找不到，为了她的病，我心里烦死了！没想到今天早上，她弟弟来瞧她，还说他在学堂里给人欺负了——我那媳妇虽然跟每个人都有说有笑的，其实心细得很，一件小事也要想个三五天，一听他弟弟这么说，又是气，又是恼，今天连早饭也没吃了，看她这样，我的心比针扎还难过！”

金氏一听这话，知道金荣这祸惹大了。哪敢替自家人讨公道？刚才那一股盛气早已抛到九霄云外。急忙向刚进来的贾珍问了安，飞快坐车离开。

第八回

我曾经一直在想一个问题。

离开繁华城市越来越远的时候，走在前头的宝玉忽而回头看跛足道人。道人只是微笑着，仿佛没有听见他在说话。

我曾经一直想着两个字，情与欲，想得自己的脑袋发疼。宝玉自顾自地说着。我曾说女人是水，男人是泥，女孩是珍珠，成了婆子就成鱼目，这清与浊的区别，我原以为是情与欲的差等。女子多情故清，男子多欲故浊；女孩儿多天真之情所以清巧，婆子们多物欲，所以讨人厌。

现在呢?

风撩起道人衣角。道人似乎以询问的眼神探他。

仍不分明。想想都是字障罢了。

那什么是苦？什么是乐？风也吹得他耳朵飒飒有声。

多情是苦；多欲，终究也苦。他忽而想起跛足道人袖里的那面镜子——风月宝鉴。道人曾说，对我来说，这镜子不过是镜子，对许多人来说，却是妖魔邪物，色不迷人人自迷，一入镜中，永难出来，除非身毁骨埋。

他喃喃念道：正如年轻女子终必变成他昔时所恶的婆子，情终归于欲。情与欲，文字障而已。

现今还有区别否?

不，不。如清晨草叶上露珠与浊潭泥沼中之一滴污水，都不过是水滴，都须曲曲折折流入大海，已不可分。宝玉笑道。

那么，你叫什么名字？

我已无名无姓，如涓流流入大海，不可分……

那年，蜡梅未谢，荣宁二府便出了两条人命。

秦可卿无缘无故生了病，宁府上下都忧心忡忡。在宁、荣二府，秦可卿都是最受称赞的媳妇，个性温和有礼，模样又脱俗，上上下下都喜欢她。她的公公贾珍为请医生也费了不少心神，只是连她得的是什么病也诊断不出。

这天，她的丈夫贾蓉请来了一个深通医学的张大夫。

张大夫随贾蓉进了内室，伸手在秦可卿的左右手把了把脉，在炕上用完茶后，对贾蓉分析了病情：夫人是因心气虚而导致经期不调、夜间无眠，又因血气亏滞肾脏导致胁下肿痛、胸口发热，所以呼吸不调、头晕目眩。话未说完，旁边服侍秦可卿的婆子已抢答："没错！就是这样。"

张大夫皱皱眉头说："这病是被你们耽搁了！如果在第一次经期过期时用药，此时已可痊愈，拖到现在，恐怕只剩三分机会。"

贾蓉问："这个病要不要紧？"张大夫当下开了些养心调气的药方，说这病非一朝一夕，吃了药能不能好，得看运气了。贾蓉是聪明人，没有再往下问，急忙抓药去。

不久，又到了宁府大家长贾敬的寿诞。虽然贾敬近年来立志修道，不管世事，要子子孙孙别打扰了他的清净，但身为长子的贾珍仍然不敢怠慢，一大早便叫贾蓉带领了家里的下人，将十六个大捧盒送到父亲那里去。在家里又摆上两桌筵席，请荣府的人过来坐坐。

邢夫人、王夫人、凤姐、宝玉先后到了。爱看热闹的贾母却没来，凤姐儿说是老人家昨夜嘴馋，吃了桃子泻肚子，没能赏光。荣府的人早听说秦可卿病得不轻，这回来到宁府，没看见秦可卿的影子，话题又绕着她的病情打转。凤姐素来和秦可卿无话不谈，一听尤氏这么说，眼睛便红了，说道："这么好的人，又这么年轻，如果她有个三长两短，我活着，还有什么趣味？"

吃完了饭，贾蓉邀大伙儿看戏去，凤姐说："我先瞧瞧可卿再过去吧！"

王夫人、邢夫人和宝玉也都想一起探秦可卿。由尤氏带他们悄悄地进了房门。秦可卿人是清醒的，看到大家来了，挣扎着要起身。凤姐走过去拉了秦可卿的手，说："才几天不见，你怎么瘦成这个样子？"

秦可卿连笑容中都有倦容，上气不接下气地说："是我自己没福气！我嫁到这样的人家，公婆把我当自己的女儿看待，你侄儿又和我相敬如宾！这个家里，每个人都和婶子一样疼我……我自己却知道，未必熬得过今年，这一辈子恐怕不能够尽我们的一份孝心了……”

秦可卿的房间，宝玉是熟悉的，在这里，他曾有一场无边春梦。此时，却只能两眼干瞪着唐伯虎的《海棠春睡图》发呆。听到秦可卿那番话，心头如有万箭攒心，泪水不知不觉地流下来。凤姐怕秦可卿看了宝玉掉眼泪，更牵动情绪，说：

“宝玉，少这么婆婆妈妈的！依我看，不多久就会好了。”又对秦可卿说，“你别胡思乱想，再想下去，病情又要加重了！”说着，要贾蓉带着宝玉先到会芳园看戏，自己还坐在秦可卿的床褥上，说了一些心里的话，要她好好静养。

凤姐在偌大的荣、宁二府里头这么多年，屈指算来，竟只有秦可卿一个算是朋友。一想，自己眼眶又红了。

秦可卿笑得凄惨：“任凭是神仙，恐怕也治不了我！我现在，只是在捱日子。”凤姐不知该说些什么，怕王夫人他们等太久，依依不舍地和秦可卿告辞，说：“只要有空，我一定常来看你！”

一个人绕过花园，加快脚步赶往会芳园，正是深秋，院子里的枫树一片血红，菊花也开了满地，凤姐走着走着，不禁缓了脚步，欣赏起宁府花园的景致来。

正出神时，冷不防从假山背后走出一个人，对凤姐说道：“嫂子，我向您请安！”

凤姐吓了一跳，连忙后退一步，打量来人：“你是瑞大爷吧？”

来人正是贾瑞。贾瑞笑道：“嫂子连我也不认了？”

“不是不认得，只是你……吓了我一跳。”

贾瑞听了这话，两只眼睛不停地往凤姐身上瞧。“那也是我和嫂子有缘！我刚刚偷偷溜出来，想找个清净地方走一走，没想到就遇到嫂子在这里赏花，这可不是有缘？”

一看他的眼神，凤姐已将贾瑞的意图猜了八九分。对他假意笑道：“我现在正往太太们那边去，没有空和你多说话，有空时，到我们那边坐坐吧。”

贾瑞一时不肯放人，说：“我常想到嫂子家请安，又怕嫂子年轻，不肯见我。”

凤姐说：“我们都是亲戚，跟年轻不年轻有什么关系？”

贾瑞以为凤姐话里有什么暗示，心中暗喜：“想不到今天得到这个机缘！”心中一片酥麻，人都走了，一边还回过头频频望凤姐。凤姐也故意逗他一逗，将脚步放缓了，心里却骂：“畜生！”

人还没走到会芳园，一群婆子已经奉尤氏之命来迎接她。邢夫人和王夫人看见凤姐，要她点几出好戏给她们听听，凤姐点了《谈词》和《还魂》，却没心听戏，往楼下男客席一望，没看到自己的丈夫，便问：“爷儿们到哪儿去了？”婆子应道：“爷儿们到凝曦轩喝酒。”凤姐眼睛一瞪，嘀咕道：“哼，谁知道他背地里去干什么正经事呢？”耐着性子，和尤氏说说笑笑间，不知不觉间也听完了戏。

一连好几个月，凤姐往宁府走得勤，都是为了看秦可卿。秦可卿的病虽没恶化，但也不见起色；到了冬至，有人传话来说，不好了。奉贾母之命，凤姐又急急地到宁府探病，只见秦可卿脸上的肉都风干了。说了几句话后，凤姐走到了尤氏房里。尤氏问：“依你看，我媳妇的病如何呢？”

凤姐低头老半天，才抬起头来，一脸肃穆道：“我看，没办法了。”

尤氏说：“我也知道，所以我已经叫人暗暗预备后事去了。”

凤姐喝完茶，便说要回去禀报贾母。尤氏叮咛：“可别吓着老人家。”凤姐当然知道这道理，只对贾母说，一时不会有大碍。回到家里，问得力助手平儿，有什么事没有。平儿说，有个瑞大爷来打听奶奶在不在家。

凤姐哼了一声：“这畜生，真是该死！”平儿听了，问：“瑞大爷是为什么来的？”凤姐于是把九月时在宁府花园里遇见贾瑞的事情说了。平儿开口骂道：“癞蛤蟆想吃天鹅肉！没人伦的混账东西，叫他不得好死！”

凤姐只是冷笑：“他万一再来，我自有处置！”偏偏她正和平儿讲话时，贾瑞又来了。

心中已有对策，刹那间堆出一脸笑，请贾瑞进来，让座又让茶，十分殷勤。贾瑞看了凤姐，满脸都是笑，连声问好，眼睛一瞄，知道贾琏不在屋里，悄悄问道：“二哥哥怎么不回来？”

凤姐说：“我倒不知道上哪里去了，爷儿们的事，我可管不着。”

贾瑞接口说：“可能是路上被人绊住了脚，舍不得回来。”

凤姐故意顺着他的意思，笑道：“男人嘛，总是看一个爱一个！”

贾瑞听见凤姐这么说，又笑道：“嫂子话说错了，我偏偏就不是这样的人。”

“像你这样的人品，能有几个？十个也挑不出一个来的。”

贾瑞并不知道凤姐在讽刺他，反而高兴得要命，问：“嫂子天天闷得很吧？”

“正是，就盼望有个人来说话解解闷呢。”凤姐说。

“我天天闲着，每天过来替嫂子解闷如何？”贾瑞信以为真。

“你哄我吧？”凤姐有意无意把媚眼抛。

“我在嫂子面前，若有一句谎话，天打雷劈！从前听说嫂子是个厉害人，所以唬住了我，今天见了嫂子这么标致，我怎会不来看你呢？我死了也情愿！”

过一会儿，贾瑞又凑近，问：“我想看看，嫂子带什么戒指？”

凤姐悄悄说，有丫头看着，要他放尊重些。笑着下逐客令，贾瑞却不走，凤姐又悄悄说："大白天，人来人往，你坐在这里，别人看了可要说闲话，不如晚上一更时，到西边穿堂等我！"

贾瑞听了，如获至宝，忙说："嫂子，你可不能骗我！……可是那边往来的人不少，怎能掩人耳目呢？"

凤姐答："你放心，我给守夜的小厮放假，再把穿堂两边的门一关，不就行了？"

贾瑞听了，高兴万分，心里以为必定得手，好不容易等到了晚上，摸黑进了荣府，趁掩门时进入穿堂，那里果然已经一片漆黑，没人来往，向西的门锁了，向东的门本来还没有关，贾瑞躲在角落里，眼巴巴地望着东门，等凤姐来，没看到凤姐人影也就算了，东边的门忽然哗啦一声关上！这会儿，他像只被关在笼子中的猴子，无路可逃，这一天寒风刺骨，夜晚又漫长，他被关了一夜，差点被冻死。直到早上，才有个婆子把东门开了；他只好趁老婆子没注意，一溜烟跑了出来。

回到家，偏又难向祖父贾代儒交代。父亲早亡，祖父对他期望甚高，所以管教甚严，见贾瑞一夜未归，又没有交代去处，以为他吃喝嫖赌去了，气了一夜。贾瑞捏了一把冷汗向祖父撒谎，说是舅舅贾政留了他一晚，贾代儒不信，发狠打了他三四十大板，还不许他吃饭，罚他跪在院子里读圣贤文章。

但贾瑞并没有因此学乖，过了两天，休养生息够了，又找凤姐去。凤姐故意抱怨他失信，贾瑞不疑有他，连忙对天发誓。凤姐又约他：

"今晚，你就别上原先那里去了。到我这房间后面的空屋子等我，比较妥当。"

贾瑞喜上眉梢："嫂子这话可是真的？"

"不信，就别来！"凤姐娇嗔。

"不，不，不，"贾瑞急道，"我死也会去！"

贾瑞一告辞后，凤姐又派兵遣将。可怜的贾瑞苦等他祖父安歇，才像只老鼠般钻进荣府，在空屋里等着，像热锅里的蚂蚁一样，左等不到人，右听不见声响，心里既着急又害怕，正担心凤姐不来时，忽然有个黑影悄悄地摸进了屋子，他断定此人必是凤姐，便像猫儿捕老鼠般扑了过去，叫道："好嫂子，等死我了！"不分青红皂白，扯到屋里的炕子上就要亲嘴扯裤子。刚扯下自己的裤子时，火光一闪，看见屋里还有一个人，竟然是贾蔷！被自己抱在怀里那人也笑道："瑞大叔正要搞我呢！"

原来怀里的不是凤姐，是贾蓉！这两人年纪与他差不多，但论辈分却是他的晚辈。贾瑞转身就要逃走，又被贾蔷一把抓住："别走！琏二嫂子已经告到太太那里去了，说你调戏她，太太特地命我来抓你！"

贾瑞吓得魂不附体，求情道：“好侄儿，你就说没看到我好不好？我明天一定重重谢你！”

“谢我什么？口说无凭，写张借据来！”贾蔷老早准备好了纸笔，就等他写字。贾瑞知道中了圈套，也来不及了，勉强写了五十两的欠条，并画了押，贾蓉也不饶他，依样画葫芦又逼他写了五十两。

他想溜出去，又被两人叫住，说，外头门早就关了，他们先去为他探路，要他蹲在台阶上的一个隐秘处等。贾瑞照做，但没多久，只听得头上一响，一桶尿粪淋得他一头一脸。回到家只得告诉家人，自己一不小心掉进茅坑里。

从此以后，贾蓉和贾蔷常来找他讨钱，贾瑞却执迷不悟，依然想念凤姐的标致模样，每夜相思难捺、欲火中烧，日久便亏了身体；加上祖父逼他做功课逼得紧，没多久就病倒了。这病内外夹攻，无论吃什么药总不见效。

病入膏肓时，有个跛脚道士到他家门口化斋，声称专治疑难杂症，贾瑞在内室听了，要家人请道士入内看病。道士看了他，直摇头，说：“你这病没药可医，不过，我有个宝贝借你，你天天看着它，或者可以保命。”

道士掏出了一面镶着“风月宝鉴”的镜子递给贾瑞，叮咛他：“只可以照背面，万万不可照正面！”说完，便又飘然远去。

贾瑞接了镜子，往反面一照，只看见一个骷髅站在那里，吓得掩住镜子，暗骂那道士混蛋骗子；情不自禁拿了正面照，只见凤姐笑盈盈地站着对他招手，贾瑞一高兴，魂魄悠悠荡荡，进了镜子里去，搂住凤姐，翻云覆雨了一番，一而再，再而三，没事就往正面照，和镜子里的凤姐相好，乐此不疲。

贾瑞手里总是牢牢拿着镜子。某一天，镜子叮当一声掉下来，仆人去探看时，贾瑞已咽下最后一口气。身子底下，一摊黏答答的精水。贾代儒夫妇哭得死去活来，已回天乏术。

众人以为妖镜害死了他，要烧那面镜子，镜子却像长了翅膀似的，往空中飞去。贾代儒奔出去看时，只听到原来那个跛脚道人的声音：“凡人都是自作自受，毁我的风月宝鉴做什么？”

声音在风中回荡，只是看不见任何人的影子，正月难得的好日当空，蓝天无云。贾瑞的身子，逐渐冷去。

第九回

贾瑞一命归阴，贾家的亲人也噩耗频传。秦可卿的病，眼看好不了，而林黛玉的父亲林如海又叫人写信来，说是他身染重疾，要黛玉回扬州，好看看亲女。这些消息，都像一块又一块的石头压在贾母的胸口上。贾母要贾琏带黛玉返乡，又叮咛贾琏，事情完，还要带黛玉回来。

贾琏带着黛玉一走，最百无聊赖的，要数宝玉和凤姐。凤姐每晚独守空闺，没事时只能和平儿说说话，心里一直盼望贾琏早日回来。这一天，像平时一样早早上了床，睡到三更时，恍惚之间，看到秦可卿走了进来，对她含笑，轻声说话："婶娘，我今天就要走了。但还有一件心愿未了，非告诉你不可。"

凤姐也恍恍惚惚地说："有什么心愿，只管托我就是了。"

"俗话说，月满则亏，水满则溢，我们家，显显赫赫已近百年，不知将来有一天，会不会树倒猢狲散？"

凤姐听了这句话，胸口好像挨了一记闷拳，茫茫然问道："那可怎么办？"

秦可卿说一些理定财务的道理，要凤姐多多购置房舍，以备不时之需。又说，不久之后，会有一件非常的喜事临门，但这喜事不过是瞬间繁华。凤姐还要问是什么喜事，秦可卿却不肯答，临别时口中念着两句话：

"三春去后诸芳尽，各自须寻各自门！"待凤姐还要问时，只听得一阵刺耳的声响，家中报事的云板敲了四下。她惊坐而起，脖子上蒙了一层冷汗，外头守夜人在门外传呼："蓉大奶奶走了！"

丧音一响，贾府远远近近一片哭声。人人喜欢秦可卿，她一走，上上下下都伤心。

宝玉在梦中听见秦氏死了，心里好像被捅了一刀似的，哇的一声吐出血来，没顾自己安危，硬要赶到宁府去，袭人她们怎么劝都没用。一到宁府，灯火已如白昼，贾氏男丁皆已到齐。宝玉直奔停灵堂，痛哭了一场。秦氏的公公贾珍，哭得比谁都伤心，对来人说："远近亲友，谁不知道我这媳妇比儿子还强十倍！她一走，我们家，没人了！"

这丧礼备极哀荣，除了请五十个高僧、五十个道士来做七，贾珍又为她找到了一副千年不坏的棺木。又因贾蓉并无功名，贾珍怕灵幡上写的谥号不好看，特地替儿子花了一千两银子买了"龙禁尉"一职。此外，秦氏的婢女有个叫瑞珠，见秦氏死了，竟然伤心到触柱而亡，也和秦可卿一起安葬。

秦氏一去，尤氏又因胃病病倒在床。家务顿时无人料理。贾珍便到荣府请王夫人要凤姐顺便料理宁府的家务。王夫人本来怕凤姐担当不起，不肯马上答应，但因贾珍苦苦哀求，便问凤姐的意思。凤姐素来爱卖弄才能，见贾珍如此求她，心里早就答应了；这么一来，肩上又多了宁府的大印。贾珍说："妹妹要怎么办，就怎么办，不必问我。别为我省钱，也别怕人抱怨。"

自此忙完自家事，还要忙宁府。

凤姐到底是个脑袋清明的人，屈指一算，便算清了宁府家务的大败笔：第一，人口混杂，动不动就有人丢东丢西；第二，每个人都没专管的事务，有事就互相推诿；第三，滥支冒领，费用超支；第四，任务大小分配不平均；第五，主子不懂得管束家仆，任他们胡作非为！

宁国府的总管赖升听说凤姐已答应来持家，诚惶诚恐召集了所有家人，说："现在我们暂时换了主子，大家可要辛苦一点，早点来，晚点走，别为我们宁府丢脸！听说她是出了名的难缠，脸酸心硬，惹不起的，万一她翻脸不认人，自己看着办！"

凤姐先让赖升的老婆拿家里仆人的名册来看，第二天一大早，就把家人传到府里听候差遣，来个下马威："既然你们老爷把家里的事情托给我管，我就得先说几句讨你们嫌的话，我可不像你们奶奶一样好脾气，凡事随便你们，现在不管你们过去规矩如何，一切要照着我的意思做！做错事，一律由我处置，我可不管你有没有面子！"然后把宁府的家仆一一叫进房间里看，将他们分为几批，有的负责守灵，有的负责供茶供饭，有的负责管杯碟碗筷，巨细靡遗，并下令不准他们赌钱、喝酒、打架、拌嘴，也不许有人迟到。领取任何东西，都要登记，数目清楚，才准核发。这命令一下，没有人敢吭气，果然宁府的鸡鸣狗盗一时销声匿迹。凤姐见自己威重令行，十分得意。

做"五七"这一天，须高僧延请地藏王、开金桥渡幽魂。凤姐仍如平常时间到了宁府，宁府的家仆们已经都穿上白衣，在大门一字排开等候她。凤姐先到灵前供茶烧纸后，放声大哭，众家人也都随她号啕大哭，悲不可抑，待贾珍和尤氏上来劝止，凤姐才停了哭声。进房间后，马上板起脸来按名簿查点各项人数。家人全都恭敬应答，唯有一个仆人没到，凤姐马上命人将那人传来。

那人一脸惶恐，说："小的天天都早到，只有今天稍微迟了丁点，请奶奶饶我第一次！"但哪知凤姐正愁没人可以杀鸡儆猴，怎肯放过他？一边看着家人来领东西，一边盘算怎么处置，那人只得脸色灰败地站在一旁。待大部分事情都发落完毕后，才开口道："如果每个人都像你这样，今天有人迟来，明天也有人迟来，哪天……说不定大家都不来了呢？本来我是想饶你的，但是饶了你第一次，下一次我就难管其他人！这事，我可不能开恩！"说后，马上拉下脸来，厉声说："带出去打他二十板！"那人怎样请饶都没用，众人看凤姐生了气，不敢怠慢，拉出去照打了。打完，凤姐还要赖升革了他一个月的钱粮，以示惩戒。

眼看这人不过稍稍来迟，就受到这种严厉的惩罚，大家更是兢兢业业，哪里敢偷懒？

发完宁府大大小小的事后，凤姐正赶回荣府处理家务，忽然有人来报："到扬州去的昭儿回来了！"凤姐急忙叫他进来。昭儿捎的是噩耗，说是林如海在他们未赶到时已经死了，贾琏将林如海的灵柩送回他老家，不多久就要带黛玉回来。此时宝玉就在凤姐身旁，凤姐便向宝玉笑道："这下可好，你林妹妹可以在我们家长住了。"

宝玉听了，皱着眉头叹气："这可不得了，不知道林妹妹会哭成什么样呢？"

凤姐也关心贾琏，但因人多，不好细问昭儿；到了晚上，才把昭儿再传进来，细问他一路上的事。连夜整理了几件皮裘，要昭儿回去复命带着，怕贾琏冷了，又吩咐昭儿："在外头，可得好好服侍你二爷，不要惹二爷生气，平时劝他少喝酒，还有，不要让他认得那些不三不四的女人！否则要让我知道了，就打断你的腿！"

昭儿唯唯诺诺地答应了。凤姐吩咐了老半天，已是四更，没睡多久就天亮了，又匆匆忙忙地梳洗打扮，到宁府去。

出殡的日子就要到了。由于秦可卿的灵柩已决定寄在铁槛寺，于是贾珍带了风水师，先到铁槛寺来筹备，连夜修整停灵之处，安排接灵的人口。

出殡的那一夜，宁府灯火通明，人们熙来攘往，热闹至极，一切摆设都是新赶制的，光彩夺目，虽是丧礼，倒像在接待王孙公子，一百多顶轿子浩浩荡荡出发，前后长达数十里，路旁看热闹的更是人山人海。没走多久，就看到路上搭着各色彩棚，棚里摆设着筵席，处处可以听到音乐；东平郡王、南安郡王、西宁郡王、北静郡王都设了棚子路祭，北静王还亲自来祭。贾珍、贾赦和贾政听说王爷驾到，连忙停了行进队伍，以国礼迎接北静王世荣。宝玉本来也想出去看看传说中俊美异常的北静王，碍于父亲也在，不敢贸然行动，只在轿内偷偷瞧着外头。不一会儿，却听见父亲来传他，心里好生欢喜。

北静王年纪不到二十岁，白衣白帽，腰上系着碧玉色的带子，面如白玉、目如明星，气度出类拔萃，更与宝玉惺惺相惜，问他："你的玉在哪里？"

宝玉把那玉从衣服里面掏出来，递给北静王看。北静王端详了好一会儿，才亲手将宝玉为他系上，对贾政说："令郎真是龙驹凤雏！"贾政赔笑："犬子哪里值得您这样夸奖……"北静王邀请宝玉常到他王府和当世高人与饱学之士会合，以增进学问外，又将腕上的一串念珠取下，当作见面礼。

告别了北静王，这一路上仍然热闹，出了城，众人便坐上了马和轿子，直奔铁槛寺。凤姐怕宝玉骑马乱跑，要他和自己同车。车子走了不久，经过荒郊野地，乡下人从没有看过富贵人家，见到这些人的衣着人品，直以为天人下凡。宝玉和秦钟没到过乡下，也觉得村子里的东西处处都新鲜，样样要问名目、要玩耍，差点把人家姑娘的纺车弄坏了。

到铁槛寺，法鼓金铙声响彻云霄，内内外外法事做得热闹腾腾，诸家亲友都已到齐，由凤姐陪伴接待。这道场要做三天，邢夫人和王夫人在第一天中午便要打道回府，想带宝玉一起回去，宝玉刚到乡下，觉得事事新鲜，哪里肯依？硬要跟着凤姐留下来，王夫人只好把他托管给凤姐。族中的人都在铁槛寺下榻，凤姐不愿和众人一起住，派人和附近水月庵的住持说了，要尼姑静虚挪出两间空房来。

水月庵又称馒头庵，因为庙里做的馒头好吃，所以有人给取了这个诨名。当晚法事做毕后，凤姐带着几个女眷和宝玉、秦钟到水月庵。

静虚的两个徒弟，一个叫智能，一个叫智善。智能儿从小就常到荣府走动，和惜春是知心好友，所以宝玉和秦钟都认得她；长大后，她出落得十分标致，纵然削发为尼，另有一番妩媚风流，秦钟对她情有独钟，一见就不能忘，宝玉早就知道。两人在殿上玩耍时，一看智能儿走过来，宝玉故意给秦钟一个眼色。

秦钟嘴里说不关他的事，两眼却盯着智能儿走路。宝玉说："你别装了，那一天在老太太房里，没有人在的时候，我看你偷偷搂着她呢，别想骗我！"

秦钟辩道："你胡说！"

宝玉说："你有没有怎样，才不关我的事呢，我只是想要你去叫住她，替我跟她讨杯茶喝。"

"这才奇怪，你自己没嘴？我叫你叫有什么不一样？"

宝玉说："我叫她是'无情'，你叫她才'有情'，不一样的。"

秦钟拿他没办法，只好开口："能儿，倒碗茶来！"

智能儿去倒了茶来，这回两个人抢着要，都说："给我！"智能儿看他们这样，抿着嘴笑："一碗茶也要争？难道我的手上有蜜？"

宝玉一个箭步向前抢了那碗茶，才要跟智能儿说话，智能又被智善叫走了。

尼姑庵虽是出家人的清净地，但也未能免俗。另一边，静虚尼姑正与凤姐商量秘密事情。

"从前我在长安县出家时，有个施主姓张，是个大财主，他女儿名叫金哥，每年都在我庙里进香。进香时遇到了长安府太爷的小舅子李衙内，这李衙内看上了金哥，非娶她不可，但金哥已经许了原长安守备的公子。李家硬要娶，守备家也不肯退，和张家打起官司来，这下子，女家赌气非退不可了……这事原与您不相关，但我知道您府上和长安节度使云老爷相好，只要云老爷说一声，那守备家不会不依，金哥改亲家就不成问题……就请奶奶做主。"

凤姐听完，笑得神秘："我可不缺钱，不必做这样的事。"

老尼无奈，叹口气道："话虽如此，但张家千拜托万拜托，要我来求府上；府上虽不缺他们的谢礼，但……就怕他们认为，府上连这点子事也没办法。"

凤姐给她这么一说，脸上忽现笑意："这样吧，你叫他拿三千两银子来，我就替他做主。"老尼听了，喜出望外，说："有，有，这个不难。"

凤姐补充道："这三千两银子不是我要的，不过是给小厮做盘缠；其实，就是三万两，对我也不算什么的。"

老尼连忙答应："既然如此，请奶奶快快开恩。"又说了许多奉承的话称赞凤姐，凤姐高兴得嘴合不拢，一整天的劳顿仿佛都一洗而空，乐得把静虚当作知己。

第十回

虽然是自己姐姐的丧礼，秦钟心里的悲哀之情，早被这热热闹闹的丧礼场面冲淡，心里只想着智能儿的巧笑倩兮。这个晚上，大伙儿一歇息，他就到后面厨房找智能儿去，眼见四下无人，只有智能儿一个人在那里洗碗，搂着她要亲嘴。

智能儿急得跳脚，叫道："你这是做什么？我可要叫人了。"秦钟已向天借胆，堵了她的嘴说道："好妹妹，我已经急死了，你今天再不依着我，我就死在这里给你看！"

智能儿听他这么一说，只是做个样子推推他："你想怎么样，也得等我出了这牢坑再说呀……"秦钟说，"我当然愿意等你，但是，只怕现在……已经是远水救不了近火！"说完，一口气把灯火吹熄了，趁着满屋子的漆黑，将智能儿抱到炕上，解开她的衣裤。智能儿一边儿怕，一边儿肯，怕惊扰了别人，稍稍挣扎了一番，便依了他。

谁知道正在浑然忘我时，秦钟背后出现了一只手，将他牢牢按住，两个人都动不了，吓得魂飞魄散。不多久，那个人扑哧一声笑了，原来是宝玉。秦钟惊魂甫定，翻起身来，向宝玉抱怨："你这算什么，太不够意思！"

宝玉说："你要是有什么不满，我们就叫人来评评理。"这时，智能儿乘机逃走，留下两人在那里理论。到底是秦钟理亏，赔笑道："好哥哥，你只要不告诉别人，我什么都依你！"

秦钟老大不情愿地回到自己的被窝里，心里却老惦念着智能儿和他未完的好事。次日一早，贾母和王夫人命令人来看宝玉，叫他没事就回家，秦钟唆使宝玉求凤姐再留一天。宝玉自己也没玩够，哪里肯马上打道回府？凤姐为了处理尼姑静虚拜托的那件事，也同意再住一夜。

凤姐这三千两银子赚得不难。她找了宁府的管家来旺处理，来旺找了个专门帮人家写信的相公，假托贾琏之名，送到长安县给节度使，不到两天工夫，已经把事情摆平。果然在节度使的劝说下，守备家忍气吞声，同意金哥家退聘。但结果却是重然诺的姑娘张金哥得知退了前夫，悄悄上吊自杀，守备公子听说金哥自缢，也投河而死。最后张家人财两空，唯凤姐获利，三千两银子安然到手。自此以后，凤姐尝了甜头，这一类的事，越做越上手了。

办完丧事不久，就是贾政的寿辰。宁、荣二府人正聚集庆贺时，忽然看门的来报："六宫都太监夏老爷特来降旨！"贾府的人吓得撤去了酒席，摆香案接旨。夏太监笑盈盈地宣布，皇帝宣贾政入朝。因为不知底细，一家人人心惶惶，不知如何是好。贾母率众子孙战战兢兢地等了许久，管家们才气喘吁吁地冲进来，大喊："喜事！喜事！速请老太太率领太太们进宫谢恩！"

原来，宝玉的大姐元春，刚被晋封为凤藻宫尚书，加封贤德妃。贾家人于是都按照品秩换上朝服，鱼贯入朝，人人喜形于色。全家上下欢欢喜喜，却只有宝玉一个人不开心。自从水月庵回来后，秦钟便生了病，病未好时，秦钟家里又厄运加身：智能儿私逃入城找秦钟，被秦钟的父亲秦邦业发现，狠狠打了儿子一顿，将智能儿赶走，自己气死了。秦钟受了笞杖，又见老父被他气死，病情更是一发不可收拾，使得宝玉担心不已。姐姐受封，就要回来省亲，全家上下为了整修房舍忙成一片，他虽是个爱新鲜好玩的，却一点也没能解除他的愁闷。一个人日日发呆，没人知道他在想什么。直到听说黛玉就要回来，他才高兴起来。

贾琏和黛玉一踏进贾府，宝玉闻声赶忙迎接。看着黛玉，他的眼泪竟像断线的珍珠一样，哗啦啦地掉了下来。哭完了，他又目不转睛地打量黛玉，只觉得好些日子不见，黛玉越发标致了。他喜滋滋地把北静王送给他的宝贝念珠拿出来，要送给黛玉。

黛玉却说："我才不要什么臭男人拿过的东西！"

秦钟的病，一天比一天沉重。这一天，贾宝玉有了空，想去探望秦钟，没想到他的书童茗烟来通报："秦相公……不中用了。"

宝玉听了，以为茗烟骗他："前几天看他还好好的，怎么会不中用了？"

宝玉禀报贾母后，带了李贵和茗烟，急急忙忙往秦府去。秦钟已昏迷一整天，面如蜡色，呼吸微弱；宝玉一见了他，失声痛哭。这一哭，秦钟仅余的一口气也离开了躯壳，宝玉再怎么也唤不回他的七魂六魄。

众人忙着为贵妃省亲盖新园、训练歌伎，宝玉日日伤怀，心里悼念不已，根本不挂心家中诸事。

再伤心的事也会被时光冲淡。

不知不觉间，新园内的工程大部分都完工了，独缺花柳亭园的匾额与对联。贾政想来考考儿子的学问，趁天气暖和，带了贾府养的一些宾客逛新园，命令宝玉跟着，一起出主意。

贾政踏入正门，对这五间式正门的式样即赞赏不已。它的门窗上都是精心雕琢的新花样，墙上不涂朱粉，设色清淡，下面是白石台阶，左右是雪白粉墙，不落俗套。贾政素来喜欢淡雅，看了甚为欢喜。

开门进去，只见一座假山，挡在前头。众清客都称赞这山挡得好。贾政也说："如果不是有座山挡着，一进来，一眼就把这园里的东西收进眼帘，就无趣了。"山后正是一条羊肠小道，贾政命令贾珍当前导，宝玉在身旁，弯弯曲曲地走出山口，抬头忽然看见山上有面光滑的白石，想必是该留题的地方了。

贾政于是回头看看众宾客们，问："各位先生请看看，这里题什么字好？"一下子众说纷纭，有说该题"迭翠"的，也有说应该题"锦嶂"，又有说该题"赛香炉"或"小终南"。不过，这些宾客也都是聪明人，深知贾政想借此试试宝玉的才气，大多拿些俗套来敷衍，让宝玉有机会在父亲面前表现。

贾政对这些俗套并不满意，于是问宝玉意见。宝玉说："这里并非主要景致，不过是探景的路途而已，不如就用古人的句子为题，叫'曲径通幽'如何？"

宾客们听了，纷纷赞美："妙极了，妙极了，公子果然有才情，不像我们这些死读书的！"贾政心里也十分满意，嘴里却要大家不要夸奖宝玉，只说他运气。

走完了小径，通过一个石洞，石洞外绿树葱翠、奇花怒放，有一条小溪蜿蜒其中，再走几步，只见一个亭子，坐落在绿树的怀抱中，站在亭子上俯视，可以看见清澈的小溪在白石中川流，水声淙淙。

贾政和众人到了亭子里，问："这亭子该叫什么名字？"

有人说该以欧阳修《醉翁亭记》中"有亭翼然"的"翼然"；贾政想了想，总觉此亭应该和水有关。有个清客就发话，说是用"泻玉"二字为佳。贾政也命令宝玉想个新词。宝玉说，省亲别墅用"泻"字似乎不够雅，不如叫作"沁芳"亭，既新又雅。贾政听了，拈须不语，众人又开始赞美宝玉才情不凡，别具巧思。贾政想了想，说："取名字容易，如果你有能耐，再作一副七言的对联来！"

宝玉虽然不喜读书，但一向喜欢诗赋，四顾左右，灵感便涌上心头，念道：

绕堤柳借三篙翠，隔岸花分一脉香。

贾政听了，点头微笑。不消说，众人赞叹声又不绝于耳了。

出了亭子，绕过池塘，走了不多久，前头出现了一座白墙，墙边种着千百枝翠绿的竹子，进了门，顺着曲折的回廊通往三间房舍，房中又有一个小门通往后园，后园种着大株梨花和阔叶芭蕉，中间一脉泉水涌出，绕着园子流出。

贾政倚着窗子，笑道："若能挑个月夜在此窗下读书，也就不枉此生！"看来贾政对这后园甚为满意，有建议叫"淇水遗风"，贾政摇头说俗，又有取名叫"睢园雅迹"，贾政也觉落了俗套。贾珍插了嘴："不如请宝兄弟取一个吧。"

"别惯坏他了！"贾政嘴里这么说，倒想听听宝玉意见，问："这该题什么？"

宝玉已有准备，道："不如叫作'有凤来仪'！"

众人叫好，贾政也忍不住点头，嘴里骂道："畜生，畜生……"心中其实欣喜，又要他再吟一副对联。

再向前走，有一座人造的青山挡在前面，绕过山，隐隐看见一带黄泥墙，墙上以稻茎为饰，几百株杏花一起从矮墙上探出头来，竟与晚霞一样灿亮。里头仅有几栋茅屋，院子里植着桑树和槿花，两道青篱外有青翠的菜圃，一入其中，俨然一幅农家景象。

贾政慨叹："这幅景象，未免勾起我归田之念！"正要率众人进去休息，又看见篱外有一方供留题用的石头，他又征询大家意见。有人说："就取个现成的杏花村好了。"

贾政听了，叮咛贾珍："就叫这名字。你要人做一个旗子来，用竹竿挑在树梢头，更相称了。"贾珍正要答应，宝玉却忍不住插嘴："村名用杏花，真是俗陋不堪。"

贾政听他语出不逊，大骂："无知的业障！"宝玉却说："唐人诗里有句话：'柴门临水稻花香'——'稻香村'岂不比'杏花村'来得雅？"

大家拍手叫好，贾政虽已息怒，口里仍叨叨念着："你不过记得几首旧诗，就在老先生前卖弄起来了？"

进了内室，里头纸窗木榻，一点富贵景象也没有。贾政看了心中欢喜，瞅着宝玉问："你觉得这里如何？"

宾客们素知贾政喜欢以俭朴为风雅，暗暗推宝玉，示意他也赞美一番。宝玉却不以为然地说："这里可比'有凤来仪'差多了！"

贾政咳了一声，不以为然地说："无知的畜生！只喜欢富丽堂皇，一点也不懂得什么叫清幽气象，都是你平日不读书的缘故！"

宝玉也不服："老爷教训得当然有道理，但古人常说'天然'二字，不知何意？"贾政默不作声，宾客中有人替他回答："所谓天然，就是天生自然，非人力造作。"

宝玉说："这就对了，这里的田庄风致，分明就是人力造作！"贾政无言以对，气鼓鼓的，好半天，不拿正眼瞧宝玉。

转过山坡，穿过柳树，顺着小溪的方向走到了花园。宝玉为这拥有荼蘼花架、牡丹亭、芭蕉坞、芍药圃的花园，取了名叫"蓼汀花溆"；贾政问及草木之名，他也都有问有答，什么藤萝薜荔、杜若蘅芜，那些寻常难见的奇花异草，宝玉都认得。正讲得津津有味，贾政忽然喝道："谁又问你了？"吓得他不敢再多说，到嘴边的长篇大论活生生吞回去。

这时众人公推贾政也吟一联来歌咏面前清幽风景，做父亲的见宝玉还在身旁，想了想，自己还是不开口的好，又骂宝玉道："怎么该你说话就不说话了？还要等人请教你不成？"

不多远处就是迎接贵妃——贵妃省亲的正殿。高楼巍峨，青松拂檐，金碧辉煌。又一路经过一些雅舍、佛寺和道士丹房，还有种植异色奇花的花园和游廊，每一个小地方都精雕细琢，各有特色，众人虽纷纷取了名字，但多数还是宝玉设想的精巧。

逛了大半天，贾政怕自己的母亲太久没看到宝玉，未免挂心，便叫宝玉拜见贾母去。宝玉逃之唯恐不及，高高兴兴地告退了。一走到院，就被一群小厮团团围住，说："你今天好不容易让老爷满意，算是得了好彩头，该赏我们！"

宝玉笑说："那我给你们每人一吊钱。"

众人骂他小气，一片嘘声。有个小厮说："你以为我们没见过一吊钱呀？那么一点钱，我们才不要呢！我们要你身上带的这个荷包！"说着，小厮们一哄而上，解荷包，拿扇袋，把他身上佩的东西，全分了去。宝玉只是傻笑。

回到房里，袭人帮他换衣裳时，看他身上带的东西都不见了，又好气又好笑地说："又是那些不要脸的东西抢走了？"住在隔壁房间的黛玉素来耳朵尖，听见袭人这么说，走过来瞧一瞧，宝玉身上的佩饰果然一件也没有，顿时发起脾气来："我给你的荷包也不见了？好，明天起我再也不帮你做东西！"

说完，气冲冲地走进房里，要把前几天宝玉要她做的香袋剪了。宝玉看她气成那样，赶忙冲过来抢，黛玉却已经快了一步，将香袋剪个大开口。宝玉气鼓鼓地解开衣领，拿出放在衣服里面的荷包，递给黛玉："你瞧瞧，这是什么东西？我怎么会把你的东西给人？我连看都不给他们看呢！"

黛玉一看，自己知道错怪他了，低着头，一句话也不说。宝玉气未消，说道："你如果懒得再给我做东西，我连这个荷包也还你！"

一说完，把旧的荷包往黛玉怀里掷去。黛玉气哭了，又拿起剪刀，要把这个荷包剪碎，宝玉一看不得了，赶忙回身抢过来，赔笑道：“好妹妹，你就饶了它吧！”黛玉将剪刀一摔，赌气把脸背过去，不断拭泪。

宝玉看见黛玉哭得这么伤心，早已六神无主，哪里还敢跟她说道理？拼命地向她赔不是，妹妹长、妹妹短的，好话都说尽了。叫他滚他不滚，黛玉也给缠得掉不出眼泪来，但又不甘心放他干休，还要气他，“你不走，我走好了。”要往外走，宝玉又拿了荷包跟上来，嬉皮笑脸：“你到哪里，我就跟你到哪里，这一辈子，你甩不开我！”一边当着她的面，把那劫后余生的荷包戴上，黛玉偏不让他戴，一把抓了下来：“刚刚是你说不要的，现在又要戴上，我可替你难为情！”说着，却已破涕为笑。

第十一回

元春奉旨回家省亲不到一天，贾家为此忙了一年。除了兴建省亲新园之外，还请人到处采买小尼姑、小道姑，教她们诵经；各色的古董、文具不可或缺，每个园里该饲养的鸟、雀、鹿鹅也必须考究，忙坏了负责办事的人。贾蔷因此奉命到苏州采买十二个女孩子，安置在薛姨妈已经迁出的梨香院中，延请老师来教这些女孩演戏。一年之间，日日夜夜不得闲。

转眼到元宵，贵妃省亲之日，宫里先打发了太监到贾府巡视，看看一切是否准备妥当。元月十五前一夜，全家上下都不曾合眼，下人忙着焚香插花，贾母这些授有爵位的家人，都穿上各品的官服，一大早即在大门外等候。人数虽然众多，但安静得连一点咳嗽声音也没有。

忽然间，马蹄声迢递而来，一对又一对的太监到了荣府门前下了马，面西而立。来了十几对太监后，才隐隐听到远方鼓乐之声，不久，华丽的各色旗旌与宫扇随檀香味慢慢行来，一队队太监捧着香巾、绣帕、漱盂和拂尘，缓缓走近，最后才是八个太监抬着一顶以黄金为顶、鹅黄色绣凤丝帘的轿子。轿子一到，众人跪下迎接。轿子进了大门口后，身为贵妃的贾元春由昭容彩嫔扶下轿子。

元春自入宫后，从未出过宫门，这一次省亲，已是圣上隆恩，过去宫中的妃嫔，不管品级如何，终其一生，哪曾回过自己家里？贾元春强忍住眼泪，静静地打量陌生的园子，只见园中香烟缭绕、灯影缤纷、丝竹合影，四处一片银光雪浪一般的景致，哪里是记忆里的老家呢？她点头叹息道："太奢华了！"

照例更衣之后，太监请她登舟。人在舟上望去，两边都是水晶玻璃制的各色风灯；

每一棵夹岸的柳树上，也系着各色绸绫纸绢做的假花，水中还有各种仿荷花、水鸟灯笼，人行舟上，仿佛置身琉璃世界中。

元春一路静赏这些灿烂的景致，忽看见灯匾上有“蓼汀花溆”四字。元春问，是谁题的字？太监忙过去问话。元春听说是宝玉拟的题，心里十分欢喜，笑说：“‘花溆’就好，何必‘蓼汀’？”太监忙着下舟登岸，传给贾政知道，贾政立刻依令命人换掉。

元春入宫时，宝玉才三四岁，当时启蒙他读书的人，其实就是这个长姐。俗话说，长姐如母，元春入宫后最念念不忘的也就是这个小弟，怕父亲管得太严，又怕祖母太过宠爱，常常捎信回家，问宝玉学习状况。十年不见，亲竟成疏，心中激动难平。

至省亲正殿，乐声大起，太监们引贾政、贾赦及家眷等人上殿行礼，元春下谕免了。又更了一次衣，这才坐上省亲车驾，换她到祖母处行家礼。双膝还未下跪，贾母和王夫人已先跪地将她扶起。元春一手扶着贾母，一手挽着母亲王夫人，三个人心里都有许多话要讲，但一时之间，只是含泪相对。

过了许久，贾妃才强忍悲伤，挤出笑容来，安慰祖母和母亲：“你们送我到那见不得亲人的地方，好不容易才回家，却拿大好光阴掉眼泪，可不是浪费？过一会儿，我一离家，不知道还要多久才能见面？”说完，久居深宫的酸楚却都上了心坎，不禁哽咽。邢夫人连忙过来劝，请女眷们一一参见。

和众人一一答礼罢，贾妃因还没看见宝玉，心中悬念，问贾母：“宝玉呢？”

贾母答：“依礼数，没有官职的男子，没有贵妃口谕，不得擅入。”贾妃赶紧下令太监们将宝玉带进来。待他行完国礼后，就将他揽在怀中，摸摸他的脖子，说，“长得越来越好了……”话未说完，泪如雨下。

这时尤氏和凤姐上来，说：“筵席已经备好。”贾妃起身，要宝玉走在前面，随着众人步入花园中，欣赏园内的亭台楼阁和小山清流，眼看处处华丽新奇，赞不绝口，但又劝阻众人不可过分奢华，到了正殿，下令大家免礼归座，大开筵席。

餐毕，贾妃命人准备笔墨，为这个省亲新园题名为“大观园”，并作了一副对联，又将刚刚看的几个灯匾改了名字：

叫“有凤来仪”的地方题名为潇湘馆，“红香绿玉”一匾改为“怡红快绿”，题名为怡红院，又亲自取了一些院名，如：蘅芜院、浣葛山庄、大观楼、缀锦楼、含芳阁、蓼风轩、藕香榭、紫菱洲、荇叶渚等名。题毕，要宝玉为四个大院落各作一首五言律诗，几个姐妹则各择一个匾额之名作一首诗，试试她们的诗才。

大约一盏茶的时间，众人已先后作好诗，送到贾妃面前。贾妃依次看姐妹们的题咏，个别称赞了一番，笑着对迎春、探春、惜春说道：“到底还是薛、林两个妹妹才气出众，胜过我们家姐妹。”

虽然受了贾妃赞美，黛玉心中却不是滋味。原来，黛玉有心在今夜大展诗才，将众人压倒，但贾妃只命一人作一首，她便不好违命多作，只是拼凑一首复命。

贾妃评断完，宝玉还在忙着作“怡红院”一诗，起稿里有“绿玉春犹卷”一句。宝钗瞄到了，说：“刚刚贵妃才把红香绿玉改为怡红快绿，你这会儿偏又要用‘绿玉’，不是和你姐姐过不去？”

宝玉听她这么说，心想也对，但偏偏又想不到一个词来形容芭蕉，急得忙擦汗，宝钗又悄悄提醒：“你把玉字改成蜡字不就对了？”

“绿蜡可有出处？”宝玉问。

宝钗对他咂嘴：“看你一急，什么都不记得了呢！将来有一天到皇帝跟前殿试，恐怕连‘赵钱孙李’都忘了。唐朝钱翊咏芭蕉头一句，不是‘冷烛无烟绿蜡干’吗？”

宝玉这才想起来，抓着头笑道：“该死，该死，连这都不记得了，姐姐真是我的好老师。以后只叫你师傅，不叫你姐姐了。”

宝钗笑道：“还不赶快作，在那里姐姐妹妹的？谁是你姐姐？上头那个穿黄袍的才是你姐姐！”怕他再多说话耽误时间，赶忙抽身走开。走了宝钗，又来了黛玉，看他绞尽脑汁只完成三首，自己刚刚又没写过瘾，决心要帮他，吟成一首“杏帘在望”，写在纸条上，搓成团子，丢到宝玉跟前，宝玉打开一看，这一首果然比自己作的高明许多，兴高采烈地交卷去了。

贾妃一一细读了，喜形于色，说：“果然有进步！”指出咏浣葛山庄的“杏帘在望”是四首诗中最好的。

> 杏帘招客饮，在望有山庄，菱荇鹅儿水，桑榆燕子梁。一畦春韭绿，十里稻花香。盛世无饥馁，何须耕织忙？

贾妃将此诗吟了一遍，下令把自己刚刚题的浣葛山庄改为稻香村，正合宝玉原意。

众人试诗才时，贾蔷和楼下一班待命的戏子已等得不耐烦，好不容易看到一名太监飞快地跑下来，说：“诗作完了，快拿戏单来！”贾蔷忙把准备好的戏单和戏子的花名册呈上。贾妃点了“豪宴”“乞巧”“仙缘”“离魂”四出戏。养兵千日，用在一朝，戏子们卖力演出，做尽悲欢离合情状。不久，有太监手捧金盘，端着糕点进来赏龄官，说：“贵妃有谕，龄官极好，要龄官再做两出。”龄官又演了“相约”和“相骂”，丫头和老夫人拌嘴的戏，都惟妙惟肖，贾妃看了十分欢喜，额外又赏了两匹绸和两个荷包。听完戏，到了佛寺、尼姑庵，又赏了一班女尼和女道。

最后回到省亲别墅，太监将按例行赏的礼物拿出来，分发完众亲友，就到了离别时刻，众人谢恩完毕，贾妃启驾回宫，满眼的泪水又忍不住流下来，嘴上勉强笑着，手里却拉住贾母和王夫人的手不肯放，说道:“万万不许牵挂我，好好保养身子要紧！”又说圣上隆恩，现今准许家人一个月到内宫省视一次，见面已经容易多了。贾母已经哭得连话都说不出来了，但皇恩难违，只得忍心看贾元春上轿，越行越远。

第十二回

为了贾妃回家省亲，近日来，荣宁二府人仰马翻，身心俱疲；贾妃走后，府里才有一点过年的气氛，丫头们不是在园子里放花灯、看戏，就是挤在房内下围棋、掷色子，这些东西，一玩久了就没兴头，偏偏袭人又被家里的人接回去喝茶，晚上才会回来，宝玉更是百无聊赖。贾母要人端了贾妃昨天赐的糖蒸酥酪给宝玉吃，宝玉没啥胃口，想起袭人素来喜欢吃这种零嘴，就要丫头们把它留给袭人。

大家忙着玩的忙着玩，休息的休息，没人有空管他，宝玉一个人在家里闲逛，走着走着便到宁府来了，到了一个小房间前，忽然想到，这里以前是个小书房，里头有一幅美人图，画得很传神，不禁想再看她一眼。

“今天家里这么热闹，房子里一定没有人，想必美人儿跟我一样寂寞，去看她一下也好。”刚走到窗前，却听到有人在里头呻吟，他吓了一跳，本想掉头走，却又掩不住好奇，大着胆子，用舌头舔破窗纸，眯着眼向里头看。一看，不得了！他的书童茗烟正按着一个小丫头，正风流呢……

宝玉以为茗烟在欺负那个丫头，一脚把门踹开，闯了进去！

那两个人一见有人来了，吓得马上拆了对，一边穿衣服，一边颤抖。茗烟定睛一看，才知道是宝玉，两腿跪下来哀哀切切地求。

宝玉知道是自己破坏了人家好事，一边看得脸红心跳，嘴里还得理不饶人：“青天白日之下，你敢在人家家里做这种事，万一珍大爷知道了，你还有命吗？”一面说，一面打量那个丫头，长得白白净净的人儿，在那里羞得满脸通红，又不敢走远。宝玉觉得有趣，故意吓她：“你还不快跑！”这句话提醒了那个丫头，飞也似的跑出去了，宝玉又在后头追，大喊："你别怕，我不会告诉别人的！"

茗烟气得直跺脚："小祖宗，你叫那么大声——这不是等于告诉别人了吗？"

宝玉笑着回过头来瞅着茗烟："喂，她几岁？"

茗烟说："大概十六七吧！"

"连人家的确实岁数也不知道，就欺负人家？我看她是白认识你了！"宝玉摇头叹息，过一会儿又问，"她叫什么名字？"

"叫万儿。"茗烟岔开了话题，"二爷您为什么不去看戏？"

宝玉说："不是在演孙悟空大闹天宫，就是姜太公斩将封神，一点也不好玩。我烦得要命，出来逛逛，没想到就遇到你了。喂，现在，咱们去哪儿好？"

茗烟微微一笑："反正没人留意，我们干脆到城外逛逛好了。"

这倒新鲜，但私出家门？宝玉有些犹豫："又不能走太远，否则，一定有人以为我被拐走了，惹得鸡犬不宁。有没有比较近的地方去？"茗烟正搔头想，宝玉已有点子："照我看来，不如到袭人家去找她，看她在家里做什么，可好？"

两人神不知鬼不觉地牵着马走了。不一会儿就到袭人家。茗烟先下马，往门内大叫："花大哥！"

袭人本姓花，哥哥名叫花自芳，名字皆按姓而取，甚为典雅。

这时，袭人的母亲和儿女及几个外甥女和侄女，正在家里喝茶、吃果子，听有人叫"花大哥"，花自芳和袭人赶忙跑出去看，见到宝玉和茗烟，吓了一大跳："你们怎么来了？"

宝玉见到袭人，眉眼都是笑："大半天没看见你，怪闷的，就来瞧瞧你在做什么！"

袭人又是喜又是忧，怪他胡闹，又问茗烟："还有谁跟来？"

茗烟答："没有了，就是我们两个人。"

袭人想，一定是茗烟唆使宝玉混出来的，对茗烟说："街上人挤马碰，万一有什么闪失，可不是闹着玩的，你敢带二爷出来？好大胆子！我回去就告诉老祖宗，把你打个半死！"

茗烟辩道："才不呢，是二爷要我带他来看你的，我来你家做什么？不然，我们现在回去好了。"

花自芳来打圆场："好了好了，来都来了，何必多说？"

袭人的母亲也迎了出来，请宝玉进屋里坐。屋子里的几个女孩，见到陌生男子进来，都低了头，羞得脸上通红，宝玉觉得新鲜有趣，一径打量着人家。花自芳怕宝玉冷，扶他坐到炕上，他母亲则忙着倒茶、摆果子。袭人笑道："你们不用白忙了，我可不敢给他乱吃我们家的东西。”她把自己的坐垫拿来，要宝玉坐在上头，又用自己的茶杯斟了茶，才递给宝玉喝。

这时她母亲已经整整齐齐地摆上一桌零嘴，袭人虽然知道家里的东西不比贾府，怕宝玉吃不习惯，但不吃又不成敬意，随手拿了几个松子，吹去细皮，用手帕托给宝玉，笑道：“既然来我们家，好歹尝一点儿，才不算白来一趟。”

宝玉一抬头，愕然发现袭人两眼通红：“好端端的，哭什么呢？”

“谁哭了？是沙子飞进眼睛里。”

宝玉没有再多问，笑说：“你赶快回家，我替你留了好吃的东西哩。”

袭人的姐妹们见他这么体贴，都掩嘴偷笑。袭人也笑道：“这种话，何必说给别人听见？”伸手从宝玉脖子上摘下了“通灵宝玉”给百闻而不见的姐妹们看。看了一遍，就要她哥哥雇一辆干净的车子送宝玉回去。花自芳说：“有我护送，把马骑回去也不妨！”但袭人生性谨慎，怕有人看见宝玉私自出来了，万一有人追究起来不好担待，执意要雇车将他送回去。

宝玉回来之后，第一件事就是叫人去接袭人。满屋子的丫头都在玩围棋、玩骨牌，只有晴雯一个人懒洋洋地躺在床上，不知又在生什么气。袭人回来之后，宝玉命人将他早上藏的酥酪拿来，丫头们答说：“李嬷嬷吃了。”

又是李嬷嬷！眼看宝玉要发火，袭人马上说：“原来你为我留了这个，多谢你费心。我前些日子就是吃了那个东西闹肚子疼呢。现在我只想吃风干栗子，你帮我剥，我铺床去。”

宝玉信以为真，丢开酥酪的事，到灯前剥栗子了。一边剥，一边问道：“今天那个穿红衣服的女孩子是你什么人？”

袭人答：“那是我姨妈的女儿。”宝玉听了，叹了两口气。袭人问：“叹什么气？难道她不配穿红的？”

“不是、不是，”宝玉笑道，“她不配穿，谁配穿？我只是觉得，她长得好呢，为什么不到我们家来？”

袭人听了这话，心里有些疙瘩，冷笑着顶回去：“我一个人是奴才命就算了，难道连我的姐妹们也得做奴才不成？”

袭人很少发脾气，这一声冷笑，宝玉便慌了，连忙解释道：“你又多心了，我说到我们家，难道一定要做奴才吗？做亲戚也成呀。”

袭人说：“那倒是高攀不上。”

宝玉不敢多说话，一径剥栗子。一会儿袭人又轻声道：“怎么不说话了？我冒犯你了？你要不高兴，花几两银子买她进来就是了？”

宝玉委屈万分：“你说这种话，教人怎么答呢？我不过称赞她长得好，配生在这深宅大院里当小姐罢了。”

袭人说：“她虽然没有这个福分，倒也是我姨父娇生惯养的，今年十七岁，嫁妆都备齐了，明年就要出嫁。”接着又叹息道，“可惜我们这么多年来，姐妹都不能在一起，如今我要回去，她们又都要出阁！”

宝玉一听，这话里大有文章，吃了一惊，丢下栗子问：“什么叫你要回去？”

袭人说：“今天我妈妈和哥哥在商议，叫我再等一年，他们就来赎我出去。”

“为什么他们要赎你？我可不许你走！”宝玉越发慌张了。

因为家境清寒，袭人自小被卖进贾府，近几年来，哥哥的生意做得不错，家境好了，更觉得对不起这个妹妹，便想赎她回去，嫁个好人家。

“做奴才也没有做一辈子的，即使是皇宫里，也要几年一选、几年一放，哪有叫人家做一辈子奴才的道理？”袭人说。

“如果老太太不让你走呢？”

“怎么会不让我走？我是个最平凡不过的奴才，我走了还有别人来替。这么多年来，我先服侍史大姑娘，又服侍你，分内的事，该做的都做了。老太太为人宽大，若我们家要来赎我，她一定会开恩叫我回去。”

宝玉说：“如果我一心要你留下，怕要老太太跟你母亲说，给你母亲多些银子呢？”

“我妈当然不敢不依，即使一个钱不给她，她又能怎样？不过，你们家一向体恤下人，可不会做这种霸王硬上弓的事。”

宝玉发了半晌呆，说：“听你这么讲，你是非走不可了？”

袭人说：“是。”

宝玉叹了一口气，赌气说：“没想到你是个这么无情无义的人。早知道你要走，当初就不该讨了你来服侍我，走走走，走得干净好了，剩我一个孤魂野鬼最好。”

这时袭人已到别处忙去了。宝玉见她不理他，只好上床睡觉。

其实袭人倒是一千万个不愿意走。方才母亲和哥哥要买她回去，她还下了重誓，说是宁死也不愿回家。“当初因为你们没饭吃，剩我还值几两银子，就把我卖了。现在，我在那里过得好好的，你们赎我做什么？难道拿我再卖一次，让你们拿我多掏点钱？”她母亲和哥哥看她这么坚持，便打消了这个念头；忽然间，宝玉又来家里看袭人，两个人亲亲爱爱的模样，也使花家母子俩心中明白袭人和宝玉的关系，就不再提为她赎身的事。袭人刚刚说这一番话，不过是故意试探宝玉的心意而已。

和丫头们说了几句话，转身回房，见宝玉背过身睡觉，知道他在生闷气，心中又不忍，轻轻推推宝玉。宝玉竟然泪流满面。袭人笑道："别伤心了，如果你真心留我，我当然不会走。"

宝玉问："我怎么样才能留你？"

袭人温柔款款地说："你依我三件事就行。如果你真做得到，就是拿刀子架在我脖子上，我也不肯走。"

"好姐姐，三百件我都依！"宝玉笑了，"只求你在我旁边看着我，直到我有一天变成了飞灰——不，不，灰还有形有迹，变成轻烟好了，等风一追散，我看不到你，你管不到我时，你爱去哪里就去哪里，我也管不着……"

袭人忙掩住了他的嘴："不许说这些狠话！这就是头一件我要你改的事！"

宝玉说："好，好，我一定会改的，再说，你可以拧我嘴巴罚我！"

"第二件，不管你真爱念书也好，假爱念书也好，至少在老爷或先生面前，装出爱念书的样子。不要天天叫那些读书人禄蠹，好不好？"

"好好好，我不再信口胡说。"

"还有，不要再弄花弄粉，玩那些女孩子的东西，偷吃人家嘴上的胭脂！"

"都改，都改。"宝玉笑着说，"还有什么，好姐姐你快说吧。"

"没有了，你自己事事检点些，不要太任性就是。如果我说的你都依了，就是拿八人轿抬我，我也绝对不肯出去。"

两人絮絮叨叨说到午夜，才上床睡觉。

第二天起床，袭人偏偏病了，请了医生来看，医生说是感染了风寒。宝玉怕吵了她，到外头找别的丫头们玩，玩腻后，便想看看黛玉在做什么。

第十三回

黛玉房里的丫头都出去玩了，只剩黛玉在睡午觉，宝玉推了推黛玉，硬将她唤醒，说：“好妹妹，刚吃完饭就睡觉，对身体不好。”

黛玉说：“你自己出去逛逛，别来吵我，我现在浑身酸痛，困得很呢。”

“酸疼事小，万一睡出病来，那就不好了，来，我和你说话解闷，一下子就不困了。”说着，挨着床沿，不请自坐。黛玉并不打算理他，仍旧闭上了眼睛，说：“我不困，只想休息一会儿，你还是到别处闹吧。”

宝玉偏不要，又伸手推黛玉，“不要，我没地方去了……我见了别人久了，就觉得烦。”

黛玉听了，扑哧一声笑了出来，心知赶不走他，便说：“你既然要待在我这儿，就到那边老老实实坐着，我们说说话儿。”

“不要，我也要跟你一样躺着。”

“那你要躺就躺吧。”黛玉没好气地说。

“我没枕头，”宝玉说，“我们躺在一个枕头上好不好？”

“放屁！”黛玉瞪了他一眼，“外头不是有枕头？自己去拿一个来枕着！”

宝玉到外头走了一圈又回来，嬉皮笑脸地说：“外面的我不要，不知道是哪个肮脏老婆子用过的。”

黛玉只好睁开眼，坐起身来，说，“你真是我命中的天魔星！我把我的让给你好了！”说着，就把自己枕的推给宝玉，又拿了自己的另一个枕头枕上，两个人面对面躺着说话。一近看，看见宝玉脸上有纽扣一般大的一块血迹。黛玉凑近宝玉，用手指细细摸那伤口，才要问：是谁的指甲划破了？宝玉却羞怯地笑道："是刚刚替丫头们调弄胭脂膏子溅上的。"自己找绢子要擦，黛玉先用绢子帮他擦干净了。

"你呀，就是喜欢做这些事！做了就算了，还这么不小心！万一让舅舅看见，不知道有多少人要跟着你倒霉！"

宝玉听而不见，隐隐闻到一股销魂幽香从黛玉袖子里传来，便一把将黛玉的衣袖拉住，要一探究竟。

"这香是哪里来的？"

"哪有什么香？"黛玉说，"大概只是柜子里头的香气染上衣服罢了。"

宝玉摇摇头："不是，这香味奇怪得很，不是一般香味。"

黛玉又找到了话题消遣："难道我也有哥哥去为我找药，拿什么花儿朵儿泡的冷香不成？我有的也只不过是俗香。"

她暗里讥诮宝钗服用的冷香丸。宝玉笑道："我才说了一句，你就东拉西扯了这些？非给你看看我的厉害不可！"说着，就翻身起来，两手伸去搔黛玉的胳肢窝。

黛玉素来最怕痒，见他两只手过来乱挠，已经笑得喘不过气来，嘴里警告着他："宝玉，你再闹，我就生气了！"

宝玉放手，笑问："那你还说这种话不？"

黛玉一边喘气一边笑："我……再也不敢了……"不久却又说，"好吧，就算我有奇香好了，那你可有'暖香'？"

"什么暖香？"宝玉一时不解。

黛玉笑叹："真是蠢材！你有玉，人家就有金来配；人家有冷香，你就没有暖香去配她？"拐弯抹角说的还是同一件事！宝玉这下子才听出意思来："好，好，刚刚才跟我求饶，现在又来了？"说着，又要伸手过去。黛玉赶紧躲人："好哥哥，不要这样，这回真的不敢了！"

宝玉看她怕成这样，心里暗暗好笑，说："要我饶你也可以，只要把袖子给我闻闻！"不等黛玉同意，拉着她的袖子，一径闻个不停。黛玉难为情，又赶他："你该走了！"宝玉却说："不急，我们还是斯斯文文躺着说话好了。"

黛玉用绢子盖住脸，听宝玉有一搭没一搭地闲扯着。宝玉看她不大来劲，故意哄她："哎呀，你可知道你们扬州衙门曾发生过一件大事？"

黛玉问："什么事？"

宝玉顺口胡诌："扬州有座黛山，山上有座林子洞……"

"胡说，哪有这座山？"

“天下的山多的是，难道每座山你都晓得？等我说完，你再批评不迟！”宝玉说，“……这林子洞里有一群耗子精。有一年，正月初八，最老的那只耗子召集大伙儿开会，说，这会儿我们没东西熬腊八粥，现在得下山打劫，你们知道哪里的米粮最多吗？有个能干的小耗子说，山下庙里的米粮最多，共有五样东西，一是红枣，二是栗子，三是落花生，四是菱角，五是香芋。

“老耗子听了十分高兴，开始分派任务。问，谁去偷红枣，谁去偷栗子，都有人拿了令箭偷去了。就剩香芋一种没人偷。问了好久，才有一只又小又弱的小耗子回答：‘我愿意去偷香芋。’

“大家看她这么小，没有力气，怎么可能抬得动香芋？都不准她去。但这小耗子却说：‘我虽然年纪小，身体弱，但是法力无边，口齿伶俐，而且深谋远虑，一定偷得比别人好。’大家就问她：你怎么偷呢？

“小耗子说：‘我不直接偷。我只要摇身一变，就可以变成一个香芋，混在香芋堆里，慢慢搬光它。’

“所有的耗子都觉得这个提议不错，要她先变一下给大家看。小耗子摇身一变——你猜她变成什么？”

“变成什么？”

“——变成一个最标致美貌的小姐。耗子们摇头说：‘错了，错了，怎么变成小姐了？’这小耗子说，你们不是说要搬香‘玉’吗？真是没见过世面，难道你们不知道，山下林老爷的小姐，才是真正的香‘玉’……”

话没说完，黛玉已翻起身来，把宝玉的身子按住，笑道：“你是故意笑我！看我把你的嘴撕烂！”说完，用力拧他的嘴。宝玉笑着求饶：“好妹妹，我再也不敢了，我只是因为闻到你的香气，才想起这个典故来！”

黛玉又好气又好笑：“你骂了人，还说是典故！”

两人正拌嘴，宝钗走了进来，笑说：“你们在说什么典故，我也要听……”

黛玉分辩道：“他用话来骂我，还硬说是典故。”

宝钗笑道：“宝兄弟肚子里的典故本来就比别人多，就可惜，该用典故的时候，他却要忘记，像昨儿晚上，他就不记得芭蕉诗的典故，急得一身冷汗，现在，他偏偏就有了记性！”原来宝钗也是来取笑宝玉的。宝玉还来不及答辩，一阵嘈杂的声音从自己房里传来，三个人竖起耳朵听。黛玉先开口说：“是你那老糊涂奶妈正在跟袭人生气呢。”

宝玉走回房里，只见李嬷嬷拄着杖骂袭人：

“忘了本的小娼妇！你不过是花了几两银子买来的毛丫头罢了。你以为有人帮你撑腰，你就可以骑到我头上来？”

袭人明白李嬷嬷发这么大脾气，不过因为她因病躺在炕上，没起来迎接，正要分辩，却听到这一连串不堪入耳的话，既羞愤又委屈，忍不住哭了。

宝玉听了李嬷嬷的骂，出口反驳：“她生了病，刚才吃药，你不要欺负她！如果不信，就问其他丫头去！”

这话却使李嬷嬷更加恼火，又骂起来：“好，你现在大了，只懂得护着狐狸精！你早就不吃我的奶了，眼里哪里还有我在！”一面咬牙切齿，一面涕泪交织。黛玉和宝钗两人见情势不对，走过来劝李嬷嬷，反而掏出李嬷嬷的一肚子委屈，把当日宝玉为她吃了茶要撵走茜雪这些事情翻来覆去，说个没完没了。

还好在贾母房里掷骰子的凤姐，听闻了吵闹声，赶过来看。一到，就知道是李嬷嬷老毛病发作了。凤姐笑盈盈地上前拉住李嬷嬷的手，说：“嬷嬷，看在老太太今天心情不错的分上，你就别生气了。照理说，这些晚辈吵闹，你还该管管他们才是，现在您还在这里大吵大嚷，惊动老太太不高兴，就是你不懂规矩了。你嫌谁不好，跟我说就是了，何必动气呢？”

凤姐一边说话，一边拉着李嬷嬷往外走，“我房里现在正炖着一锅鸡，等着孝敬你呢，快跟我喝酒去！”又叫丫头丰儿替李嬷嬷拿拐杖。

凤姐说话如连珠炮般，李嬷嬷哪有插话的余地？眼睁睁被凤姐拉出门，才又觉得万分委屈，嘴里不停嘀咕：“如果不是这些小娼妇教我生气，我哪会不懂规矩？让这些狐狸精骑到我头上，我不如不要这老命算了！”

待凤姐一阵风似的把老太婆带走了，宝钗和黛玉才拍手叫好。宝玉叹息道：“她倒懂得拣软的欺负！不知道是哪个丫头得罪了她，她来找袭人算账！”

话未说完，刚刚也被李嬷嬷话尾扫到的晴雯，听见宝玉的话，觉得无限刺耳，马上接口：“谁得罪她？得罪她做什么？……既然把她得罪了，也得有本事承担，不要连累别人！”

袭人一听，泪水又掉了两颊，拉着宝玉说：“我一个人得罪老奶奶就罢了，你干吗为我得罪别人？我受的罪还不够？”

宝玉见她额头烫热，病得不轻，忍气吞声地要她躺下，不敢再多说话。不一会儿做杂役的老婆子为袭人端了药来，他又在炕上喂她吃。见袭人睡着了，才放心地到贾母房中吃晚饭。

晚饭吃完，众人玩牌说笑，他心里惦记着袭人，又往自己房里踱过来。

房里的丫头贪着过年的闲散光阴，全到外头去玩了。只剩麝月一个人独坐灯下玩骨牌。

宝玉笑问："你怎么不跟她们出去玩？"

麝月随口说："没钱。"

宝玉瞄了瞄床底下，还有一堆铜钱呢。"那些还不够你输？"

麝月笑着说："袭人病了，其他人全跑去玩了，谁看屋子？满屋子灯火，没人看行吗？"

宝玉心想，这个麝月，倒有八分像袭人，什么事都要往自己肩上揽。想到一早曾听麝月说她头上痒，就说："我们两个人在房子里对看多没意思，我帮你梳头好不好？"

于是麝月搬来镜匣，把头上的钗钏卸了，一头乌丝流水一般散了开来。宝玉拿起梳子，坐在麝月身后，让镜子映着麝月的脸，在灯下仔仔细细地为她梳起头；梳了三五下，晴雯慌慌忙忙地冲进来取钱，一见他们两人的样子，就对宝玉冷笑道：

"交杯酒还没喝，就为新嫁娘梳头了？"

宝玉带笑回她："你过来，我也替你梳头，好不好？"

晴雯却拉下脸，道："我可没这种福气！"把帘子摔得咯咯响，快步出去。

宝玉素知晴雯一张刀子嘴，并没把她的气话放在心上，只向镜中麝月的脸微笑："这整个屋子里，就只有她爱磨牙！"忽然间，帘子又嘎啦嘎啦响了一阵，进来的人又是晴雯。

"你倒说说，我怎么爱磨牙来着？"

麝月苦笑："你去赌你的吧，何苦来这儿折磨人？"

晴雯眼珠一转，冷笑道："你也是护着他的。你们平日和他在搞什么鬼，当我不知道？"

冷笑一声，又冲出帘子外去了。

第十四回

女人是水。

宝玉日日淌在水中。时而看着清流浅浅，时而瞥见渣滓浊沫。

无论如何，他如鱼得水。

男人是泥。

他天生不喜欢跟浊泥亲近。自小，他对父亲避之唯恐不及，而他同父异母的兄弟贾环对于他，还不如房里任何一个丫头亲近。

贾环是贾政的妾赵姨娘所生，也是探春的亲弟弟。众人喜欢探春胜于贾环一百倍，宝玉自然也不例外。

“同一个娘胎出来，怎么看却不像姐弟。”贾府的下人私底下都这么说道。探春是女儿身，做人做事端庄大气，从小讨王夫人欢喜，贾环从小却生得猥琐。人人暗叹：“和赵姨娘是一个样儿！”

姨娘虽然是主子的妾，但地位常比不上有实权的丫头。荣府的姨娘中，赵姨娘从来就是个不受欢迎的人物，三天两头便要生事。

元春省亲完，府中无大事。照习俗而言，正月内不宜做针线活儿，学堂中又放年假，荣宁二府一片闲散气象。

这天，在薛姨妈住处，宝钗和已被薛蟠收在房里当妾的香菱，以及丫头莺儿三个人掷色子赌钱，贾环刚好逛了过来，吵着要玩，宝钗便让他加入。

贾环起先赢了几回，好生欢喜，后来输了几盘，脸色便难看了。这盘，只要掷个三以上的数字就赢定了，色子偏偏转呀转的，转出个“幺”来。贾环一急，伸手就抓起色子，硬说是四点：

“我赢了，拿钱来！”

宝钗和香菱原要让他，丫头莺儿却不高兴，一把护住筹码：“分明是个幺，怎么说是你赢？”

宝钗明知贾环要赖，却也无可奈何：心想输钱事小，伤了和气事大，瞪了莺儿一眼，说：“你别越大越没规矩？难道少爷还会赖你不成？还不放下钱来？”

莺儿满心委屈，舍不得放下，嘴里嘀咕：“当个少爷还赖我们，真是……前几天和宝二爷玩——宝二爷赢的钱被小丫头抢光，他还笑呵呵的……”

话未讲完，虽被宝钗喝止，贾环听得一清二楚：“我哪能跟宝玉比？你们欺负我不是太太生的，就不理我，只会对他好！”

贾环一气，眼泪鼻涕掉了满脸。宝玉正好也走进薛姨妈家，见宝钗正在骂莺儿，就问：“怎么回事？”宝钗反而替贾环说话，说是莺儿该死，得罪贾环。

宝玉却取笑贾环说：“连玩也要哭？嫌这里不好，就到别处玩好了，哭什么？还不赶快走！”

贾环听了话，满腹委屈地回家。赵姨娘见他一脸怒气，问：“谁踹了你一脚呀？干吗摆脸色给我看？”

贾环说：“刚才我到宝姐姐家玩，莺儿欺负我，赖我的钱，宝哥哥还不分青红皂白地赶我出来！”

赵姨娘呸了一声，道：“活该你自讨没趣？下流东西也想上台面，难怪人家看不起你！”

凤姐从窗外经过，把话收在耳内，隔着窗户向里头说：“正月里骂孩子们做什么？说这种话，也教不好他——环兄弟，出来吧，我带你去玩！”

贾环最怕的人就是凤姐。听见凤姐叫他，马上移动脚步向外走，赵姨娘也不敢再吭声。凤姐问明缘由，笑道：“才输一两百钱就值得这样？下一次再给我知道，我就剥了你的皮！”又叫丰儿拿一吊钱给贾环，贾环唯唯诺诺地接了。

宝玉赶走了贾环，自己留在那儿跟宝钗谈笑。有人来报：“史大姑娘来了！”宝玉赶紧和宝钗赶到贾母房里看她。还没进屋里，已听见史湘云的朗朗笑声。

黛玉也在贾母房中。大半日没看到宝玉，见他姗姗来迟，问道：“你从哪儿来？”

宝玉不假思索：“从宝姐姐家来。”黛玉挑了挑眉毛，冷笑道：“原来是在那里绊住了，不然，早就飞来了呢。”

宝玉愣了一下，回嘴道：“难道我只能跟你玩，为你解闷而已？说这种闲话做什么！”

黛玉听他这么一说，气马上涌上来了："你去哪里关我什么事？"赌气甩头便进了房里。宝玉心知不妙，跟了上去："大家好好的，干吗又生气了？我就是说错话了，你也多少给大家一点面子，这样……不是让大伙儿看笑话！"

"你管我？"

宝玉赔笑："我当然不敢管你，只是怕你气坏了身子。"

"我气坏了身子，我死我的，跟你又何干？"黛玉一张开嘴就不退让。

"何苦这么说呢？正月里说死，多不吉利？"

"我偏要说死，就是要死！你怕死，就自己长命百岁活下去，与我何干！"

"你要这样闹下去，我也不怕死了！"宝玉气鼓鼓地看着黛玉。黛玉生起气来，倒真像一只张牙呲嘴的老虎！偏他又不是武松！宝玉索性道："大家一起死了干净倒好！"

"你说得有理，你这样跟我闹，我确不如死了干净！"黛玉气咻咻的，泪水在眼眶中打转。

"我可没叫你死！"宝玉分辩道，"我是说，我自己死了干净……"

两人正拌嘴，宝钗忽而走过来叫宝玉："史大妹妹要找你！"说完，就把宝玉拉走了。黛玉站在窗前，越想越生气，先是默默地流泪，后来抽抽噎噎地哭了起来，待宝玉再回来找她，已经哭成了个泪人儿。

宝玉想安慰她，却不知如何开口，张了嘴愣愣站在一旁。黛玉一阵抢白："你回来做什么？就让我一个人去死好了！反正还有人比我会说、会笑、又会和你玩，还会哄你……"

宝玉未听完，即凑上前对黛玉悄悄说道："你这么冰雪聪明的人，难道连'疏不隔亲，后不僭先'的道理都不知道？咱俩从小一块儿长大，同一桌吃，同一床睡，我哪有为她疏远你的道理？你偏还跟我生气！"

黛玉眼中泪光又闪，嘴里说："我又没叫你疏远谁，我只是心里难过！"嘴里虽然这么咕哝，笑意却已轻轻染上两颊，转忧为喜。

"你就知道你心里难过，难道不知道我的心会跟着你一道难过？"

这么一说，黛玉低头不语。过了好久，才抬起头来，问宝玉："今儿可冷着，为什么不肯披斗篷？伤风怎么办？不是教人替你操心？"

宝玉笑说："我本来是披着斗篷的——只是看你一恼火，我的心里就躁闷起来，身子热得难受，刚才干脆脱了。"

两人正轻声说话，那边走进史湘云，笑声如银铃："二哥哥，林姐姐，你们平常在一起玩还玩不够？我好不容易来这儿，你们却不理我！"湘云舌头短，一不小心把"二哥哥”念成“爱哥哥”。林黛玉忙不迭取笑她：“短舌头还爱说话！连‘二哥哥’都叫不上来，只能‘爱’哥哥……掷起色子来，又是‘幺爱三’……”宝玉听了直笑。湘云嘟着嘴对宝玉说：“你瞧瞧！她这人什么都好，就是爱拿人家毛病嚼舌根，看一个挑一个。不过……有一个人，她若挑得出毛病来，我就服了她！”

黛玉赌气问：“那人是谁？我就不信天下有没毛病的人——”

湘云理直气壮答道：“宝姐姐就是个没毛病的人。”

听湘云在宝玉跟前这般称许薛宝钗，黛玉又万般不是滋味，冷笑道：“原来你是说她呀——我哪里敢挑她！”

宝玉怕黛玉心病复发，赶忙用话岔开。湘云却不放过黛玉，继续说：“这辈子我比不上你，你挑我，我没话说，不过，我倒要请上天保佑，赐我一个短舌头的林姐夫，你就可以常听到他‘爱呀爱呀’的……”

黛玉追着她打，湘云手脚快，立即跑了。宝玉挡在门框边，不让黛玉追过去，笑着说：“就饶她这一回吧。”

黛玉说：“饶了她我就不活了！”

不知情的宝钗踱过步来，见宝玉将一人挡在门内，一人隔在门外，笑盈盈地替宝玉劝架：“看在宝兄弟面子上，别闹了。”

黛玉仍要宝玉让开路：“我才不管呢，你们分明是讲好了来戏弄我！”闹得难分难解，直到贾母叫人传他们吃晚饭才作罢。湘云和黛玉闹过了，不一会儿又和好如初，晚上湘云留在黛玉房里过夜，两人睡同一张床。

有自己喜欢的姐妹来凑热闹，宝玉一夜睡不安稳。第二天天才亮，宝玉迫不及待地往黛玉房里来。黛玉和湘云还在安睡。黛玉密密地裹在杏红色的被子里，睡得安安稳稳，湘云的睡相就不规矩了：长长的黑发散在枕边，齐胸盖着一条桃红色被子，衬得被子外的手臂肌肤胜雪。宝玉看了好一会儿，不敢惊动她们，悄悄地靠近，帮湘云盖好被，怕她给风吹了肩膀发疼。心想：“睡觉还是不老实！”

一向浅眠的黛玉，还是给这蹑手蹑脚的不速之客吵醒了，翻起身来，说：“这么早，你跑来做什么？”宝玉硬说不早了，要她们快起来。黛玉把他赶到外头房间等着，才叫醒湘云，穿好衣服，叫紫鹃、翠缕两个丫头服侍梳洗。宝玉岂肯闲着？湘云洗过脸的水，他也要玩，说：“我也还没洗脸呢，不如一起洗算了。”

呆呆看湘云梳好头，他又缠着湘云：“好妹妹，帮我梳头吧。”记得小时候，湘云和他玩，曾帮他梳理头发。湘云不肯，他又千求万求，湘云才抓过他的头来，帮他打辫子，把四边的短发编成辫子，往头顶中间打了个结，再编成一条大辫，用红丝带系住，发顶到辫梢系上四颗珍珠，末端又加上黄金发饰。

湘云帮宝玉梳头时，宝玉没忘翻玩黛玉的梳妆台，顺手拿起一盒胭脂。他自小就爱玩女人的胭脂，不知不觉就要往嘴里抹，冷不防湘云手脚比他快，一个巴掌把胭脂打落在地，笑说：

“没出息！你什么时候才要改这习惯呢？”

话没说完，袭人探头进来，看宝玉的样子，知道他已经梳洗过了，不劳自己动手，嘴里没说什么，心里却不太开心。宝玉回房时，看出袭人脸色不对，却不知道她生什么闷气，小心翼翼问：“一早又生气了？”

袭人冷笑：“我哪里敢生气？”背过身子去，冷冷地说：“反正已经有人服侍你，你用不着我，我还是回去服侍老太太干脆！”说完，倒在炕上，合着眼，任宝玉怎么叫都不理。

宝玉千道歉万道歉，袭人仍然一声也不吭。看麝月进来，宝玉知麝月同袭人好，便悄悄问她：“你姐姐怎么了？”

麝月把一切看在眼里，心知肚明，抿着嘴笑道：“我怎么知道？你问你自己！”

两人都不理他，宝玉自讨了没趣，说：“不理我，我不如睡回笼觉。”

袭人听他老半天没动静，还微微地打鼾，料他已经睡着，怕他着凉轻轻地拎了个斗篷帮他盖上。宝玉却呼一声把斗篷推开，闭上眼睛继续装睡。袭人知道他在生闷气，这一次却不安慰他，冷笑说：“你不用生气。从今以后，就当我是个哑巴，一声也不劝你，这样大家耳根清净！”

宝玉虽然日日同这些女孩儿在一起，可也不全懂女子细密的心思。袭人有什么好生气呢？他一头雾水：“我又怎么了？刚才你莫名其妙就不理我，哪有劝我什么？”

他也跟着赌起气来，故意一整天不出房门，也故意不同袭人、麝月说话，所有杂役只叫一个名唤四儿的小丫头来做。到了晚上，斟了两杯酒喝，一个人面对一室冷清，虽觉没意思，却也不肯和袭人她们说好话。怕她们一心满意足，每天都来劝他，这可怎么得了？酒酣耳热后，叫四儿点烛煮茶，自己拿《庄子》出来读，读到庄子外篇《胠箧》，趁着酒兴作起狗尾续貂的文章来。写完呼呼大睡，一醒来，已是天明，睁眼一看，袭人和衣睡在旁边的被子上。过了一夜，宝玉早把昨天赌气的事忘得干净，推推袭人说：“你还是起来好好睡着吧，这样会受凉的。”

和宝玉生了一天的气，袭人哪里睡得好？不过是装睡。宝玉见她一会儿没反应，伸手去帮她解开衣服。才刚解了第一个扣子，袭人又把它扣上了。宝玉才想起昨天的事，心头一点气也没有了，笑问袭人：“你怎么了？”

袭人说:“我没怎么!待会儿你还是去那边房里梳洗吧，我可不帮你了。”

宝玉恍然大悟，原来她为这个计较昨儿一天!连袭人的心思都这么缜密，可是他没想到的。这时又听见袭人说:“你以后爱上哪儿去，就上哪儿去，尽管没日没夜地和姐妹们闹!我再也不跟你斗嘴，免得大家看笑话!”

宝玉笑道:“原来你到今天还记得这事儿!”

“一百年都记得!我才不像你，专把别人的话当耳边风!”

宝玉看她一脸怒容，却另有一番娇美动人，反而心中暗笑，有意逗她，伸手拿起枕边一支玉簪，折成两半，对袭人说:“好，如果我以后不听你话，就跟这簪子一样!”

袭人这下急了，慌忙拾起簪子，说:“一大早起来，干吗这样呢?就是不听我的话也不要紧，这种话说不得……”

女人到底是需要哄的，玉簪一折，袭人心里的不高兴也烟消云散，又殷殷勤勤地起身帮宝玉洗脸、梳头了。

第十五回

过几天就是宝钗的生日，也是她到荣府暂住之后的第一个生日，精明如凤姐，当然没有忘了的道理，何况贾母又特别提起，宝钗已经不是个孩子了，这生日可不能省着过。为了此事，凤姐还特地找丈夫贾琏商量。

“再大的生日，你都料理过了；这种小事，哪里还要问我？”贾琏不懂凤姐的意思，只觉她多此一问。

凤姐说：“大生日有大生日的处理法，小生日随便可打发，偏偏生日要大不大，要小不小，所以和你商量。”

贾琏低头想了想，说：“你糊涂啦？照着林妹妹的生日办不就是了？”

凤姐可不糊涂：“我也知道照林妹妹的给她做就可以了，但是，薛妹妹今年可满十五岁，老太太又特别叮咛过，要找人来唱戏，热闹一番……”

“那就比往年给林妹妹过的多加一点。”

凤姐：“我也是这么想，可是……就怕给她办得比林妹妹往年热闹的话，你要不高兴。”对贾琏来说，论血缘，当然是黛玉较亲，原来凤姐是怕贾琏怪她厚此薄彼，故有此一问。

贾琏这才懂，笑道：“你自己不要整日多心来盘查我的行踪就好，我哪里会那么多心呢？”

凤姐管丈夫的厉害，可是里外上下都知道的，但是，贾琏还是有一套。平常凤姐不许他近女色，他就玩娈童，贾府里头长得清秀的小厮，多半和他有些牵扯；若奉命出京，离开凤姐的跟前，他也没忘利用机会到花街柳巷温存一番。正所谓：道高一尺，魔高一丈。

到了宝钗生日那天，贾母内院搭起了小巧的戏台，定了一班新出道的戏班子，又在贾母客厅中摆了几桌酒席，请的都是自己人。宝钗到底懂得老人家的心意，她知道年纪大的人喜欢热闹，贾母要她点戏，她就挑千篇一律的热闹戏，指定的点心，也是贾母素来吃的甜甜软软的东西。

虽是自己过生日，宝钗处处知道讨贾母的欢喜。点完《西游记》，待又轮她点戏时，又选了一出热热闹闹的《鲁智深醉闹五台山》。宝玉哪里有宝钗的细心，一听她又点了这吵闹不堪的戏，就在宝钗耳边抱怨道："你就会点这种戏！"

宝钗反而嘲笑他："亏你白听了许多年戏，哪里懂得这出戏的好处？它不但排场好，辞藻更妙呢。"

宝玉说："我从来就怕这些热闹戏。"

宝钗不以为然："谁说这是热闹戏？你过来，我告诉你，这一套戏是北点绛唇，音律铿锵有致，辞藻中有一支'寄生草'，写得真妙。"

宝玉好奇了，央求宝钗念给他听。宝钗便把词念了一遍：

漫揾英雄泪，相离处士家，谢慈悲，剃度在莲台下。没缘法，转眼分离乍。赤条条，来去无牵挂。那里讨烟蓑雨笠卷单行？一任俺芒鞋破钵随缘化！

宝玉听了，觉得词意不俗，好像触动了心里的那根弦，欢喜地将这支词一念再念，称赏不已，又称赞宝钗无书不知。黛玉看他那样，把嘴一撇，要他安静些，不许他装疯卖傻。听完戏，贾母要凤姐把演得好的那个小旦和小丑带进来赏钱。问他们多大年纪，一个十一岁，一个才九岁。

贾母叹了一口气，要人拿了糖果和两吊钱给他们。凤姐打量了小旦两眼，越发觉得面熟，笑道："喂，你们可觉得，这孩子长得像一个人呢？你们看不看得出来？"

宝钗和宝玉都知道她指谁，但都识趣，懂得含笑不开口。没心眼的史湘云，肆无忌惮地说出口："我知道，她像林姐姐的模样。"湘云一说，众人都跑上来看，全笑了起来，说："没错，像得很，像得很！"宝玉心知黛玉会不高兴，狠狠瞅了湘云一眼，使眼色叫她打住。

没想到就因这一眼，他得罪了湘云，不巧又让黛玉迁怒于他，弄得两边不是人。

湘云命令丫头翠缕当宝玉的面把自己的东西收了，气冲冲地说："明早我们就走，不要留在这里看别人脸色！"

宝玉向前求情，解释道："好妹妹，你错怪我了。……你也知道林妹妹是个多心的人，别人知道了不说，都怕她生气，只有你口没遮拦，一下子就说出来。我是怕你得罪人，才对你使眼色！"

湘云更不高兴了："拿她暗暗取笑跟说出来有什么不一样？为什么我不能说？难道我不配说？"说完，一脸气愤，跑到贾母房里歇息去了。

宝玉自讨没趣，又想安慰黛玉去。一进了黛玉的门，即被黛玉推了出来，把门关上。宝玉在外头，又是一声一声"好妹妹""好妹妹"地叫，黛玉她把所有的气都算在他头上，怎么也不理他。宝玉站在门口呆等，却也没有离开，好半天没说话，黛玉以为他已经走了，要丫头紫鹃开门，没料到宝玉还站在那里，一副可怜相。黛玉这回不好意思再将他推出门外，宝玉一跨进来，便问："生气总该有个缘故，好好的你怎么生起我的气来？"

黛玉冷笑："你们没事拿我比戏子取笑，我难道不能生气？"

宝玉说："又不是我拿你比戏子……"

黛玉说："那你为什么对云儿使眼色？我知道你怕我对她生气——难道我度量就这么小，这么多心，容不下别人取笑？我气她，跟你何干，她得罪我，又跟你何干？"

宝玉听黛玉的口气，就明白，刚刚他和湘云说的话，黛玉都听见了。想想自己本来一番好心，怕两个人生嫌隙，在中间调停，反而落得如此下场，两边都数落他，真是一百个不值得。前几天是袭人不理他，已经够教他难过，现在更糟了，又惹恼了两个最和他要好的姐妹！他越想越觉得做人没意思，不再分辩，转身回房。在黛玉房里，黛玉不高兴，一转身，黛玉更不高兴，在他身后说："这一走，一辈子都别来！"

回房之后，袭人看他脸色不对，大致知道原委，想逗他开心，宝玉回话口气却一句坏过一句。袭人说："正月里，姐妹们都欢欢喜喜，你怎么这样了？"

宝玉答："她们欢不欢喜，与我何干？"

"你就随和点儿，让大家欢喜，不好吗？"

"我……什么大家不大家！大家与我何干，我——我一个人赤条条来去无牵挂！"

他随口便诌出刚刚才学到的戏文，越咀嚼它的意思越觉凄凉，不禁大哭起来，坐在书桌前胡乱填了一支"寄生草"的曲词，倒头又睡了。

黛玉虽然把狠话说在前头，心里倒是悬在宝玉身上，不久，假意来看袭人，悄悄踱到宝玉房里来。袭人笑道："宝玉已经睡了，但这里有一张字帖儿，姑娘要不要看看，写的是什么话？"

谁知不一会儿，黛玉和湘云已言归于好，湘云和宝钗正坐在黛玉的房里说话呢。只剩宝玉这倒霉的中间人在生闷气。黛玉拿给湘云和宝钗看了，宝钗正正经经地把宝玉填的词念了一遍：

无我原非你，从他不解伊，肆行无碍凭来去。茫茫着甚悲愁喜？纷纷说甚亲疏密？从前碌碌却因何？到如今，回头试想真无趣！

看完，宝钗叹了口气，说："都是我不好，告诉他一支曲子，没事惹出他这些话来！"三人于是决定治他的病根，第二天，一起来找宝玉说禅的道理。

宝玉哪里辩得过口齿伶俐的黛玉和博学多闻的宝钗？一下子就让两个姐妹问得哑口无言，只好承认自己学艺不精，写什么看破世事的禅语还嫌太早。湘云在一旁拍手叫好："宝哥哥可输了！"宝玉倒是输得心服口服，心想："原来她们还比我有知有觉！"笑道："我不参禅了，你们饶了我吧！"

这一笑，四人又和好如初。偶尔的不愉快，不过是湖面因风起波澜，雨过天晴后，不着痕迹。过不久，元春差人送灯谜来，四人又高高兴兴地到贾母房里猜灯谜。

元春出灯谜，有意考考弟弟妹妹们的聪明机巧。太监拿了一盏四角平头白纱灯，下谕道："娘娘要每个人把谜底暗暗写在纸条上，一起交给我，带进宫里，由娘娘亲自验看。"

宝钗一看，是一首七言绝句，意思并不新奇，她一看便猜中了，口里却直说难猜。宝玉、黛玉、湘云和探春心里把答案解了，默默写在纸条上，贾母又将贾环、贾兰和迎春、惜春传来。各人写完后，又各自作了一个灯谜，悬在四角白纱灯上，由太监带进宫里给元春猜，因应她的惜家之情。

第二天，太监又出来传谕，道："昨天娘娘所作的灯谜，大家都已经猜着，只有贾迎春和贾环猜得不对，娘娘也将你们的灯谜猜了，只有贾环的这个诗不通，看不懂，叫我来问三爷，谜底到底是什么？"

大家好奇地挤上前来看贾环的灯谜：

大哥有角只八个，二哥有角只两根。大哥只在床上坐，二哥爱在房上蹲。

众人看了都哈哈一笑，贾环搔搔头，告诉太监："大哥是枕头，二哥是兽头。"太监将元春赐的礼物送给猜对的人，只迎春和贾环没有。迎春一向没啥心机，对此并不在意，但贾环又是一脸晦气，老大不高兴。

看元春这么有兴致，贾母高兴起来，叫全家大小聚集一堂继续猜灯谜，承欢膝下。

由于贾政也在场，宝玉和姐妹们只知唯唯诺诺，气氛严肃，贾母也知道这个道理，酒过三巡，贾母便开口要贾政休息去。贾政赔笑道："老太太设灯谜大会，难道只用来疼孙子孙女，一点都不肯分儿子半点？"

贾母笑道："你在这里，他们都噤若寒蝉，教我闷得发慌。"

贾政难得轻松："不敢不敢，今天我也是来猜灯谜的，不是来教训人的，大家尽管放松心情。"

"好吧，那我就说一个谜给你猜。"贾母眉开眼笑，"猜不着，就要受罚！"

贾政笑道："这个当然，不过，如果我猜着了，也要领赏！"

贾母于是念道：

"猴子身轻站树梢，猜一种水果。"

贾政早知道是荔枝，故意乱猜，只为讨贾母高兴，猜了几次，才将答案说出来。"我也做个灯谜给您猜！"说着，贾政念道：

"身自端方，体自坚硬，虽不能言，有言必应。打一个日常用品。"

说完，将谜底悄悄地告诉宝玉，宝玉知道父亲的意思，马上贴近贾母的耳朵，将答案说给贾母。贾母一想，可不是砚台吗？

贾政说："老太太果然一猜就猜到了。"回头要人把贺彩送上来。大盒小盒的贺礼一齐送到贾母面前，原来是早准备好讨贾母开心的。贾母看看那些精巧的玩意儿，心里当然高兴，命孙儿们给贾政斟酒。又说："你再去将他们几个作的猜一猜给我听！"

第一个是元妃作的灯谜，写的是：

能使妖魔胆尽摧，身如束帛气如雷。一声震得人方恐，回首相看已成灰。

猜一个玩物。

贾政笑道："是爆竹！"

下一个是迎春的：

天运无功理不穷，有功无运也难逢，因何镇日纷纷乱？只为阴阳数不通。

贾政不假思索，说："是算盘！"又往下看，是探春。一看到"游丝一断浑无力，莫向东风怨别离"，贾政便知是风筝。再来一首格律整齐的，是黛玉的作品：

朝罢谁携两袖烟？琴边衾里两无缘。晓筹不用鸡人报，五夜无烦侍女添。焦首朝朝还暮暮，煎心日日复年年。光阴荏苒须当惜，风雨阴晴任变迁。

贾政笑道：“这是守夜时烧的香。”宝玉说：“对了。”再看下一首，只有短短十六字：

南面而坐，北面而朝。象忧亦忧，象喜亦喜。

“是镜子！”贾政笑问：“这一个谜作得巧，只是没有署名，是谁作的？”众人说是宝玉所作。贾政怕太称赞了他，连忙住口。再往下看宝钗的：

有眼无珠腹内空，荷花出水喜相逢。梧桐叶落分离别，恩爱夫妻不到冬。

贾政读完，脸色倏然一变，心想：“小小年纪，就写出这种不祥的句子，到底不是福寿俱全的命！”答案是夏天的竹枕，但贾政噤口不言，只是垂头发愣。贾母看他忽然不高兴起来，以为他累了，要他回去安歇。

待贾政走了，贾母一声令下：“我们大家现在可以轻松玩玩。”宝玉像活了过来一样，马上变了一个人，跑到贴着谜语的灯前，比手画脚，批评别人的灯谜这句不好、那句不对。凤姐刚好也过来凑热闹，笑说：“我刚刚该在老爷面前，要你即席作灯谜，让你流一桶汗才是！”

第十六回

照规矩，元春省亲之后，大观园理当封锁，等待贾妃下一次幸临。但贾元春省亲之后，念念不忘大观园的景致，又心悬家中这些可以作诗填词的姐妹们，就命太监到荣府下了一道谕令，要宝玉和姐妹们搬入大观园中，一起读书做功课。

宝玉听了这消息，喜不自胜，直和贾母盘算，要在新家中装这个安那个。正兴高采烈时，丫头忽然来报："老爷叫宝玉！"又吓得他面如土灰，死黏着贾母，说什么也不肯去见自己的父亲。贾母安慰了老半天，还是两个老嬷嬷陪着宝玉见贾政，宝玉只得到母亲王夫人房中见父亲，这一路行来，举步艰难，心里忖度着如何应付难关。

到了王夫人房前，见一排丫头都站在檐下。贾府的丫头们人人都知道宝玉怕父亲如老鼠怕猫，看见他那狼狈样子，都偷偷抿着嘴笑。王夫人的丫头金钏儿故意逗他："宝玉，我嘴上的胭脂是刚刚才擦的呢，这一回——你敢不敢吃？"

彩云一把推开金钏儿，笑道："人家心里正不自在，你何苦作弄他？赶快进去吧！"宝玉低头进了房里，看见贾政正和王夫人坐在炕上说话，而迎春、探春、惜春和贾环四人已经坐在那里，心想，父亲这回不是单独叫他来教训的，这才略略安了心。

原来贾政这天只是要把贾姓的嫡孙叫来，训诫他们，搬进大观园后，得好好读书，不可疏懒功课。

贾政每叮咛一句，贾宝玉便恭恭敬敬地答一句是，待贾政说完，他便急急想溜走，王夫人又拉他坐下，问一些日常的事。"前不久要你吃的药可按规矩吃？"

宝玉答道："天天临睡前，袭人都没忘记让我吃。"不巧，贾政耳尖得很，听到袭人两字，马上问："谁叫袭人？"

王夫人说："是宝玉房里的丫头。"

贾政皱着眉头，又问："谁为丫头取这么刁钻古怪的名字？"

王夫人答是贾母。贾母如何想出这种名字？贾政并不相信，转身瞪了宝玉一眼，宝玉知道瞒不过，起身回答："我……我从前读书，记得……记得古人有句诗说，花气袭人知昼暖……因为她姓花，所以我……为她取这个名……"

王夫人连忙说："你父亲不喜欢，你就回去改了吧。"

贾政怒斥一声，说："不用了！以后给我多读正经的书，别老是在这些艳词上下功夫！"

王夫人知道，贾政说着说着又要挑宝玉的毛病了，催宝玉快走："老太太等着你吃饭呢。"

宝玉安然离开，慢慢退出房去，走到门口，向金钏儿伸伸舌头，一溜烟地跑了，跟着他的两个老嬷嬷，被他远远抛在后头。

这个春天，择了好日子，贾府的年轻一辈们欢欢喜喜地搬进大观园去。宝玉选了怡红院，为的是离黛玉的潇湘馆近些，宝钗则住进蘅芜院，迎春是缀锦楼，探春住秋爽斋，惜春是蓼风轩，李纨搬进稻香村。每一处地方除了各人的奶娘和随身丫头外，又多两个老嬷嬷和四个丫头，顿时园内，花舞春风，柳抚溪水，不再寂寥。

住进大观园后，宝玉天天见着赏心悦目的景致，更无心读圣贤书了。趁着春光烂漫，他写了不少父亲最讨厌的艳词。才不过一个月，园内的景致不能再吸引他的注意。若不是怕父亲责怪，真想到外头的花花世界走一遭。

书童茗烟倒懂得投他所好，看他百般无聊，就从外头的书坊买了许多本古今小说，像《飞燕外传》《武则天外传》《杨玉环野史》那样的杂书，献给宝玉看，叮咛他："你可小心点看，否则我可吃不了兜着走！"宝玉如获至宝，把书藏在床上，一没有人在，就拿出来读，比看什么书都认真。

三月桃花开，宝玉拿了一套《西厢》，坐在沁芳闸附近的一棵桃花树下，细细读了起来。正看到"落红成阵"一句，一阵风吹过，树上粉红色的桃花瓣纷纷散落，不但落得满地都是，也撒得他一头一脸。宝玉想要将身上的花瓣抖下来，又不忍践踏了花瓣，就将身上的花瓣兜着，走到池边才散了，让它们逐水而流，看着花瓣儿漂漂荡荡地流出沁芳闸去。

正望着水中的落花发愣，忽然听到背后有人问："喂，你在这里做什么？"宝玉一回头，看见黛玉肩上荷着花锄，花锄上又挂着纱囊，一只手中持着花帚，婷婷袅袅地向他走来。宝玉笑道："你就帮我把地上的花瓣都扫起来，撂在水里去吧。"

黛玉说：“谁说我要丢到水里？丢到水里，不知道它该漂到什么地方，到头来还不是一样把它们糟蹋了？我在那边有一个花冢，叫它们随土化了，干干净净。”

宝玉想想也对，说：“那我来帮你。”黛玉看见他手上拿着书，便问：“你手上是什么书？”宝玉连忙藏在袖里，说：“……是《中庸》《大学》一类的书。”

黛玉冷笑道：“别想在我面前装神弄鬼，给我瞧瞧！”

宝玉犹豫了一下子，悄悄说：“妹妹，我倒不怕你知道……但是，你可不要告诉别人……这是好文章，保准你看了连饭都不想吃！”

黛玉放了花锄，把书接过去看，从头翻起，越看越是爱不释手，索性坐在石头上，把十六出戏都看完，仍意犹未尽。宝玉默默站在一旁，待她看完，小心翼翼地问：“妹妹，你说好不好？”黛玉笑着说：“果然有趣。”

宝玉一听黛玉说，拣起《西厢记》里头的句子，逗起黛玉：“妹妹，我就是那个‘多愁多病’身，你就是个‘倾国倾城’貌！”

黛玉一听，耳根都红了，一双眼睛圆睁，怒斥宝玉：“你这个该死的糊涂虫，没事搬淫词艳曲里的混账话来戏弄我……我要告诉舅舅、舅妈去！”

宝玉赶忙向前拦阻，说：“好妹妹，对不起，好歹饶了我这一遭吧！我又不是有意欺负你的……如果我有意欺负你，我就掉进池子里变成王八乌龟……等你以后做了一品夫人，病老归西，我就到你坟上背一辈子墓碑！”

这句话说得顺口无比，黛玉听了扑哧一笑，道：“你倒胡说得真顺口！”又拿《西厢记》中的一句回他，“我看你只会胡说，是个‘银样镴枪头’！”

黛玉引的也是书中典故。宝玉笑道：“那我也要告诉别人你也看过淫书！”

“你过目不忘，难道我就不能？”黛玉笑着把书还给宝玉。宝玉说：“我们正正经经收拾落花去吧，别告诉别人我们看了这书。”

正将花瓣掩埋妥当，袭人找人来请宝玉回去。黛玉一个人无事可做，想回房里休息，走过唱戏女孩子住的梨香院，隐隐听见其中笛韵悠扬，歌声婉转，不由得静静地听了一晌。那里头唱的是《游园惊梦》的词儿，有几句话明明白白飘进黛玉的耳边：

> 原来姹紫嫣红开遍，似这般，都付与断井颓垣……良辰美景奈何天，赏心乐事谁家院。……则为你如花美眷，似水流年……

细听着那词中的意思，竟然觉得心中萧索，悲不可抑，眼里的泪水，又像珍珠一样涌出。心想，这大观园里的繁华，不过只如春天里落英缤纷的桃花，终究会归于尘土吧。就像她的父亲、母亲，归于尘土，终于不可追寻。眼前一切，有朝一日将成断井残垣；富贵荣华，本将成梦幻泡影……

风一吹，满院的桃花瓣又如落雪，拂不胜拂，扫不胜扫，黛玉看着满天飞花，轻轻地用袖子抹去了眼泪。

这一伤起春来，黛玉许久闷闷不乐，第二天又整天不见宝玉，更无精打采，打发了雪雁问去，传回来的话却说："姑娘，不好了，二爷给烫得一脸油！"

黛玉赶紧过去探问，只瞧见宝玉正拿着镜子照着自己的脸，脸上则厚厚地抹了一层膏药。黛玉想过去看个仔细，宝玉却别过脸去，偏不教她看见，心知，黛玉这个人，生来不喜欢看不堪的东西。

原来，一早王夫人叫了宝玉和贾环到她房里来，贾环正抄写着《金刚经》，而宝玉多喝了一杯酒，倒在炕上休息，看王夫人的丫头彩霞没事，就要她来拍背。彩霞素来和贾环合得来，不太爱搭理宝玉，宝玉跟她说话，她爱搭不理的，偏偏宝玉一定要逗彩霞，拉起她的手，故意纠缠："好姐姐，你就多理我一点儿也好。"贾环素来和彩霞好，实在咽不下这口气，故作失手将宝玉身旁那盏蜡烛往宝玉脸上一推，宝玉"哎呀"叫了起来。

满屋子的人吓了一跳，跑过来看时，宝玉满脸已全是蜡油。王夫人又气又急，一边要人帮宝玉擦洗，一边骂贾环。凤姐也在，边收拾边说："这老三怎么这么毛毛躁躁！赵姨娘平常是怎么教的！"王夫人听了更加光火，派人叫赵姨娘过来，劈头就是一顿骂！

赵姨娘在王夫人面前，只得忍气吞声，一句话也不敢回。只在一旁低声下气赔罪。还好宝玉并没有烫伤眼睛，只是左脸起了水泡，又肿又痛。宝玉怕贾母生气，见了贾母，却又说是自己不小心烫着了，贾母便把宝玉的丫头都骂过一顿，人人头上都顶了不白之冤，都不敢说出实情。

为了这个小灾厄，贾母特别请常到家里来的道婆，在庙里为宝玉点平安灯，保佑他平安无事。可是一波未平，一波又起，懂得一些巫术的马道婆，却是个不安好心的老太太。一路逛到旧识的赵姨娘房里来，向赵姨娘讨了些零星绸缎做鞋面，听赵姨娘说起这多年在贾府受的苦，又极尽挑拨之能事来。

"不是我爱说闲话，你们今天会到这步田地，完全是你们不长进，难怪会到处给人欺负，其实——明里虽不敢怎样，暗里也该算计他一下，好教他们不要如此嚣张！"

听马道婆这么说，赵姨娘精神一振，问："怎么暗里算计？我倒也有心，只是不知道方法……你若知道，就告诉我吧，我一定会大大地谢你！"

"我……阿弥陀佛，我哪里知道，这……别问我好了……"马道婆面有难色地说。

赵姨娘知道这马道婆是最贪小便宜、又经不起央求的，便笑着说："你别来这一套，你一向是最肯济弱扶贫的，你会眼睁睁地看别人整死我们娘儿两个不成！"又对她使脸色，"难道我会忘了谢你？"

马道婆说："谢是不用讲了，但我……我可不忍心让你们娘儿两个继续受委屈！"

赵姨娘一听，即知马道婆这闲事是管定了，又怂恿她道："你这么一个聪明人，怎么糊涂了？如果法子灵验，把他们两人断了根……到时候，这一家子还怕不落在我们手里？那时候你要什么没有？"

马道婆低头想了一会儿，说："……把事情办妥当了，又没有凭据，万一你不认账怎么办？"

赵姨娘满脸堆笑："这不难，我这里有些私房钱，还有些衣服首饰，你先拿去；然后，我再写张欠条给你，到时候，你再来讨，好不好？"

不消赵姨娘再多说话，马道婆一看眼前的东西，哪里移得开眼睛？于是慷慨答应帮这个忙。她伸手将东西拿了，又收了欠条；接着，向赵姨娘要了两张纸。

"要纸做什么？"

"你且慢慢看着。"马道婆拿剪刀剪了两个人形，叫赵姨娘在纸人身上写了凤姐和宝玉的年庚，又找了一张蓝纸，剪了五个青面鬼的样子，叫赵姨娘钉在一起。

"这就好了？"赵姨娘半信半疑，不知道马道婆搞的什么鬼，可否有效。

宝玉由于烫伤了脸，大半时间在家静养，黛玉天天陪他，两人反而比平常多了时间说话。这一天，宝玉的伤口好得差不多了，又逢一个春阳和煦的好日子，黛玉看了两篇文章，便和丫头紫鹃一起出来，在大观园内走走逛逛，顺便欣赏花香鸟语，不知不觉地又走到怡红院。几个丫头正在廊上看画眉洗澡，评头论足，房内传出阵阵笑声，原来李纨、凤姐、宝钗都已早来一步看宝玉。黛玉笑道："今儿全部都来了，是谁下帖子请的？"

凤姐看到黛玉，便想起前两天打发人送给黛玉的两罐茶叶，问："姑娘可喝得上口？"

黛玉这才想起自己忘了叫人谢凤姐，赶忙道谢。宝玉插嘴道："我可觉得味道不好。"

宝钗则说："我倒觉得味道还不错呢！只是没有一般茶叶的颜色。"

黛玉却爱那种淡淡的茶味。凤姐便说："我那里还多着呢，改天有事要请你帮个忙，顺便打发了人给你送去。"

黛玉一听凤姐这么说，不自觉地和凤姐斗起伶牙俐齿，笑道："哎呀，大家听听，才吃了她一点茶叶，就要还她人情！"

凤姐也不甘示弱，接过话去："那你既然吃了我们家的茶叶，为什么不做我们家的媳妇儿！"

众人大笑，黛玉脸都红了，别过头去，一句话也不说。李纨笑道："还是二嫂子会说话。"黛玉急了，回头说："什么会说话？不过是贫嘴贱舌，讨人厌！"

凤姐笑着指宝玉："你看看，我们这个人，论长相论门第，哪一件配不上你！"

这一说，黛玉更是害臊，转身就走，不理人了。

宝玉同宝钗追向前去，硬生生把她拦住了。不久王夫人有事唤凤姐，大家也散了，宝玉还舍不得让黛玉走，拉住黛玉的手说，"林妹妹，等一下，我还有话跟你说呢。"黛玉停了步子，但这回，宝玉紧紧拉住了她的手，却不说话，像个呆子。

"你再不说，我可要走了……"黛玉话还未完，宝玉即双手抱头，喊着头疼。黛玉原以为他只是跟她闹，没想到宝玉竟拿着自己的头猛撞墙！众丫头慌了，有的忙着拉住宝玉，有的忙着通报贾母，几乎一家子的主子奴仆都赶来了，宝玉还是寻死寻活的，疯疯癫癫。正忙成一团，凤姐竟然持着一把亮晃晃的菜刀走过来，见鸡砍鸡，见狗就要杀狗，见了人，又瞪着眼睛要杀人！几个力气大的女人赶忙上前将凤姐抱住，抢下她的刀来。

不多久，两人不发疯了，浑身上下却如火炭燃烧，躺在床上，嘴里胡言乱语。一连三天，喝遍了各式药方和符水，一点效也没有，两人都给这怪病整得气如游丝。贾母看得心如刀割，骂起贾政来：

"都是你们平日逼他读书写字，逼得太急，把胆子吓破，才会这样！"眼看宝玉只剩一口气，贾母几乎也发起狂来，哭道，"他如果有个三长两短，我就要你们的命来抵！"

贾母正伤心时，家里有人来报，"两口棺木都做好了！"贾母更是震怒，大闹："谁吩咐做棺材的？给我叫过来打死！"一时，家中天翻地覆，而人人却束手无策。黛玉和宝钗及诸姐妹的悬心更不用说。

就在这危急时候，家里却不请自来了一僧一道，口口声声说是来治妖孽的。贾母和王夫人叫人请二人进来，其中的和尚说："你们不必多话，我们都知道了。"道士要人把宝玉的"通灵宝玉"带来，放在手掌上，摩挲了一阵子，说："这玉原来能除凶邪，只是为声色所迷，所以不灵，唉……"和尚诵了几句经，长叹一声，喃喃自语："这玉，本是女娲补天剩的最后一块石头，放在青埂峰下，竟跑到人间来惹是生非……尘缘未断，无可奈何！"

之后，吩咐贾家人把玉悬在宝玉卧室门楣上，说是三十三天后，两人自然会好。

贾政眼看无其他方法，即按照那一僧一道所说的做了，果然，当天夜里，宝玉和凤姐高烧退尽，都有起色，一日好过一日。这场劫难，总算平安度过。黛玉却已经把眼睛哭肿了一百回，为他默念成千上万次个阿弥陀佛！

第十七回

贾家财大势大，不知有多少近亲、远亲眼巴巴地望着，想分一杯羹。这回又来了一门贾姓的远亲，算来和贾蓉同辈，名叫贾芸，到贾府谋差事来了。贾芸天生懂得人情世故，凭着一包孝敬凤姐的麝香和冰片，以及三寸不烂之舌，在凤姐跟前讨到了一个管花、管树的肥缺。

贾芸一进贾府，除了本职工作外也不肯闲着，又来拜访宝玉牵关系。宝玉难得见贾家亲戚中有这么一个懂事又俊秀的人物，对他也甚具好感，随口要贾芸有空就到怡红院玩。贾芸并没把宝玉的话当作富贵公子的一句客气寒暄，信以为真，三番两次拜访宝玉，偏偏宝玉都不在家，只有一个叫小红的丫头肯帮他带信儿。这带信儿的丫头原叫红玉，因为“玉”字犯了宝玉和黛玉的名，就改为小红，不过十四岁。

小红仗着自己有几分姿色，几番想在宝玉跟前表现表现，但怡红院里的大丫头太多了，袭人之外，还有晴雯、麝月、秋纹、碧痕等人专宠当权，她一步也近不了宝玉身边。因而，她在怡红院许久了，宝玉还没跟她说过话。

这回得了贾芸要她捎口信的差事，又逢宝玉一个人从后门回来，小红才有机会接近宝玉，同他说话：“宝二爷，有个叫贾芸的找你。”

宝玉倒不在意小红说什么，一面喝着小红端上来的茶，一面仔细打量着眼前这个俏丫头，笑问：“你也是我这屋子里的人吗？怎么我从来没见过你？”

小红皱着眉头，乘机诉苦道：“你不认得的可多呢，岂止我一个人而已。我又不递茶水，也没机会在你面前拿东拿西，你怎会认得我？”

宝玉问：“那你怎么不到我眼前做事，让我认得你呢？”

小红这可就有口难言了，那么多大丫头钩心斗角，争着宝玉的宠，她要硬挤上前去，不被她们用利爪撕成碎片才怪？才在心里盘算怎么答才妥当，秋纹和碧痕就嘻嘻哈哈地共提着一桶洗澡水回来。她们看见小红一个人和宝玉在同一间屋子里，心中大大不自在。趁宝玉在洗的当儿，把小红找到跟前，问她刚才在屋里做什么。小红一脸委屈，说："我哪有进二爷屋里？只不过是我的手帕不见了，我往后园找去，刚碰上二爷要茶喝，姐姐们又一个都不在，所以我才帮二爷倒茶。"

这些大丫头们在宝玉面前毕恭毕敬，斯文得体，在小丫头跟前可耀武扬威呢。话没说完，秋纹已啐了一口痰在地上，说："不要脸的下流东西！谁不知道你老想抢这种好事做？也不拿镜子照照，看你配为他倒茶不配？"

碧痕也一口恶言："你这么喜欢倒茶，以后二爷跟前的茶，都叫你倒，让你倒得高兴，好不？"二人你一句我一句，说得小红面红耳赤，又不敢顶嘴。直到一个老嬷嬷来传凤姐的话，说是明天有个叫贾芸的监工带花匠来种树的事，她们才作罢。

小红好不容易有个机会在宝玉跟前做点事，就遭到恶言恶语的排挤，心里闷得难受，心想，以后还是少沾惹宝二爷的好。不知不觉，又想起要她传话的贾芸，那人面目清秀，算来也是贾家的亲戚，不知对自己的印象如何？胡乱想着，便蒙蒙眬眬地睡着了，梦中，贾芸捡了她的手帕，还来拉她衣袖。她惊得花容失色，冷不防被门槛绊了一跤，吓得醒了过来，翻来覆去再也睡不着了。

大观园里丫头众多，全然是阴盛阳衰的局面，偶尔进来一个面目清秀的公子，看在这芳心寂寞的丫头眼里，便胜于稀世珠宝。贾芸寻宝玉不遇，遇小红正着，又问了她的名字，在小红心中，已值得魂萦梦系了。

因宝玉受了巫蛊害病，听了一僧一道的话，要休养三十三日。原本受命种花的贾芸，在这期间内奉命充当怡红院外的守卫，带着贾家的一些家丁和小厮，连夜看守，和小红等丫头日日相看，渐渐混熟，但只能说说公事，私事却不好启口，小红偶尔瞥见贾芸手中的绢子，果真像自己不久前丢掉的那条，想要问他，却不好开口，心里百般纠缠，好不苦恼。

这一天，怡红院里的小丫头佳蕙来找小红。话说着说着，发现小红脸色比平常苍白，问她："是不是病了呢？要不要回你自己家里住两天，好好休息休息？"

说穿了不过是心病而已，小红叹了口气："我好好的，回家做什么？"

佳蕙又建议："我看你这种懒懒散散的样子，和林姑娘的病差不多，不如向林姑娘要点药吃！"

小红又好气又好笑："药是可以借来吃的吗？你胡说八道什么？"

佳蕙说："可是，你这样元气一天坏过一天，也不是办法……"

小红只觉心头一片郁闷，不由得叹了一口气，说："唉，你哪里明白我心里的事？"

佳蕙听出她话中有话，想了想，说："说得也是，我们院里，上头一向是压下头的，不说袭人好了，她做人做事当然是没话说的，最可气的就是晴雯、麝月、绮霞那几个，她们哪能算是上等人？仗着宝玉疼她们，一个一个目中无人……"

小红的心事却不是这个。她悄悄说："也不用气她们，俗话说，天下没有不散的筵席，谁能在这里一辈子呢？我们在这里，再长也不过多待个三年五年，不久，各人做各人的去了，谁还管得了谁呢？"

佳蕙是个心肠软的丫头，听小红这么一说，眼圈儿都红了。忽然有丫头跑来，交代小红，又是绮霞有事，交代她描两个绣花样儿。"大家都是丫头，偏偏得主子宠爱的，就成了小姐。"小红心里一时难以平静，又不能不应声做事。心里却想，总有一天要让她们有的瞧——但又能如何呢？她倒想不出来。伸手往抽屉里一摸，笔都秃了，就往宝钗那边借笔去。路上遇到了怡红院里跑腿的丫头坠儿——坠儿身后跟着的，可不是她朝思暮想的人？

小红不好意思直接跟贾芸说话，问坠儿："你往哪里去？"

坠儿说："宝二爷有事传芸二爷呢。"

小红见机不可失，故意跟坠儿说："前些日子，我丢了手帕，不知你捡到了没？"贾芸在一旁打量小红，眼里含笑，不知在想什么。小红脸一红，便闪开了。一直到走远了，才回过头看贾芸的背影，不知他可听见自己说的话？

帕子果然是贾芸捡走的。他对小红本有几分好印象，一听她问起帕子的事，心中喜不自胜，问了坠儿叫什么名字，多少月钱，父母在何处等事，再东扯西牵，要坠儿做个传信人。"刚刚和你说话的，是不是叫小红？"

坠儿笑道："你问她做什么？"

贾芸把绢子的事情说了，坠儿说："那你就拿来给我吧。我倒要看看她怎么谢我来着。"贾芸把绢子给了坠儿，要坠儿千万告诉小红，是他拾到的，又逗坠儿："如果她谢了你，可别忘了我这一份！"

本是一件芝麻绿豆的小事儿，但对大观园的小丫头来说，可是天大消息。坠儿喜滋滋地向小红讨功劳去了。怕怡红院里说话隔墙有耳，选了地处偏僻的滴翠亭。这亭子四面的雕花窗子都贴着窗纸，十分隐秘，两人在亭里头唧唧喳喳。

"你看看，这绢子是不是你丢的那块，不然，我还芸二爷去。"

小红一看，果然是她丢的那条，马上抢了过去。坠儿不服，说："你拿什么来谢我呢？芸二爷还特地叮咛我，你也不可以忘了谢他！”

“谢你自然是应该的，我哪会食言，只是，芸二爷好歹是个‘爷’们，捡了我们的东西，自然要还，说什么谢不谢的？”

“不行！芸二爷再三跟我说……你若不谢他，他可不愿把帕子还给你！”

小红心里再三犹豫下，掏出了随身的绣囊给了坠儿：“也罢，把我这东西给他，算是谢他的——但你可不能告诉别人！先给我起个誓！”

“好，我要是告诉别人，嘴上就会长疔，不得好死！”

小红忙掩住坠儿的嘴。想了想说：“哎呀，我们只顾说话，都不怕外头有人偷听，我们该把这些窗子都推开了才是……”

没想到，在外头把这些话尽收耳里的，就是宝钗。她方才为了扑一对玉色的蝴蝶，不知不觉走到滴翠亭来，不巧听到这一段话。一听小红要开窗，一时来不及躲；为了避嫌，马上想到一个金蝉脱壳之计，故意放重了脚步，轻呼道：“林妹妹，看你往哪里藏！”一面说，一面往前头假装找人。

小红和坠儿万万没想到外头正有人，见到宝钗不免心虚，吓了一跳。宝钗反而泰然自若地向她们两个人笑道：“林姑娘可躲到里头去了？”两人都摇头说没看见。宝钗又说：“我刚在那边，看见林姑娘在这头玩水，想过来吓她一跳，没想到她一溜烟就不见了！”

一边说，一边往前走，心里暗暗好笑。没想到这一个谎话，反而使这两个丫头更加心惊肉跳。小红心下以为，黛玉一定把话听去了；坠儿心里也这么担心，大半天不言语，只望着一湖春色发呆。小红说：“如果是宝姑娘听见，也就算了；那林姑娘又多心，又爱刻薄人，给她一走漏了风声，那可怎么好？”

虽说黛玉是少见的多心与伶牙俐齿，但这多心，倒多因宝玉而起。其他人的风花雪月，关她何事？虽说自然是和宝玉一起长大，宝玉的癖性她明白九分，但是，仍丢不下对他的多心，唯恐他昨天明白了她的心意，第二天，又忘得一干二净，不把她的牵挂放他心里。

过了三十三天，宝玉的精神已恢复如常，脸上的伤卸了膏药后连疤痕也没留下，身子反而比从前健壮一些。这天，他在大观园中闲逛，顺着路又走到潇湘馆来。黛玉好静，潇湘馆多半时候也悄无人声，宝玉无意惊扰丫头们，放轻了步子，像只猫似的溜进屋里，顿时闻到一股幽香从碧绿的纱窗里传出，于是就把脸贴在纱窗上往里头瞄，里头暗，还没看见什么，只听得细声长叹：

“每日家，情思睡昏昏……”

宝玉再往里头瞧，只见黛玉正在伸懒腰。他在窗外笑道："什么叫'每日家，情思睡昏昏'？"一面说着，一面掀帘子跨进来。黛玉羞得一脸通红，拿袖子遮住脸，又翻身朝里头装睡。

宝玉才走过来，要把黛玉的身子扳过来，黛玉的奶娘和两个婆子却进来阻止他，说："你妹妹在睡觉，等她醒了再来吧。"刚说完，黛玉却翻身而起，"谁在睡觉？"一脸惺忪笑意，生怕婆子们把宝玉赶走。

宝玉看她睡眼蒙眬，别有一种脱俗之美，脸上又带着一片红晕，不觉看得痴了，神魂荡漾，又想起她刚刚念的句子，心都酥了。整个人歪着身子坐在椅子上，笑问："刚刚说的，可不可以再念一遍给我听？什么叫'每日家，情思睡昏昏？'"

紫鹃正好进来，要服侍黛玉洗脸梳头，宝玉借口要先喝茶，把紫鹃支开。然后笑着对黛玉念了一段艳词："若共你多情小姐同鸳帐，怎舍得叫你叠被铺床？"

黛玉知他有意调戏，一听便急了，拉下脸来，说："你胡说些什么？"

宝玉笑道："我哪有说什么？你听见了？"

黛玉气得连眼泪都掉下来，说："你在外头看了混账书，专门拿来解闷！"转身下床，扭头就走。宝玉这才知道黛玉真翻了脸，又手忙脚乱地过来拉黛玉："好妹妹，你别生气，我再说这种话……嘴边一定长疔，烂了舌头！"

正要再温柔相劝，袭人匆匆忙忙找来，说："老爷找你呢！"这一召唤如晴天霹雳，吓得宝玉冷汗直流，再也顾不得黛玉脾气，一径往怡红院走，换了衣服就要去见父亲，他的书童焙茗见他神色慌张，却站在路旁窃笑。

焙茗正是茗烟。前些时候，宝玉嫌他原来的名字不够雅，便把他的名字改了。宝玉问焙茗："你笑什么？"却有个躲在一旁的人冲出来，哈哈大笑道："要不是我叫他告诉你，你父亲找人，你怎会出来这么快？"

来人原来是宝钗的哥哥薛蟠。此时焙茗已笑跪宝玉跟前求饶，宝玉才知两人串通来骗他。

薛蟠也向他作揖赔不是："别难为他，是我要他这么做的。"

宝玉虽被戏耍，但也不生气，薛蟠找他总比父亲叫他要好过一百倍，只是嚷着说要向薛姨妈告状。薛蟠说："这样好了，下次你要吓我，就说我父亲找我便成了！"

薛蟠天不怕地不怕，连死去的父亲都可以拿来开玩笑。宝玉笑道："再说就不像话了！"

薛蟠找他，不为别的，只有吃喝玩乐而已。原来第二天是薛蟠生日，附和他的一党人，早早搜刮了天下的奇珍异品来投其所好，有暹罗国进贡的暹罗猪、洋钟大的西瓜、比手臂还长的莲藕，薛蟠便来邀宝玉和好友冯紫英等来共享。

有东西玩，宝玉的脚程比任何人都快，这一天，待在薛蟠那里喝了许多杯，教任何人都寻他不着。黛玉一早和他说话，还说得意犹未尽，听他给舅舅叫走了，不知要受什么罚，惦着他一整天，他却又没来，心中着实为他担心，这天吃完晚饭后，慢慢走到怡红院来寻宝玉。走到沁芳桥，眼见宝钗在她之前走进怡红院。她稍稍停下步子，在沁芳桥上观看各色水禽，微暗天色中，只只仍色彩斑斓，静静地站在桥上看了一会儿，才到怡红院轻轻叩门。

谁知怡红院内，晴雯和碧痕两个丫头拌了一天嘴，晴雯闷了一肚子气，忽然看宝钗来了，就把气移到宝钗身上，背地里抱怨道："有事没事就来坐着，教我们三更半夜睡不着觉！"

正抱怨着，又听见外头有人敲门，不分三七二十一，应道："全都睡了，明天再来吧！"

黛玉怕丫头没有听见她的声音，又提高了音量叫道："是我呀，还不开门吗？"

晴雯在气头上，索性说："管你是谁！二爷吩咐，一概不准放人进来！"

黛玉一听，气得傻了。呆呆站在门外，两串眼泪便掉了下来，自言自语："虽然说，外祖母要我把这里当自己家，但我在这里，到底是客，如今父母双亡，无依无靠，人家自然有道理欺负我，跟这些下人怄气，不过自讨没趣！"

这么一想，心情更激动难安，站着也不是，回去也不是，但听闻怡红院中发出串串笑语，仔细一听，就是宝钗和宝玉两人的声音，越发伤感起来。顾不得夜里露冷风寒，就站在墙角花荫之下，悲悲切切地呜咽起来。

哭了老半天，见宝玉和袭人送宝钗出来，急忙闪过一旁，像个木雕泥塑般地躬到花荫下，他们的欢声笑语涌入她耳窝里，一声一声仿佛针刺。

回到了潇湘馆，黛玉又含泪到天明。紫鹃和雪雁素来知道黛玉性子，她没事闷坐，不是愁眉，就是长叹，好端端便会如此，习惯成了自然，也没上来劝话，任由黛玉一夕不成眠。

第十八回

芒种一过，便是夏天。风俗相传，这一天花神退位，闺中女子须向花神饯行。大观园的女孩子们都起了大早，用花朵和柳枝编成饰物，或以绫罗彩线做成旌旗，结在树头和花枝上，日出时，只见满园花枝招展，和女孩们的灿灿笑容相映。

一早宝玉见宝钗，迎春、探春、惜春几个姐妹及李纨、凤姐，群集在一起做饯花会，独不见黛玉，便走到潇湘馆寻她。黛玉因前一夜被晴雯关在怡红院外挨寒受冻，夜里又失眠，所以起得特别迟，正梳洗完准备出去，却看见宝玉笑嘻嘻地进来，说："好妹妹，你昨天告了我的状没？我可担了一整天的心！"

本来是一句玩笑话，又使黛玉多心。昨夜晴雯将黛玉关在门外，黛玉左右思量，正以为是宝玉唆使；黛玉想来，必是因宝玉说了一句"若共你多情小姐同鸳帐"的浑话，被她骂了一句，所以生了气，才不要晴雯开门，只顾和宝钗在里头嬉笑。一听宝玉对她开这玩笑，她更加恼火，只顾和紫鹃说话，全然不理会宝玉。宝玉再三打躬作揖，黛玉正眼也不瞧。宝玉哪里知道，她又为哪件事不开心呢？

宝玉满腹狐疑地随着冷冰冰的黛玉跨出潇湘馆，加入众姐妹们看鹤舞的行列。先和探春说了些话，一转头，黛玉又不见了。宝玉心想，她生两日气就会好，也就任她走开，不再相缠，自己却再无心思和姐妹们谈笑，一个人走走逛逛，踱到昔日与黛玉葬花的所在来。

到了花冢，竟听见山坡的那头有人哭，哭声中还有说话的声音。他刹住了脚步，心想："不知是哪房的丫头受了委屈，跑到这里躲着哭？"竖起耳朵一听，原来是黛玉一边呜咽，一边吟诗：

花谢花飞飞满天，红消香断有谁怜？
游丝软系飘春榭，落絮轻沾扑绣帘，
闺中女儿惜春暮，愁绪满怀无释处，
手把花锄出绣帘，忍踏落花来复去。
柳丝榆荚自芳菲，不管桃飘与李飞。
桃李明年能再发，明年闺中知有谁？
三月香巢初垒成，梁间燕子太无情；
明年花发虽可啄，却不道人去梁空巢也倾？
一年三百六十日，风刀霜剑严相逼。
明媚鲜妍能几时？一朝漂泊难寻觅。
花开易见落难寻，阶前闷杀葬花人，
独倚花锄泪暗洒，洒上空枝见血痕。
杜鹃无语正黄昏，荷锄归去掩重门。
青灯照壁人初睡，冷雨敲窗被未温！
怪奴底事倍伤神？半为怜春半恼春。
怜春忽至恼忽去，至又无言去不闻。
昨宵庭外悲歌发，知是花魂与鸟魂？
花魂鸟魂总难留，鸟自无言花自羞。
愿侬胁下生双翼，随花飞到天尽头！
——天尽头，何处有香丘？
未若锦囊收艳骨，一抔净土掩风流。
质本洁来还洁去，强于污淖陷渠沟。
尔今死去侬收葬，未卜侬身何日丧！
侬今葬花人笑痴，他年葬侬知是谁？
试看春残花渐落，便是红颜老死时。
一朝春尽红颜老，花落人亡两不知！

黛玉昨夜的一腔怨气无处发泄，趁这春光明媚的花神饯别之日，全都倾吐给满地的落花枯叶。本是随口念几句，岂料自己越念越顺口，竟然逶迤成了长诗。黛玉念到“一朝春尽红颜老，花落人亡两不知”时，静静躲在一旁听着的宝玉已经上气不接下气，哭倒在山坡旁了。

他心想，黛玉的月貌花颜，终有一天，随韶光流转形销骨毁，终于无可寻觅，而园里所有美丽的女子，又有谁能逃于落花凋零的命运？斯园斯花斯柳，必将流于虚无，而今日历历美景，也不过是梦幻泡影！

黛玉正伤感，忽而听见附近山坡处，也有人哭得凄风惨雨。心中暗想：“人人都笑我有痴病，难道那边还有个更痴心的不成！”绕过去一看，原来就是惹她生气的宝玉。她冷冷瞪了他一眼，啐道：“呸，我还以为是谁呢，原来是你这个狠心短命的——”说到“短命”二字，不觉掩了口，甩袖子走了。

宝玉连忙赶上前去，说：“妹妹，我知道你不理我，但你且听我说一句话再走？”

黛玉果然停住脚步冷眼看他。宝玉说：“那有两句话你听不听？”黛玉以为他又要耍赖，转头又走，听得宝玉在她背后叹息道：“既有今日，何必当初？”

黛玉听得这两句话，不由得站住了，回头问：“当初怎么样？今日又怎么样？”

宝玉又叹了一口气，道：“当初，你来这儿，一开始就是由我陪你玩的，我心爱的，你要就给你；你我都爱吃的，一定等你回来吃，一个桌子吃饭，一张床睡觉，天天提防不懂事的丫头们惹你生气……谁知道你长大了，就不把我放在眼里……”虽然不明白黛玉为什么伤起心来，但黛玉的心思，他素来是一清二楚的。宝玉看黛玉认真听，他更认真说了：“你不把我放在眼里，反而把什么外四路儿的宝姐姐、凤姐姐的放在心里，三日不理，四日不见……我白白为你操了一番心，有冤无处诉！”

说着说着，不知不觉眼睛又红了。黛玉也默默滴下泪来，站在他面前，一径低头不语，宝玉又说：“我也知道自己一定有什么不好，才会惹你生气，你若不高兴，打我几下、骂我几句都可以，可是你若不理我，我就像少了魂、少了魄似的，万一我这样不明不白地死了，也是个冤死鬼，任凭高僧怎样帮我念经超度，都不能超脱……妹妹，你还是明明白白地把话说清楚！”

黛玉听了他这一连串殷勤诚恳的话，不觉把所有的气都丢到九霄云外去，说：“话既然这么说，为什么昨晚我到你那儿，你偏不开门？”

这原非宝玉意想中事，他十分诧异：“这话打哪儿说起？我要敢这样，现在就死在你面前！”

“你别死啊、活啊乱讲，一点也不避讳！”黛玉啐道，“你说有就有，说没有就没有，何必赌什么誓！”

此时黛玉的心已经宽了，心想，必是丫头懒得动，做事疏失而已。宝玉说：“想必是丫头们太懒，待我回去，问是谁这样，教训教训她们。”

“虽然我不该管你们家的事——但你那些姑娘也该教训教训，今儿得罪我事小，明儿如果连宝姑娘来，什么‘贝姑娘’来也得罪了，事情可就大了。”说着说着，眼里还含着眼泪的黛玉，竟抿着嘴笑出声来。宝玉知她又故意取笑人了。

这一说开，两人又和好如初，更将彼此系在心里。

这晚宝玉在母亲王夫人处吃饭，黛玉偏要到贾母处去。宝钗笑着催宝玉跟着去，宝玉当着众人的面，不好意思跟黛玉走，随口说：“理她呢，过一会儿就好。”但黛玉一走，他又魂不守舍，一顿饭吃得索然乏味，急忙吃完，要茶漱口。探春和惜春笑他：“二哥哥，你整天到底在忙什么呀？连吃饭、喝茶也要这么匆忙？”只宝钗看出他的心事，笑道：“你们留他在这里胡闹什么？让他早点看黛玉妹妹才是正经事儿！”

宝玉急忙走到黛玉屋里，只见一个丫头在吹熨斗，两个丫头在炕上打粉，黛玉弯着身子，不知在裁些什么。宝玉一进来，便笑着问：“你在做什么？才吃完饭，就这样弯腰低头，小心头疼！”

黛玉却不理他，只管做她的事。有个丫头进来报告：“刚刚那块绸子的角儿还弯弯翘翘的，得再烫一下才行。”黛玉却把剪刀一搁，冷言冷语说：“理他呢，过一会儿就好！”

宝玉知道方才随口跟宝钗说的话又给黛玉听见了，脸色一沉，讪讪地不知该说什么。得要想些话再向黛玉赔罪，焙茗又来找他，说：“冯大爷有请。”宝玉知是昨天信口与冯紫英和薛蟠约定要碰头的，不好让他们久等，也没再好言相劝，就离开潇湘馆。

宝玉到了冯紫英家，只见薛蟠已在那里等得不耐烦了。除了薛蟠外，还有一些唱曲儿的小厮，和京城里以唱小旦闻名的蒋玉菡，以及正与薛蟠打得火热的妓女云儿。大家介绍过了之后，就吃茶喝酒。薛蟠三杯酒下肚，不觉忘情，接着云儿的手，要她唱曲子。云儿唱了一曲后，激起宝玉唱歌的雅兴来，说：“他们光喝酒容易醉，没啥意思，我们不如来作新词，唱新鲜曲子……这样吧，要说悲、愁、喜、乐四个字，但开头都要说出‘女儿’这个词来，作不出来，罚十杯酒，再唱一首新歌，再以古人诗词作结……”

胸无点墨的薛蟠不等他说完，站起来吵着要走：“我不跟你们玩这个文绉绉的游戏！你们这指明了是要捉弄我！”

云儿笑眯眯地推薛蟠坐下，说：“你大不了多罚几杯酒，难道怕醉死不成？”薛蟠不得已坐了下来。宝玉早已胸有成竹，当即唱道：

女儿悲，青春已大守空闺；
女儿愁，悔教夫婿觅封侯；
女儿喜，对镜晨妆颜色美；

女儿乐，秋千架上春衫薄。

大家听了，都拍手叫好，只有薛蟠板着脸说："不好，不好，该罚酒！"

冯紫英笑问："为什么该罚？"

薛蟠说："他说的我全不懂，为什么不该罚？"

宝玉兴致甚佳，要云儿拿起琵琶，清清喉咙，便唱起了一首新词：

滴不尽相思血泪抛红豆，开不完春柳春花满画楼。睡不稳纱窗风雨黄昏后，忘不了新愁与旧愁。咽不下玉粒金波噎满喉，照不尽菱花镜里形容瘦。展不开的眉头，挨不明的更漏。呀，恰便似遮不住的青山隐隐，流不断的绿水悠悠。

再下来，冯紫英、云儿都即兴作词交差。当众人的眼光投到薛蟠身上，薛蟠急得眼大如铜铃，说："看我干什么，我就要说了，你们别急……女儿悲……"接着咳嗽了两声，才说：

女儿悲，嫁了个男人是乌龟！

众人听了都大笑起来。薛蟠瞪了瞪眼说："笑什么？难道我说错了？嫁了乌龟不该悲吗？"接着，灵机一动，又说了下一句：

女儿愁——女儿愁——

"怎么，说不出来了？"云儿故意揶揄他。薛蟠四平八稳地念道：

绣房钻出个大马猴！

"该罚，该罚！"蒋玉菡笑道，"刚刚那句让你混过去也就算了，这句完全不通！"

宝玉笑着说："押韵就好。"解他的围，薛蟠也顺水推舟："他都说可以了，你们还闹什么？"

云儿说："我看你是作不出下两句来的，就让我替你说好了。"

不料薛蟠却坚持自己独立完成："胡说，我早就想好了。"这第三句是——

女儿喜，洞房花烛朝慵起。

众人呆若木鸡。冯紫英拍案道："这一句太雅了，薛兄真是深藏不露……"

话未说完，薛蟠的第四句已迸了出来：

女儿乐，一根鸡巴往里戳……

"该死，该死！"云儿道，"你这真是天壤之别……唉！还是唱个歌来谢过吧。"薛蟠要宝要到兴头上，拉开嗓子大唱：

一个蚊子哼哼哼，两个苍蝇嗡嗡嗡……

"好了，好了，也别唱了！"宝玉也给逗得前俯后仰，这两天因黛玉不理他而来的闷气，在瞬间一扫而空。

接着轮到蒋玉菡，他说了一首新词，又唱了曲。蒋玉菡是知名小旦，艺名琪官，声音清脆如银铃，在座的人皆屏息静听，不敢喧闹。唱完依例以诗词作结，拿了一朵木樨花，念道："花气袭人知昼暖。"

刚说完，薛蟠跳起来闹道："该罚，该罚，这花气袭人的句子，可犯了我们宝二爷的讳！"

宝玉笑道，没关系。但不明就里的蒋玉菡问到底，才知袭人是宝玉身边大丫头的名字，连忙起身赔罪。宝玉和他一干为敬，笑道："不知者不罪。"

此时大胆打量蒋玉菡，看他虽是男儿身，但行止妩媚温柔，眼中又柔情似水，不知不觉多看了他一会儿，宝玉约他有空时到荣府坐坐，让他尽待客之道。顺手拿起袖里一个玉玦扇坠，递给蒋玉菡，以表今日之谊。蒋玉菡不愿无功受禄，也把里头系的一条大红色汗巾解下来作为回礼，说："这是北静王昔日赏给我的，我一直带在身边；夏天系着，肌肤生香，不生汗渍。宝二爷若不嫌弃，就收了吧。"

宝玉十分高兴，连忙接了，把自己的松花汗巾也解给蒋玉菡。

宝玉酒酣饭饱而归，回家宽了衣，准备入眠时，眼尖的袭人立刻发现玉玦扇坠没了。宝玉说："不知道什么时候丢啦。"袭人待要再问，又看见他腰里系着一条陌生的大红汗巾，心下明白，自己的那条松花汗巾，八成也给宝玉换掉了，于是问："你有了新的巾子，就把我旧的那条还我吧！”

宝玉才想起，方才给蒋玉菡那条松花汗巾，原来是袭人的，心下好生后悔，却又不敢实言，笑道：“我赔你一条好了。”

袭人不依，念了他几句，只得作罢，陪他入睡。第二天，袭人一梦醒来，竟发现昨天宝玉那条大红汗巾，系在自己的腰上，忙解下来丢给宝玉：“我不稀罕混账人的东西，你拿去！”

宝玉知道自己错了，只好又施展柔言柔语，劝袭人收了下来。袭人本是好说话的，哪里会为一条巾子再和他计较？只有默默将这条陌生男子的大红汗巾收进自己箱子里。

没想到一条大红汗巾，冥冥牵住她的今世姻缘，让她深深叹服，姻缘，原来天命注定。

第十九回

不是冤家不聚头，黛玉忙着对宝玉生气，试探他的真心；宝玉忙着对黛玉赔罪，表示他的在乎——这么几来几往，宝玉已经忙不可支，偏偏两人之间，可以拿来吵嘴的事端层出不穷。

这天，元春打发夏太监出宫来，送了一百二十两到清虚观，打三天的“平安醮”，为家人祈福，唱戏供奉，要贾珍带领着贾姓子孙跪拜礼佛。又要太监将送给众姐妹的端午节礼物，一并带了出来。袭人代宝玉收了两柄宫扇、两串红麝香珠、两端凤尾罗、一领芙蓉簟。宝玉见了新的玩意儿，喜不自胜，又不知黛玉有没有，问袭人：“别人可都收到一样的东西？”

心细如发的袭人，早将各人收到的东西打听得一清二楚，说：“老太太多了一个玉如意，一个玛瑙枕，老爷、太太、姨太太，各多了一个香玉如意，你的和宝姑娘一样，林姑娘和其他姐妹们，只有宫扇和香珠，其他都没有。”

宝玉心下狐疑，问：“怎么我和林姑娘的不一样？是不是给错了？”

“条子里写得一清二楚，怎么会错？”

袭人倒是猜着了贾妃的意思，只是不想多话，只叫他第二天别忘了入宫谢恩。宝玉心想，他有，黛玉没有，说不过去，忙拿了黛玉没有的东西，要紫鹃送到黛玉跟前给她选。正洗脸时，紫鹃将东西原封不动地拿了回来，说：“姑娘自己也有，二爷留着吧。”

宝玉正准备往贾母那边请安，黛玉却进了他房里来。宝玉连忙迎上去，笑问：“妹妹，你为什么不要我的东西？”黛玉笑也不笑，道：“我没福气消受！比不上宝姑娘戴金佩玉的，我们只不过是个草木般的人儿！担待不起！”

原来他的多此一举反而惹起黛玉的多心。论亲，宝钗没有她和贾家亲，为什么贾元春偏要送宝钗和宝玉一样的东西？这其中必有文章，她这么样的人，哪里不猜疑？宝玉愣在一旁，不知该说什么才好。他可是从未往深一层想。这回听黛玉这么说，怕她多心，急忙起誓道："我心里若有什么金哪玉啊的念头，一定天诛地灭！"

黛玉看他忽然起这么重的誓，反觉不是，忙分辩道："没事你又起什么誓呢？谁管你什么金什么玉的？"

宝玉接口说："我的心事也很难对你说清楚，不过，你要记着，我心里除了老太太和我爹娘外，第四个人，就是妹妹，再下来，便没有了。"

黛玉一听，心又宽了，但嘴里又说："我知道你心里有妹妹在，只是见了姐姐……就把妹妹忘了。"

"那是你多心，我可不是这种人。"正说着，见宝钗远远地从另一边走来，两人便闭口不说话；宝钗知道他们两人又在说悄悄话，只装作没看见他们。

到了贾母这边请安，宝玉遇见宝钗，才跟宝玉打了第一声招呼。忽听宝玉对她说："宝姐姐，让我瞧瞧你手上的香珠串儿。"

宝钗生得肌肤丰腴，一时竟褪不下来，偏偏宝玉又眼睁睁地瞧着她的臂膀，使她更急了。宝玉看着她雪白的手臂，心想："这个膀子如果是长在林姑娘身上，将来或许还可以摸它一摸，长在她身上，我就没福气了。"当下看得两眼发直；顺着她的手，再看到她脸上，只见她唇不点而丹，眉不画而翠，比黛玉更多一种妩媚风韵，不知不觉就看呆了。宝钗真把香串褪下来给他，他竟忘了接过去。

这一幕情景，全给站在门槛那边的黛玉看在眼里。黛玉正咬着绢子笑呢。

宝钗听到笑声，回过头："你禁不起风吹，为什么偏偏要站在风口里？"

黛玉笑说："我刚从房里走到这边，只听到天上传来一阵叫声，探头一瞧，原来是只呆雁！"

宝钗一时没反应过来，问："那雁在哪里？我也要瞧瞧！"

黛玉说："可惜，我刚出来，他就呱啦一声飞走了。"嘴里说着，顺手把绢子一甩，掷向宝玉的脸上。宝玉没注意她有这一招，猛然发出哎呀一声叫。

"怎么了？"宝玉这才从绮想中回过神来。黛玉冷笑道："对不住，是我失了手！因为宝姐姐要看呆雁，我就比给她看，竟打到你脸上！"宝玉又是一阵哑口无言，只怕黛玉又生起气来，自己挨这么一下，倒是没关系。

"大家到清虚观看戏不？"

解危的是快步走进来的凤姐。说是贾母要亲自到清虚观拈香，要家里的小姐丫头们一律同行。到五月初一这一天，家里人都乘车往清虚观，车轿如云，黑压压的占了一路。丫头们很少出门，一出了大门，便如出了笼的鸟儿，唧唧喳喳，好不热闹。害荣府的管家周瑞老婆好不忙碌，走过来，走过去，要丫头们别吵："姑娘们，这是街上，别教人看笑话！"

到了清虚观门口，钟鼓齐鸣，法师执香披衣，率领众道士在路旁迎接。凤姐正要上前搀扶贾母时，冷不防一个十二三岁的小道士，撞了她满怀。凤姐扬手一个巴掌打过去，那小道士跌了个跟头。凤姐气急败坏，大叫："小野杂种，往哪里跑？"喊得小道士心慌，只想逃命，但凤姐率领下的众婆娘一听凤姐动气，早把他围得密不透风，喝道："打，打，打……"小道士如入阎王殿，腿都软了，跪在地上直磕响头。

贾母听见喧嚷，问什么事，忙要人把那可怜的小东西叫到跟前，说："小门小户里的孩子，也是人家父母疼大的，哪里见过这么多人的场面，若把他吓坏了，可就罪过。"

贾珍拉了孩子到贾母跟前，那孩子只知跪在地下乱颤。贾母令贾珍拉他起来，叫他不要怕，问他什么，他却还是吓得答不出来。贾母念了声阿弥陀佛，要贾珍带出去，给小道士一些钱买果子吃。

清虚观住持张道士早已在此等候多时。这皇亲国戚的祈福盛事，岂可怠慢？他笑盈盈地向贾母问安："无量寿佛！老祖宗身体可康泰？这么久没向您府上请安，您的气色可是越来越好了！"

贾母要宝玉向前问张爷爷好，张道士也抱住了宝玉，问好，说："哥儿长得越来越有福气了！"

"他外头好，里头弱。"贾母说道，"都是他父亲逼他念书，把他的身子逼坏了。"

"我在好几个地方看过哥儿为人写的字、作的诗，都好得不得了呢。"又叹息道，"我看哥儿这个形容身段，言谈举止，怎么跟当初国公爷一个样儿。"

忽而听人说起自己的丈夫，贾母忍不住涕泪满腮，哽咽道："正是！我养的这些儿子、孙子，只有玉儿还像他爷爷！"

张道士在众人面前，将荣国公年轻时的英姿仔仔细细地描述了一遍，说："国公爷英年早逝，恐怕连大老爷、二老爷都不记得国公爷当年的模样儿！"接着，又将宝玉端详了一遍，笑道，"哥儿年纪也不小了，我记得前不久曾在一户人家里看见一位小姐，今年十五岁，生得好模样儿，又冰雪聪明，根基家当也配得过你们家，不知老太太是否有意为哥儿说亲？"

贾母婉转回绝："只要是模样好，性格好，哪管她家当根基如何？只不过，上回有个和尚到家里来帮这孩子看相，说他命中不该早娶，等大一点儿再定吧。"

张道士说："这倒是宁可信之的好。对了，今天哥儿难得来一趟，我们这里的道士们早听说哥儿有块通灵宝玉，可否传给我们见见世面？"

贾母便命宝玉摘下他的通灵宝玉，放在张道士端来的铺锦茶盘上。不一会儿，回来的盘子上满是珠翠金银。张道士说："众人托小道的福，见识了这通灵宝物，实在稀罕，没什么可资谢意，便将各人佩在身上的传道法器送给公子祈福。"

只见里头有金璜、玉玦等物少说共有三五十件，宝玉讶然道："这礼万万不能收！"

张道士笑道："这不过是他们的一点敬意，小道也不能阻挡。老太太若不收下，他们可要看不起我了！"

贾母只好命宝玉点收。宝玉找到了自己的通灵玉戴上后，随手在茶盘子里翻翻拣拣。贾母看到其中有个赤金麒麟，看来好生面熟，便挑了起来说："这样东西，我好像看过。"

宝钗在一旁立即应道："是史大妹妹有一个，只是比这个小一些。"

贾母这才想到。宝玉笑说："怎么她到我们家这么多次，我却没看见她有这个东西？"探春也道："宝姐姐真是有心，什么都记得。"

黛玉听了，却冷笑道："她在别人的东西上，放的心还有限，偏在这人戴的东西上，最留心不过！"宝钗知道黛玉对自己有个金锁，恰巧和宝玉配成金玉良缘而耿耿于怀，却不同黛玉计较。

宝玉一知道湘云有同样的东西，便对那金麒麟别生好感。但怕有人说闲话，只好趁众人不注意时偷偷揣在怀里。但黛玉还是看见了，直拿眼睛瞟着他。宝玉只好又将金麒麟掏了出来，对黛玉笑道："这个东西好玩得很，我替你留着，以后穿了穗子替你戴上，好不好？"黛玉将头一扭，道："我不稀罕！"便不理他了。他哪里想得到，黛玉听见张道士要帮他说亲一事，心里又老大不舒服，一回去，竟然中了暑。宝玉到潇湘馆去探她，她偏拿张道士的话相讥，又把宝玉折腾了一番。

宝玉因张道士要为他说亲，害黛玉错怪他，于是向贾母说，张道士讨厌，再也不见张道士！不料黛玉却不懂他的心，两人相见，她偏连声说道，死了算了，以免阻拦了他的好姻缘。他一铆起性子来，活像头蛮牛，赌气摘下脖子上的通灵玉，咬牙往地下重重一摔，道："什么劳什子，把你摔碎了，什么事都没有！"

那块玉十分坚硬，被狠狠掼在地上后，竟毫发无损，纹丝不动地躺着。黛玉见他又发起疯来，早就哭得不成人样，说："你干吗砸那哑巴东西？要砸它，不如来砸我！"宝玉听了更气，又死劲地砸，非把它砸碎不可。

两人正闹着，紫鹃、雪雁都劝不动，小丫头们赶紧唤了袭人来。袭人一到，伸手抢下他的玉。宝玉怒斥："我砸我的东西，关你们什么事？"

袭人知道他跟黛玉拌嘴已是常事，但气成这样，还是空前的，脸气青了，眼眉的样子也都变了样，心里着实害怕。但还是上前拉他的手，道："你同妹妹拌嘴，也不用砸它！你若把它砸坏了，教妹妹心里怎么过得去？"

这话说到黛玉心坎上，黛玉哇的一声哭。刚刚喝的汤药，全吐出来。紫鹃忙拿绢子给她，说："姑娘再生气也该保重，否则因而坏了身子，宝二爷心里怎么过得去呢？"

一句话又说到宝玉心坎上，宝玉见黛玉一边哭，一边气喘，一副弱不禁风的样子，心里万分懊恼，实在不该跟她生气。宝玉一静，泪水不由得滴了满脸。袭人和紫鹃见主子们哭得如此伤心，也在鸦雀无声中轻轻啜泣。

老婆子们见宝玉和黛玉在潇湘馆里大吵大闹，已有人通风报信到贾母、王夫人那里去，惹得贾母和王夫人赶忙进潇湘馆来瞧。贾母和王夫人来，看宝玉和黛玉两人已相对无言，悄然无事，只得把袭人、紫鹃两个大丫头叫来，将她们连说带骂，教训了一顿。

宝玉和黛玉却都没肯善罢甘休，过了几天，两人谁也没说道歉，天天都无精打采，家里有人生日摆酒唱戏，两人都托病不去。贾母见他们两人这样，心下也猜出七八分来，同王夫人抱怨道："我这老冤家，不知是哪世造的孽，偏遇着这两个不懂事的小冤家！不是冤家不聚头，没有一天不教我操心！恐怕等我闭了眼、断了气，这两个冤家还要闹上天去！"

不是冤家不聚头——这一句话，让丫头们传到了怡红院，也传到了潇湘馆，黛玉和宝玉听了，都仿佛参禅般，将此话细细咀嚼，潸然泪下。一个在潇湘馆临风洒泪，一个在怡红院对月长叹。闹到了端午，到底还是宝玉先上潇湘馆赔罪。

紫鹃一听便知是宝玉叫门，笑对黛玉说："二爷想必是来赔不是了。"黛玉心喜，口里偏嚷："不许开门！"紫鹃心头暗喜，径自开了门，笑道："宝二爷，我还以为你再也不来了！"

宝玉一进门，料黛玉必在里头竖起耳朵听，大声说道："一件小事，倒被你说成大事了！我好好的，为什么不来？就是死了，魂也要一日来一百遭！妹妹好了没？"

紫鹃悄悄说："身上好了，只是心里还不舒服呢。"

宝玉跨进了内室，只见黛玉又伏在床上哭。宝玉开口便说："妹妹，我知道你已经不生我气了，对不对？"黛玉不答，宝玉又说："我们可别因一时拌嘴生分了，教人家看笑话来劝我们。"又是好妹妹、好妹妹，一声一声，招魂似的叫。

黛玉说："别来哄我！你就当我走了！"

宝玉笑道："你要走去哪里？"

“我回家去！”

“那我就跟了你回去！”

“如果我死了呢？”

宝玉不假思索：“你死了，我做和尚！”

黛玉一听到他又说了狠话，顿时将脸拉了下来，道：“你要是再胡说八道，我就把这话告诉老祖宗！”

宝玉自知话说得又过分了，涨红了脸，低了头，不敢作声。黛玉两只眼睛瞪了他老半天，只叹了一口气，咬着牙，用手指在宝玉额头上戳了两下，哼了一声，说：“你这个……”

本来打算说，你这个狠心短命的东西！又怕说了这句玩笑话，不小心折了宝玉的寿，那自己岂不成了天大的罪人。心里忽有不祥之感，万一自己和宝玉的玩笑话都有神明听见，全成了真，该怎么办？原盼望与他厮守，地久天长，不怕他疯疯傻傻，嬉笑怒骂，但眼前这一切是不是会待良辰美景一过，皆成断井残垣？昏昏茫茫想了一遭，她又叹了一口气，拿起手帕来擦眼泪。

宝玉也陪着她哭。哭了半晌，想想又心有未甘，笑着拉黛玉的手说：“我的五脏六腑都给你哭碎了，你还哭？我们出去走走……”

黛玉将手一摔，说：“不要拉拉扯扯！你已经这么大了，还这么涎皮赖脸的，不羞人？”

一个是随口开出玩笑随风散，一个是事事放心上估量，他的一两有她的十斤重，教她怎好轻轻松松过重重难关？

“好了，好了！”两人都给这突来的声音吓了一跳，原来是凤姐跑了进来，笑道：“老太太天天担心你们两个，叫我来看看你们好了没有，我说，不过三天，一定欢欢喜喜了，看你们，手拉手哭成乌眼鸡，做什么？跟我到老太太那里去！”

第二十回

“不是我，不是我！”那个仲夏，宝玉常从梦中惊醒过来。袭人问：“你怎么了？”他只是抚着胸口，答不上一句话来。他梦见了金钏儿，不是昔日爱和他开玩笑的金钏儿，而是投井后，浑身浮肿，睁着一双死鱼般不瞑目眼睛的金钏儿，冷冷地看他。似乎在说什么，在说：宝玉，你别害我！宝玉只觉整个人给她飘飘茫茫的眼神钉绑了，动弹不得，脖子上，冷汗涔涔。“梦见什么？告诉我？”袭人频频问。

告诉她有什么用呢？他明知她会怎么安慰他。她是个规矩里头的人，像一尾鱼缸里养的金鱼，再怎么优雅美丽，赏心悦目，却永远跳不脱那个缸子。他永远明白她要说什么，但她却看不到他的惶恐。

说者无心，听者有意。宝玉不知道自己一句玩笑话儿，会惹来一条人命。

转眼是盛暑。这天，人像坐在火炉里似的，在贾母这儿，他看见宝钗脸上有汗珠，随口说宝钗像杨贵妃，体胖怯热，惹得宝钗大大地生气。但宝钗毕竟是宝钗，再生气也不随意骂人，只是抑压满腔怒火，冷笑了两声，说：“多谢你夸我像杨贵妃，只可惜没有一个好兄弟可以做杨国忠呢。”又把怒气发在一个拣错时间跟她开玩笑的丫头靓儿身上，使得宝玉大大地无趣。连黛玉想帮宝玉的腔，也被宝钗冷言冷语地嘲笑了一顿。宝钗平日人缘好、心胸宽大，但一逞起伶牙俐齿，也是无人能比的。不但不带脏字儿骂了人，还带历史掌故旁征博引。

凤姐又来插话：

“这么大热天，谁吃了生姜呢？”

众人不解其意。凤姐故作诧异道：“既然没有人吃生姜，为什么场面这么热辣辣的呢？”

宝钗也就不再同宝玉和黛玉两人斗嘴，一笑收场。

宝钗走后，黛玉还笑宝玉：“今天你可看见嘴巴比我厉害的人了吧？你以为每个人都像我，心拙口劣，由你戏弄？”宝玉刚给宝钗取笑了一顿，已经忍气吞声，又见黛玉也来讥笑，更觉没趣，是怕黛玉多心，不敢顶嘴。这天午后，他干脆一个人从贾母那里出来，顶着大太阳，在大观园里闲逛。走进王夫人的院落，见几个丫头正在打盹儿，而金钏儿丫头正眯着眼帮睡午觉的王夫人捶腿，就踅过去逗金钏儿玩玩。

宝玉轻轻走到金钏儿跟前，悄悄地拉她的耳坠儿，便把本来半睡半醒的金钏儿给扯醒了。因旁边睡着王夫人，金钏儿怕吵醒了主子，抿嘴一笑，摆手要宝玉出去。宝玉好不容易见到一个可以和他说说笑笑的人，怎么肯走？走了几步，就恋恋不舍地踱回来，将自己的荷包里带的“香雪润津丹”掏了一丸出来，往金钏儿口里送，金钏儿伸出舌头卷进去。

他有意寻她开心，悄悄上来拉住金钏儿的手：“我向我娘讨了你，放在我那里，如何？”

金钏儿也随口回答：“你没听过一句俗话？金钏儿掉在井里头——该你的，迟早也是你的，你这么猴急干什么？我倒有个该急的秘密要告诉你！环哥儿现在正和彩云在东边院子里说悄悄话儿呢，你赶快抓他们去！”

宝玉涎脸耍赖，拉着金钏儿的手不放，说：“我管他们做什么？我只要守着你！”话未说完，只见王夫人突然翻起身来，猛然打了金钏儿一个巴掌，骂道：

“你这个不要脸的小娼妇，都给你教坏了！”

见母亲发这么大脾气，宝玉大吃一惊，急忙一溜烟逃走。金钏儿挨了火热的一巴掌，一声也不敢吭。王夫人甚少发脾气，这回却怎么也收不住；本来在打瞌睡的丫头们听见王夫人的咆哮，都吓醒了，跑进来看究竟。盛怒的王夫人唤进金钏儿的妹妹玉钏儿：“马上把你妈叫进来，带你姐姐出去！”

金钏儿见事态严重，双膝跪下，苦苦求情：“我再也不敢造次了！太太要打要骂，只管发落，别撵我出去！我跟了太太十年，这回撵我出去，我是做不得人的！”

王夫人在气头上，哪里肯听？还是把金钏儿的母亲叫了来，带金钏儿走了。宝玉自讨了没趣，本以为母亲脾气一过便没事了，怎知母亲为一件寻常小事就要撵走金钏儿？他在大观园里晃荡，专挑没有人的地方走，不知不觉走到了蔷薇架下。赤日当空，满耳都是蝉鸣噪噪，园内蔷薇花正开得如火燎原，忽然间，有女孩子的哭声从蔷薇花下传来。宝玉悄悄地探过花丛看，只见一个女孩子蹲在花树下，手里拿着簪子在地上抠土，独自流泪。

宝玉心想："难道这丫头也想学林妹妹葬花不成？那就是东施效颦了！"细看来，却不是，那个女孩子用簪子写了一地的"蔷"，将自己站着的地方团团围住。她还一点一画在写同样的字儿。宝玉痴痴地打量那个女孩儿，只知是大观园里十三个学戏的丫头之一——便是上回湘云说她长得像黛玉，而惹黛玉大大生气的那一个。她画蔷字做什么？宝玉呆呆看着，没有打扰她。

俄而一阵凉风吹来，飒飒飘落一阵豆大的雨。那女孩却浑然不觉，一径儿画"蔷"字，而宝玉看得可心疼了，忍不住出声："你身上都淋湿了，别再写了！"

那女孩吓了一大跳，猛一抬头，只见枝叶繁茂中有个清秀的脸庞正对她说话。一下子没看清楚，以为是个丫头，便笑道："多谢姐姐提醒！难道姐姐站在那里，有什么可遮雨的？"

宝玉闻言才意识到自己全身冰凉，满身雨珠儿，一溜烟跑回怡红院去。正急着换干衣服，怡红院的门却紧紧地关了起来，把门拍得震山响，也没人来应。袭人正和几个丫头们关了门在里头玩水，嬉嬉笑笑正开心，因而没听见敲门声。但他中午被母亲一骂，心中本有一股郁闷之气没得发泄，这下子，更冒出无名火，大半天后，听得有人才姗姗开门，不分青红皂白，便把那人狠狠地踢了一脚！

嘴里正骂着："你们这些下流东西！亏我平日待你们好，你们便得意得连门也不开！"一低头，才知道踢的是袭人，心头凉了半截，早就悔不当初，话没骂完，便忙着赔罪，道："哎呀，我可不知道是你……踢到哪里了？"

袭人自进贾府以来，多面玲珑，从没受过主子的一句骂，这回，宝玉当着那么多人的面踢她，她自然羞愤难当，但少不得也忍了脾气，说："没，没……没踢着，你赶快换衣服去吧。"

宝玉一边更衣，一边还跟袭人赔笑脸道："我长了这么大，今天是第一次生气踢人，没想到踢着了你……"袭人口里虽说是无碍，胸口可是疼得五脏翻涌，晚饭一点也没吃。半夜起身，咳个不停，把宝玉吵醒了，悄悄地拿着灯过来，想要安慰袭人，却见袭人咳出一口鲜血。袭人心里忖道，人说年少吐血，年寿不长，不觉心灰意懒，流下眼泪来。宝玉急得不得了，连忙要叫人烫黄酒、要丸药，也被袭人挡了："你这一叫人，又要劳驾多少人来？只换得人家说我不懂事罢了。"第二天天亮，宝玉顾不得梳洗，亲自为袭人请医生去了。

转眼间已到端阳佳节了，但接二连三发生了许多不称心的事，使宝玉几日来精神溃溃散散，提不起劲儿来，连去王夫人那里同姐妹们喝酒也没了兴致。头顶上好像有群乌鸦鸣叫一般，每日醒来闷闷不乐，日日长吁短叹。夏日炎炎，潮湿的天色下，不时吹起一阵烫人的风，或偶尔便下起一阵狂雨，教人怎么躲也措手不及。宝玉待在书房里，守着袭人，喂她汤药，以减轻自己心中的愧疚。他本想安静一下，但看在下人眼里，只觉他的性子变了，也把院里气氛弄得阴沉沉的，人人都不敢惹他。

唯有晴雯，天不怕地不怕。

这天她扇扇子时不小心失了手，将扇股跌断，被宝玉看见，宝玉骂她蠢材，说了她几句，晴雯也不高兴："二爷，你近来脾气可大得很，几天前，连袭人都踢了，今天，又换我惹到你，你要踢还是要打？只不过，从前我们不知弄坏了你多少玛瑙杯、玻璃缸，也没见你吭一声，怎么今天为了一把扇子，就对我说起教来？分明是看我们不顺眼了，想换一批新的……"

话未说完，宝玉已气得浑身乱颤。袭人看见了，又过来劝："怎么，我闪开一会儿，又有事了？"

晴雯听见这话，又找到把柄冷嘲热讽起来："是呀姐姐，你当然早该来了，我们之间，只有你会服侍，我们都不会服侍。但既然你那么会服侍，怎么昨儿还会挨一脚呢？"

袭人固然气恼，但知晴雯是话中有话，她那个烈性，也惹不得，少不了忍她一些；但宝玉已气得说不出话来，她便温言款语地想先支开晴雯，再安抚宝玉，于是说道："好妹妹，你出去逛逛吧，是我们的不对。"

"我们"两字，又让晴雯觉得好生刺耳，不知不觉间，深埋在肚子里的一缸子醋又打翻了，哼了一声，说："我倒不知道'你们'是谁！你们不害臊，我倒替你们害臊！你们平日鬼鬼祟祟干的那些事，瞒不过我的眼睛！"她目中冷光一闪，像一把利刃刺向袭人来，"我倒跟你说正经的，你现在跟我们一样，不过是个丫头罢了，怎么就称起'我们'来？"

原来夜阑人静时袭人和宝玉间的男女情事，并非神不知鬼不觉。晴雯一阵抢白，羞得袭人一脸紫胀。宝玉恼羞成怒道："明天我回太太去，打发你出去，你也不用生气了！"

袭人知宝玉不是开玩笑，便又来劝："她一时糊涂，你和她计较什么？"

晴雯听宝玉说要撵她，一时伤心，索性尖牙利齿地闹了下去！宝玉吵着要马上回王夫人，将晴雯赶走。袭人提醒他，这一闹，太太必然起疑，再深想一层，万一晴雯口不择言自己也担待不了罪名，此事岂可外扬？登时跪在宝玉跟前求他不要撵晴雯。碧痕、秋纹、麝月等丫头，看事态严重，也一起跪在地上为姐妹求情。不久黛玉来了，看这幅光景，笑道：“怎么大家哭成一团呢？难道是为了争粽子吃，吵成一团？”

一句话说得宝玉和袭人都笑了。宝玉一听，气消大半。黛玉这才问，方才发生了什么事？偏偏众人都知道，对林姑娘不能说真话，面面相觑。偏偏黛玉今儿个心情不错，拍着袭人的肩膀，笑问：“好嫂子，是不是你们两口子拌嘴了？何不让妹妹帮你们调停？”

哪壶不开提哪壶！不经心的玩笑话又听得袭人心惊胆战：“姑娘，你闹什么？我一个丫头，你怎么这样随便叫我呢？”

“我偏要拿你当嫂子看。”黛玉横眼看宝玉。宝玉是个沉不住气的，即刻说：“刚刚有人说闲话招骂，你现在又来开玩笑！”袭人忙正色道：“姑娘，我若有这个心，今天就死在你面前！”

黛玉笑道：“你若死了，我就为你哭死！”

说得宝玉扑哧一声笑了：“你如果死了，我做和尚去！”

黛玉于是伸出两根指头来，抿嘴笑道：“这是你第二次说要做和尚了，我可会一直记得！”前日和黛玉拌嘴，他也说要做和尚的，黛玉倒将他说的话一一记在心里。

他说话不经心，她却事事惦在心上，千回百转。

大观园里没有时间，吵嘴拌舌就是日子里的苦辣酸甜，没有了女孩子们的七嘴八舌，宝玉的日子还真难过。当晚又和薛蟠喝了酒，宝玉的心早宽了，早先和晴雯气得脸色发青的事情，也几乎忘得一干二净，踉踉跄跄回怡红院时，见有个丫头躺在乘凉的榻子上睡觉，他便沿着榻子坐下来，推那人道：“夜里这样睡，会着凉的！”那人翻身起来，说：“何苦再来招惹我！”原来是晴雯。

几分酒意，宝玉又恢复了好脾气，说好说歹把她拉在身旁坐下，道：“你的性子越发娇惯了，今天明明没什么事儿，你偏偏要闹得大家不得安宁。”

晴雯原也怕宝玉真的撵她走——嘴里不怕，心头可是七上八下，现在听宝玉这么说，知道他已经消气了，转忧为喜，却又娇嗔道：“别拉拉扯扯的，我这个身子，本来不配坐在这里！”

宝玉笑道：“你既知不配，为何在这边躺得四平八稳的？”

晴雯给他逗笑了，说她正等着要洗澡，要唤袭人、麝月来陪宝玉。宝玉笑说：“我也还没洗，我们一起洗不是顶好？”晴雯连忙摇手，不禁翻起旧账来：“罢了，罢了，我才不敢招惹你呢！我还记得前几天碧痕打发你洗澡，足足洗了三个时辰，我们都不好进去打扰！洗完了，一瞧，桶子的水都跑到床上来，连席子上都汪着水……”

宝玉满脸通红，低头回话，笑着要她端果子来吃。晴雯还回嘴：“我这么一个蠢材，端了果子来，搞不好还会砸碎盘子呢。”分明晴雯心头还记得早上摔断扇子，被宝玉骂蠢材一事。宝玉笑道：“如果喜欢，你爱砸就砸，没啥可惜！”

晴雯说：“既然这么说，你就把你的扇子拿来给我撕着玩，我就爱听撕的声音！”

宝玉果然含笑将自己的扇子递给她。晴雯手下不留情，哧哧两声，扇子便裂了两半。麝月走来，说：“你们少作点孽！”没想到手里的扇子也一把被宝玉夺了，交给晴雯，撕成了残尸。晴雯这才开心，倒在床上真心笑了。宝玉看她笑得舒服，叹道：“古人说，千金难买一笑，几把扇子还算便宜呢。”

第二日史湘云来访，正逗得大家神清气爽之际，忽然间一个老婆子慌慌张张地走来，说道：“金钏儿投井了，金钏儿……昨儿好好的……今儿就投井了！”

一时之间，宝玉只觉天旋地转，大好晴空忽来黑云压顶，全身忍不住颤抖。

金钏儿为什么投井？投井的水声此时此刻在他脑海中掀起轰然巨响。

不，不，宝玉顿时陷入一伸手不见五指的阴暗中……一阵黑色的迷雾将他层层包围，他听见黛玉、宝钗和凤姐在外头喊他，却失了神，怎么也看不清楚她们的脸，唯有金钏儿含糊的面目向他慢慢逼来，说：“金钏儿掉进水里——该你的总是你的！”

他仿佛看到金钏儿那张娇俏的鹅蛋脸和她妩媚的细长眼睛，被一潭黑水泡得浮肿，像一个馒头掉进水沟里，泡得面目模糊……那些变了形的五官在对他惨笑，一直说：“金钏儿掉在井里头，该你的迟早也是你的……”

清晰的水声就响在他耳际。他像初生婴孩般，想全力冲出令他窒息的黑暗，游游荡荡，一点力气也使不出来。

忽然间，有人拉了他一把，他来到另外一个天地，朦胧间，看见袭人和晴雯向他走来。宝玉对她们挥手，道：“我在这里呢！”袭人却似没听见，只顾与晴雯说话，道：“你身份下贱，心比天高也是枉然……”晴雯也回嘴讥笑袭人：“你辛辛苦苦，死了怕连个名分都挣不到，为他白操什么心？”说完，袭人一弯腰，吐出一口鲜血来，正吐在他的襟上，他想上前扶住袭人，安慰她，这原不是他故意犯的错，他正要发誓：下辈子换他为她服侍，好偿这一世欠她的照顾。伸手，什么也没抓着，一把空，冷冷的风从他的指间溜过。

他发现他也在一座井里。大观园，一座华丽的井，她们和他，都在井中，金钏儿的身体也依然在，以一股若有似无的腐味与他伴随。那水声，哗啦啦投井的水声，自此偶尔出现在他午夜梦回时不眠的耳朵里，在很多年以后，日渐清晰，变成他的噩梦中不可或缺的一部分。

第二十一回

金钏儿投井自尽?

已潜心向佛的王夫人绝没想到这一撵，竟逼死了金钏儿。“这傻丫头，好好的怎么投井了……我不过说了她几句……前些日子，她把我一件东西弄坏了，我一时生气，打了她两下，说了她几句不是，她偏偏这么想不开……”

大观园中没有秘密，薛宝钗早已深谙其中事理。人在他人屋檐下，须识得时务，才不致动不动就犯了忌讳。她从不用嘴探事情的真相，永远用一双冷静的眼睛安安静静地看事情变迁，不管如何人多嘴杂，如何众说纷纭，她只管用她的眼睛看，看这台戏，听每一出曲子。不到半天光阴，金钏儿的事已传遍大观园所有男女老少的嘴，只有她，装作什么也不知道。

王夫人嘴里不肯承认她因金钏儿与宝玉调情而撵金钏儿，心里却十分惧怕宝钗明白。

“姨妈，您快别再往里头想，”宝钗款款安慰道，“姨妈慈悲为怀，未免把事情揽在自己身上。据我看来，她并不是赌气投井，多半是在井边玩耍，失足掉下去的罢了……她岂会跟您生这么大的气？”

此话正合王夫人心意，王夫人于是点头叹息道：“虽是如此……我到底心里不安。”

宝钗笑着劝道：“姨娘也不劳费心，跟自己过不去，依我看，不妨多送几两银子到她家去，也算尽了主仆之情。”

“刚才我已送了五十两银子给她妈，本来……还要把你们姐妹的新衣服拿两件给她，可巧都没什么新做的衣服，只有你林妹妹生日，前些日子为她定做了两套。但你林妹妹素来是多心的，岂不忌讳这个？叫裁缝赶做，又没这么快，这可怎么办才好？”

说着，王夫人流下泪来。宝钗忙劝道："姨娘不必叫人赶做了，我前日才做了两套，拿来给她，不就省事了？"

"你不忌讳？"

宝钗笑道："姨娘放心，我从来不计较这些。"

王夫人又多加了几件首饰给了金钏儿家。她母亲原是贾府世袭老仆，心想，多得了些财物不辜负女儿枉死，磕了头千恩万谢地出去了，没再横生枝节。

宝玉从伤心欲绝中悠悠转醒，五内俱焚，去向母亲请安，又被王夫人迁怒教训了一顿，他无话可说。刚走出王夫人的居处，低头背手，双眼茫茫，一路叹气，忽然与一个人撞个满怀。他连抬头的心情都没有，正要避走，一声"站住！"如雷贯耳！

原来是他父亲贾政，正气鼓鼓地瞪着眼瞧着他。他抽了一口冷气，垂手站在一旁。

"好端端的，你垂头丧气做什么？"贾政厉色道。

宝玉已无心情回答，只是怔怔地站着。

贾政见他口齿不似往昔伶俐，应对全无往日机警，反而多生了三分气。正要开口训示一番，忠顺府却打发了人来见贾政。宝玉原以为天上掉下来救星，叫他避过小难，没想到不多久又被贾政传了进去。这回，贾政已气得一脸青。"该死的奴才！你不读书也就罢了，为什么还做出这无法无天的事来？你去惹王爷跟前的人做什么？"

"什么王爷跟前的人？"宝玉完全听不懂这话。

"你说，你说！认不认得一个叫琪官的？"贾政咆哮。

宝玉被吓得哭了："我实在不知道琪官是什么人！"贾政未及开口，只见那名忠顺府派来的人冷笑道："你既然不认得他，怎么有人说，他那条红巾子到了公子的腰里？"

宝玉听了这话，刹那间仿佛被轰出魂魄，不由得目瞪口呆。细想来，原来这琪官就是蒋玉菡。他本不愿父亲知道自己曾与伶人来往，唯恐父亲细究，训斥他一番，但看今日情况，已然不对，只好将所知全盘托出：

"大人既然连这样的小事都知道，怎么会不晓得他在东郊买房舍的事？我听说他在离城二十里外，买了几亩田，说不定他就在那里。"

那人有了答案，才笑开来："我且去找一找，如果找不到，再到府上向公子请教。"

贾政在一旁早也气得目瞪口呆，他一边送客后，一边回头呵斥："不许动！我回来还有话要问你！"送完客欲回头责骂宝玉，忽然又看见贾环莽莽撞撞跑来，想到两个儿子都不成材，又一阵怒火上升，叫道，"成天野马一般乱跑，像什么话？你给我站住，领一顿打再走！"

贾环和宝玉一样，见父亲如见阎王，不禁吓得筋酥骨软，急忙解释道："我不是没来由地乱跑……只是刚刚从那边过来，看见有人自一座井里捞起了一个淹死的丫头，脑袋这么大，身子这么粗，泡得实在可怕……所以才吓得跑过来！”

贾政一惊：“好端端的，谁跳井？”连忙叫人唤贾琏过来问清楚。贾环见机不可失，上前跪下，悄悄说：“父亲大人，我倒知道原因，我听见我母亲说——”

“说什么？”

贾环眼睛骨碌一转，说道：“我母亲告诉我，前些日子宝玉哥哥在太太屋里，拉着金钏儿强奸不遂，还把金钏儿打了一顿，所以……她就赌气投井死了！”

话未说完，贾政已气得面如银纸，气冲冲地往书房走去，大叫：“拿宝玉来！”又吩咐众门客：“你们拿大棍和绳子给我！谁给我乱通风报信，就一起打死！”

宝玉哪知情势又急转直下？原本怕贾政为琪官一事打他，正站在厅内徘徊，想叫人捎信给贾母救他，偏偏周遭一个人也没有。正枯等着，只见一个老妈妈慢吞吞走来。宝玉如获珍宝，将老妈妈叫住，急声道：

“快进去传话，说老爷要打我了。快去！快去，这事要紧！”

没想到老妈妈是半个聋子，把“要紧”听成“跳井”，笑道：“要跳井就让她跳，二爷怕什么？”

宝玉更急了，大声说：“……你……你出去叫我的小厮来！”

老妈妈依然不疾不徐地说：“有什么大不了的，老早就‘了事’了。太太已经赏了银子，怎么不了事？”

正想再说话，贾政的小厮已来唤他，通知他快到书房。贾政已是两眼血丝，一见宝玉便叫道：“给我堵起嘴来打死！”

小厮们把宝玉按在凳子上，轻轻打了十几下！宝玉自知讨饶无益，只有咬紧牙根呜呜地哭。贾政怕小厮们包庇他，打得轻，一脚踢开那执刑的，自己夺过板子，咬牙切齿地打了几十板！

在场的宾客怕他真把儿子打死了，有人怯生生地上来劝，贾政反而将他打得更凶，一边气喘如牛地说：“你们问问他，干了什么勾当，可不可饶恕？平常都是你们把他惯坏了，现在到这步田地，你们还敢来劝！改天等他弑父弑君，看你们劝不劝得成！”

已有人见苗头不对，到王夫人那儿通风报信，王夫人一急，赶不及叫人通知贾母，就匆匆扶了个丫头赶到书房来。贾政见王夫人冲了进来，心头气恼更是火上加油，板子打得又狠又快，吓得帮忙按住宝玉的小厮松手走开。此时宝玉早已动弹不得，奄奄一息。

王夫人护子心切，上前抱住板子，哭道：“宝玉虽然该打，老爷也要保重！最近老太太身子不太好……打死宝玉事小，如果老太太生大气，一时怎么样了，事情可就大了！”

贾政哼了一声：“你还说这种话！我养了这个孽障出来，已经罪大恶极！不如趁今天结束了他的狗命，以绝后患！拿绳子来！”

看这态势，贾政果真要勒死宝玉不可。王夫人大哭：“老爷管教儿子，也要看在夫妻分上！如果要勒死他，不如先勒死我！我们娘儿俩同一天死，在阴司里也有个倚靠！”便紧紧抱住宝玉，死也不肯放。

贾政长叹一声，向后一靠瘫软在椅子上，泪如雨下。王夫人抱着宝玉，搜他身子，摸出了一手的血渍，不觉失声大哭道：“苦命的儿……”忽又想起早夭的贾珠，口口声声呼唤：“珠儿珠儿，如果有你在，现在就是死一百个我也不管了。”

此时凤姐和李纨也闻风进来探看。早孀的李纨听见有人喊亡夫的名字，忍不住抽抽搭搭哭起来。贾政在一旁听了，更是泪如泉涌。

一群人哭的哭、愣的愣，窗外颤巍巍的沙哑声音伴着檀木杖响传进来：“先打死我，再打死他，就一干二净！”

贾政心一缩，忙躬身出迎，赔笑道：“天气这么热，老太太有何吩咐，何必自己走来？只要叫儿子我便行了。”贾母停下脚步，一边喘气，一边厉色疾言：“你可是在对我说话？我倒是有话要说——我这一生，没养出个好儿子，跟谁吩咐去？”

贾政扑通跪下道：“老太太息怒。儿子管他，是为光宗耀祖……老太太这话，儿子如何担当得起？”

话未说完，贾母一口痰啐在地上，说：“我说了一句话，你就禁不起；你下手那么重，他就担当得起？”见贾政噤然无语，贾母命左右人道，“去看轿，我们明儿个就搬走！”又对哭哭啼啼的王夫人说，“你也不必哭了。你疼他，他将来长大做了官，还未必记得你是他母亲呢！不疼他，只怕将来还少生一口气！”

这话使贾政如坐针毡，叩头道：“母亲这样说，儿子罪该万死！”又听王夫人左一声“肉”，右一声“儿”的哭嚷，心头冷了大半，不觉懊恼自己下手太重。

宝玉给众人手忙脚乱地架进怡红院，请了医生疗伤。袭人早已知情，在一旁殷勤伺候。众人散去后，宝钗先来探看，手里拿着一个丸药，要袭人加酒研开，敷到伤口上就会好了。看宝玉睁开眼睛，宝钗叹了一口气说：“早听别人的话，也不会有今天！别说老太太、太太看了心疼，就是我们看着，心里也……”眼圈一红，就说不下去了。宝玉看宝钗低眉敛首，含羞带忧的模样，疼痛仿佛就被抛到九霄云外去了。还想多说一些道谢的话，脑子却不听使唤，昏昏沉沉掉进梦里……

恍恍惚惚中，只见琪官一脸含冤来指责他，责备他不该将自己的所在说出来；一会儿，又是金钏儿那张五官模糊的脸，在幽暗无声的井中与他隔水相望，渐渐逼来。他吓得大叫："不是我，不是我，不是我……"

哗啦，一片水意打得他脸颊冰凉。他猛然睁开眼睛，眼前却站着林黛玉。他怕还在梦中，急忙想坐起来，不禁碰到了身上伤口，大叫一声，又躺下身子。仰看黛玉，见她一双眼睛肿得像桃儿一样，泪水直打到他脸上！他只得轻声对她说：

"大热天的，你来做什么？中了暑怎么办？我这样子是装出来的，其实……一点也没怎样，什么事也没……"

黛玉一听，更是伤心，无声无息地落泪，这可比号啕大哭更摧人心肝，好不容易收了哽咽声，才抽抽噎噎道："你都改了吧。"

宝玉也不是不知道自己错了，他长叹一声道："你不用说，我也知道。"

黛玉还有千言万语要说，外头又有人传话："二奶奶来了！"黛玉连忙起身要走，怕凤姐笑她为宝玉哭肿了眼睛。凤姐之后，各门管家的老婆也都来殷勤问候。袭人悄声细语，笑说宝玉已经睡了。王夫人因关心宝玉伤势，打发了人来，叫个宝玉跟前的丫头过去。袭人想了想，自己去了。

原来王夫人怕宝玉不肯吃苦药，交给袭人两瓶甜浆，一瓶"木樨清露"，一瓶"玫瑰清露"，又问袭人："听说宝玉今天挨打，是因为环儿在老爷跟前进了谗言……有这事没有？"

袭人怕多生是非，摇头说不知道。心里盘算了一下，说："今日我倒想在太太跟前说句莽撞的话……"

"你只管说——"

袭人低头道："唉，论理，宝二爷也受点教训才好……如果老爷再不管，不知将来还会出什么事呢。"

王夫人听了，点头叹息，对着袭人叫了一声："好孩子，你这话和我心里想的一样，我何尝不知道他该管？只是，如今我已经是个五十岁的人了，只有他一个儿子，他身体又弱，老太太把他当宝贝似的宠着，管紧了他，怕气了老太太，上下不安——到头来却纵坏了他……"心一疼，又滴下泪来。

"太太心疼是理所当然的，"袭人一边陪着掉眼泪，一边却平心静气地说了下去，"但我有件事儿，还是非禀报太太不可，只怕太太疑心……若太太疑心，我的话不但白说了，还怕连葬身之地都没有……"

王夫人为免袭人说话再绕圈子，忙凑近身子，拉了她的手道："你快说。我知道你说话做事处处明理，怪不得众人都夸你。你说什么，我都听着，不会有其他人知道的。"

袭人说："也没有别的……只是希望太太给个明示，还是叫二爷搬到园外住好了。"

王夫人一揣测话里的意思，大吃一惊，把袭人的手拉紧了，问："……难道宝玉和谁作怪了不成？"

"太太别多心！"袭人连忙回答，"这不过是我的一己之见……我只是觉得，如今二爷大了，大观园里的姑娘也大了……虽说是姐妹，到底有男女之别，日夜相处，总教人悬心……不如预先防着点——否则，万一有什么事落人口舌，二爷一生的声名品行，岂不赔上了……为这件事，我日夜难安……怕太太听了生气，始终不敢说。"

袭人越说，头越低，淌了一手心的汗。此话着实触动了王夫人的心事，想及金钏儿投井的始末，不是因为自己一时为担心宝玉受了狐狸精诱拐而气恼？心底十分感激袭人的提醒，笑着轻拍袭人的手道："好孩子！没想到你竟有这样的心胸，替我想得如此周全！我何尝没想过要将宝玉迁走？只是有事忙着便全忘了，难得你这么细心……你且去吧，我自有方法处理。"想想又眉眼含笑，说，"你如今既然说了这样的话，我索性就把他交给你了，不过……好歹留点心，别叫他糟蹋了身子。"

袭人当然明白王夫人的意思，低头一会儿，说道："太太吩咐的，我不敢不尽心。"这才缓步退出院子里。

自此之后，王夫人悄悄令人改了袭人的月钱，让她和"姨娘"领的钱一样。袭人虽不敢对任何人说，但怡红院的丫头们，人人都私下猜测。这个夏日，袭人心情特别好，又添几分娇柔丰泽。被宝玉气愤一踢的瘀伤咯血，不知不觉已经好了。

这一生就是他的人。袭人自己知分，也不求多，只想永生不变，守他一世。

"不要怕，不要怕，有我在这里呢。"宝玉午夜梦醒，袭人总守在他身畔，拍他胸口，"告诉我，梦见什么。"

一口井。宝玉并未说出口。一口井，我们都在一口井中，仿如困在死水里的鱼，彩色斑斓的鱼。在混混浊浊中，寻觅彼此逐渐褪色的光华艳丽。

第二十二回

大观园里没有秘密，流言像蒲公英的种子，随风带了满地，自也不经意就吹进薛宝钗的耳里。有人说，宝玉之所以会挨这么重的打，一来是因贾环在老爷面前胡诌闲话，二来，则是薛蟠这呆霸王，嫉妒琪官才一见宝玉，就送他一条大红汗巾子，到处乱说话，惹得忠顺府王爷向宝玉讨人来。

后面这个流言，连薛蟠的亲妹妹宝钗也信了。她素知哥哥情性，加上再三听人传言，便笃定把挑拨离间的罪名戴在哥哥头上。

偏偏这一次，薛蟠却是无辜的。这天下午从外头喝了酒回来，见过了母亲，看见妹妹也在母亲身边做针线，闲话几句后，不由得随口问起："听说宝玉挨了打，你们可知是为了什么？"

薛姨妈正为这个生闷气，瞪了他一眼："你这个不知好歹的东西！事情都是你闹出来的，你还有脸来问？"

薛蟠一脸懵懂："这关我什么事？"

"你少装腔了，哪一个人不知道琪官的事是你说的？"

薛蟠一听，气得吼了起来："说我杀人你们信不信？"两三拳捶在黄花梨椅子上，砰砰作响。眼看母亲和哥哥叫嚷起来，宝钗忍气吞声做和事佬，对薛蟠说："是你说的也罢，不是你说的也罢，事情过了，就不用计较……我只是想劝你，从此少在外头胡闹，也少管别人闲事。否则，一有风吹草动，人人都咬定是你干的，连我们都要疑心你。"

薛蟠早已急得乱跳，猛向满天神佛发誓，自己绝没说这种绝子绝孙的话。气不过，又骂起来："谁这样编派我？给我知道，一定把他的门牙全敲掉！……这宝玉也没出息，不过被打了一顿，就要把一家子的人闹成这样？还要拉上我？哼，就是拉上我，我也不怕，索性把宝玉打死了，我再替他偿命！”一面嚷着，一面就要拔门闩去打人。薛姨妈急得发慌，扯住薛蟠衣角骂道：“该死的东西！你想打谁去？想打人先来打我！”

“我看宝玉一天不死，我就会被你们诬赖一日，不如大家死了干净！”

宝钗怕他一时气愤玩真的，也上前拉住哥哥：“……你做事，为什么总是这么顾前不顾后！”

“你骂我顾前不顾后，怎么不骂宝玉在外头招风惹草？”薛蟠的嘴急起来就关不住，“就说那琪官儿吧，我跟他见了几十次，他从没跟我说过一句话，第一回见了宝玉，就把贴身的汗巾子给他，这难道不是他拈花惹草招来的？连男人他也要！”

宝钗气得干瞪眼：“你还说这件事？有人传说老爷就是为了这个打他？”

“真是气死人了！这事明明是真的……但绝对不是我说的，他们赖我做什么？贾宝玉是什么东西，值得大家为他闹得天翻地覆？”

“是谁闹着？”薛宝钗看着他手里的门闩，冷言冷语，“是你先动刀动棒地闹起来，还怪别人闹？”

听自己妹妹如此义正词严地训他，薛蟠故意说，“你不用教训我，我早知道你是向着宝玉的。你的金锁要拣有玉的来配，是不？你自然要偏袒他！”

宝钗恨得气愣了，泪水滑了出来，挨着母亲静默无语。薛蟠知道自己又莽莽撞撞说错了话，一时安静下来，赌气回房里歇了。宝钗心里到底体贴母亲，虽然又愤怒又委屈，却不敢在母亲面前痛哭流涕，回到蘅芜院中，锁门哭了一夜。

第二天醒来，独自走出蘅芜院，要来探视母亲。可巧在怡红院的门外园中小径遇到黛玉，黛玉随口问她：“去哪里？”

宝钗无精打采，随口道：“回家去。”黛玉是个心细的人，一看宝钗不似往日衣鬓端整、一丝不乱，眼睛又红又肿，以为她是为宝玉伤心，故意在她身后取笑：“姐姐，你可要保重些。就是哭出两缸泪来，也医不好他挨板子的伤！”

宝钗一句话也不吭，自顾自地走了。

黛玉本站在花荫之下，远眺怡红院，想挑个人少的时候看宝玉。手里揣着的，就是昨日宝玉打发晴雯送来给她的旧手帕。两条手帕绞了又绞，人还呆在那里，痴痴探看。

这几日众人为宝玉忧心，挨了打的宝玉痛在肉上，心却悬在黛玉身上。他躺在床上不能动弹，想派人问黛玉在做什么，却怕袭人说他，只好先差使袭人到宝钗那儿借书，再命晴雯往潇湘馆问候。这问候的东西，就是两条半新不旧的手帕。

晴雯笑道：“这可奇了，拿两条旧帕子，爱生气的林姑娘又要生气了。”

宝玉自有道理，胸有成竹答道：“你放心，她自然知道我的意思。”

黛玉怎会不明白他的意思？人不如故，他是念旧的。一时心醉神痴，到了半夜还没睡意，将心里沸沸扬扬的情意，都化作旧帕上的新诗。

写了诗的手帕，给他还是不给他呢？揣在手里，百般情意缠绵，千般犹豫不决，呆呆站着，正恍惚间，却见花团锦簇的一群人向怡红院来了。原来是贾母搭着凤姐的手，后头跟着邢夫人、王夫人还有诸位姨娘，还有薛姨妈和宝钗，浩浩荡荡进怡红院。

此景使黛玉想起有父母的好处来，顷刻间又悲怜自己的身世、泪珠满面。忽然间，有人从背面拍了她一下，黛玉吃了一惊。“姑娘，回去吃药吧。”紫鹃笑盈盈地看着她的泪眼，说，“你在这里站了大半天，也该累了吧？”

黛玉这才觉得腿酸，扶着紫鹃，慢慢回到潇湘馆来。烈日当头，一进院门，只见地下竹影参差、阴影处苔痕浓淡，不觉想起《西厢记》里头的句子：

幽僻处可有人行？
点苍苔白露泠泠。

暗暗叹息时，廊下的鹦鹉陡然扑了下来，扇了她一头灰。黛玉正要骂鹦鹉，它又飞到架上，大叫：“雪雁，快掀帘子，姑娘来了。”

平日黛玉和丫头们没事就教它说话，使这鸟儿通晓了几句人语，时时拿出来卖弄。黛玉以手指翻弄水槽，对紫鹃说：“该添水了呢。”鹦鹉却长叹一声，喃喃念道：

侬今葬花人笑痴，他年葬侬知是谁？

抑扬顿挫八成像黛玉平日长吁短叹，惹得黛玉和紫鹃笑出声来，方才黛玉的烦忧，也被鹦鹉一叹解了。

宝玉心头念着：林妹妹怎么还不来？偏偏涌进了一大群人，把怡红院挤得行路艰难。贾母千叮咛万嘱咐，问宝玉想吃些什么，想要什么人陪着解闷没有。宝玉想了想，想起宝钗房里的丫头莺儿擅于编穗子，叫她来陪着玩也好，宝钗自然答允了。

莺儿来时，正碰见王夫人房里的玉钏儿，为宝玉带莲叶汤来。宝玉看见莺儿携来各色丝绳，十分欢喜，但看见玉钏儿，不禁想起她姐姐金钏儿的样子，半是伤心，半是惭愧，眼巴巴地想跟玉钏儿说话。玉钏儿对他却是正眼儿也不瞧，放下捧盒就要走。宝玉硬生生问了一句：“你母亲身子好吗？”

大半天，玉钏儿才说出一个“好”字，又别过脸。宝玉执意要哄她开心，借故将其他丫头支到外头吃饭，只留她一个人，嘘寒问暖的。玉钏儿脸上寒霜，不觉便被他咕咕哝哝地融化三分。宝玉乘机央求：

“好姐姐，你把汤端来让我尝尝。”

玉钏儿又板起脸：“我从不喂人吃东西，你找别人！”

宝玉还是一劲地笑：“我可没要你喂我，只是求你把汤递给我喝，这样行不行？”说着，假意要下床去取，碰到伤口，哎哟轻叫一声。玉钏儿没办法，忍不住一笑，起身道：“你躺着吧。”

宝玉接过汤笑道：“好姐姐，你若要跟我生气，就在这里把气生完，免得老太太、太太看了要骂你！”

玉钏儿说：“你要吃就吃，不用对我甜言蜜语！”宝玉在她催促下，喝了两口汤，故意皱了眉头：“不好吃。”玉钏儿把嘴一撇，瞪着他：“老天爷！连这个都不好吃，不知道什么才叫好吃！”

“一点味儿都没有，不信，你尝尝看。”

玉钏儿果真尝了一口，宝玉在一旁见小计得逞，眉开眼笑：“好吃不好吃？”

她才知宝玉不过在哄她，骗她喝汤，假意和宝玉生气：“好，是你自己说不好吃的，这会儿再好吃也不给你吃了。”

宝玉是连见了星星、月亮、草木、虫鱼都要说话的，何况面对一个娇言巧语的女孩儿。他有愧于心，格外想讨玉钏儿开心。见玉钏儿对他渐渐有了笑容，心宽了不少。吃完饭，莺儿又到跟前为他编穗子，笑语如痴，又逗得宝玉开心不已。虽然身上多处瘀肿，这一次劫难，却使他久久免于父亲传唤，也算因祸得福；伤口一好，他索性天天在园中游耍，每天问候完祖母和母亲之后，就在园内为众丫头们做杂役，他也甘心乐意。薛宝钗和偶尔来玩的史湘云有时看不过去，乘机劝导他，他总会骂人：

“好好一个清净洁白的女孩子，也学着跟俗人一样沽名钓誉，这和那些禄蠹有什么差别？”

“如果林妹妹劝你呢？”

“林妹妹才不说这种混账话！”

黛玉暗暗听见他这么说，心里着实窃喜。毕竟他知道，她懂得他的心，和别人不一样。

可是，不是冤家不聚头。两人之间，偶尔心有灵犀，偶尔却如隔万重山，一两句不中听的话，便能使一个生气，另一个赌气，不由自主地寻死寻活；一个灰尘般的小小误会，又能使一个嗟叹垂泪，一个赔罪赔到意冷心灰。

不见时，心思百转千回，相见时，处处横生枝节。

这一天，史湘云又到大观园来，黛玉便约湘云到怡红院。假借要问候袭人，其实是为探看宝玉。走到院子里，静悄悄的，丫头们都在午睡。湘云先到厢房访袭人，黛玉独自踱到宝玉房间来，先隔着窗纱，一瞧，愣住了。只见宝玉穿着薄薄的银红纱衫子，歪七扭八地睡在床上，宝钗坐在床缘，低头做针线，手里绣的，竟是宝玉的兜肚，红莲绿叶伴五色鸳鸯。旁边就放着袭人赶蚊蝇的拍子。

黛玉赶忙躲起来。看湘云从那边廊上走来，便对湘云招手。湘云看她笑得诡异，料必有什么好看的，急忙过来瞧，看宝钗和宝玉那幅景象，本想要笑，想起宝钗平时端庄温厚，且待她不薄，忙掩了口；想到黛玉嘴头上必不饶人，又拉了黛玉要走。

原来，方才见袭人累了，宝钗替袭人接过针线，专心一意做着，没想到会给别人看见，更不知别人会怎么想，黛玉湘云隔窗相望，她竟浑然不觉。宝钗才绣好两三片莲花瓣儿，忽听见宝玉在梦中大喊：

"我才不信什么和尚、道士胡说八道！他们说金玉良缘，我偏爱木石前盟！"

字字清清楚楚。宝钗细思话中意思，不觉失神。

宝玉在睡梦中，对这一段插曲，毫不知情。一梦醒来，耳边隐隐约约响起《牡丹亭》的调子，想起梨香院有个小旦唱得极好，便往梨香院那头走。

梨香院的女孩儿见宝玉来了，都笑着让坐。"二爷找的是龄官吧，她在自己屋里头歇着。"

宝玉到龄官屋里，见一个细瘦的女孩儿独自躺着，见他进来，看了一眼，动也不动。宝玉素来和女孩子玩惯了，以为龄官也跟别的丫头一样会和他笑闹，故意不理他，就上前赔笑，挨着床坐下，说："好妹妹，唱一套'袅晴丝'给我听！"龄官见他坐下，赶忙坐起身子，板起脸说："我嗓子哑了，你找别人吧！"

语气全无一点通融处。宝玉从没这么没面子，不禁红了脸。细看这心高气傲的丫头，俄而才想起，原来，她是前些日子在蔷薇花丛下画"蔷"字的那一个！龄官面有怒色，宝玉也不好再死皮赖脸，只好摸摸鼻子走了。出来时遇到唱老旦的药官，药官笑了笑，说："我告诉你一个巧方儿，你只要稍稍再等一下，等蔷二爷来，叫蔷二爷唤她唱，她一定唱。"宝玉半信半疑，不多久，就看到贾蔷拎了个鸟笼从外头走进来，问："龄官在哪儿？"

宝玉当下好奇，尾随贾蔷，又进了龄官的屋子。听贾蔷说："我买了一只雀儿陪你玩，怕你天天发闷。"那雀儿是训练过的，给它谷子吃，它便会在笼子里的假戏台上衔小旗子乱蹦乱跳。唱戏的女孩儿们都拍手叫好，只有龄官冷笑两声，背过脸去。

贾蔷仍轻声赔笑：“不好玩吗？”

龄官撇了撇嘴：“你把我们好好的人弄来这牢坑关着也就算了，还弄了一只鸟儿来关着学我们，分明是拿我们来打趣！还敢问我们好不好！”

贾蔷连忙赌誓：“天地良心！我只想帮你解闷，又让你想到这上头。罢了，罢了，我且将它放生，解你的灾！”说着，果然把那雀儿放了。龄官仍心有未甘，说：“我刚刚咳出两口血来，你不请医生不打紧，还拿这玩意儿来……”

贾蔷一惊，说，“我昨天帮你问过医生，他说不打紧，吃两剂药就好了，谁知道你刚刚又吐了呢！我再去请那糊涂医生来！”

一脚已往外走，却被龄官嘟着嘴叫住：“你给我站住！现在太阳这么毒，你还去请……请了来，我也不看！”给她这么一说，贾蔷又不敢出去了。

宝玉在一旁看他们两人的模样，想着想着人又呆了，忽然明白当日龄官在蔷薇架下画“蔷”的意思。不想妨碍他们两人说话，悄悄抽身走了。贾蔷一心在龄官身上，竟没注意他离开。

宝玉一路呆呆傻傻，回到怡红院中，见黛玉正和袭人说话。黛玉见宝玉这般失魂落魄的样子，心想，他又不知从哪儿着了魔回来，也没再多问，只问他：“明天是薛姨妈生日，你去不去？”宝玉托说天气太热，不肯去。黛玉笑道：“你看着人家帮你赶蚊子、绣兜肚的分上，也该去走走！”

黛玉心思虽然迂回曲折，但倒也深明宝钗为人。细想半日，知他两人当时状况暧昧，不过是场巧合，但这下得了机会，怎能不取笑他？

宝玉魂不在身上，对黛玉的话仍茫然不解。待袭人解说了，方才明白，原来宝钗也为他绣过兜肚！心里头像一窝暖炉，刚刚在龄官那儿酿来的一缸妒意，一下子云散烟开。心想，自己也是有人眷顾的，哪里输给贾蔷，一时又开心惬意起来。

大观园里无大事，也无大悲大喜，韶华正好的红男绿女，在细恩微怨中牵心扯肺，百转千回。

只要微风一吹，流言悄语又将像蒲公英的种子，铺了满坡满地……

第二十三回

秋日到了，大观园里的海棠盛开，花海灿烂。探春看见姐妹们迁入大观园后百无聊赖，虚度光阴，一直想为大家找点事做。恰巧负责管理花艺的贾芸新买进了一盆通体雪白的变种海棠，献给曾戏言要做他“干爹”的宝玉，因缘际会，由探春发起的新诗社就名之为“海棠”。

既成立诗社，免不了替大伙儿取个别号。一群人聚集在探春的“秋爽斋”，嘻嘻哈哈，互相取起别号来。住“稻香村”的李纨，一马当先取了个别号，叫“稻香老农”。探春也取了雅名，号称“蕉下客”。

众人正称道探春雅号别致有趣，黛玉眼波一转，说：“你们快牵了她，炖了肉脯来下酒！”惹得众人一阵愕然。黛玉见众人不解，笑道：“《庄子》里头有句话叫‘蕉叶覆鹿’——她自称蕉下客，可不就是鹿吗？”

“你又拿满腹诗书来骂人！”探春笑道，“不过，我也替你想好别号了，你这么爱哭，像昔日娥皇、女英一样，早晚要把院里的竹子哭成‘湘妃竹’！就叫‘潇湘妃子’，怎样？”

大家听了，都拍手叫好，黛玉只得默许。李纨也笑着说：“我也替薛大妹妹取好了名字，叫‘蘅芜君’。那宝玉呢？宝玉该取什么别号？”

宝钗打趣道：“你这个富贵闲人，若取个别号叫‘无事忙’，再恰当不过。”取笑了一阵，宝玉还是收了黛玉封赠的“怡红公子”。

迎春和惜春平日虽不爱作诗，在盛情难却下也取了别号。迎春号“菱洲”，惜春号“藕榭”。他们几人作的第一首诗，咏的便是盈盈动人的白海棠。为评论等第，众人七嘴八舌地吵了一番，为平淡生活多添了不少生趣。

此后每月初二和十六，定期由李纨召开诗社大会，出题、限韵皆由她。史湘云听袭人说大观园里有此新鲜事，虽然住在外头，心里急得不得了，也要进园来作诗，因她昔日住在“枕霞阁”，取了别号叫“枕霞旧友”，坚持要先做东。

宝钗心知史家虽曾是金陵富豪，但湘云的亲生父母早已双亡，这几年来家道不如往昔，连针线活都要自己做，哪有余钱可花？于是，自己掏了钱出来，托薛蟠弄了几篓肥大的蟹及数坛好酒，替湘云备好席，由湘云出了十二题有关菊花的诗。备好之后，在惜春的居处“藕香榭”摆下风雅宴，也请了贾母、王夫人、凤姐等人，连同她们的丫头们，齐来吃酒喝茶，持蟹赏菊花。

这边的公子小姐绞尽脑汁作菊花诗，那边的丫头们和贾母、王夫人及凤姐则津津有味地吃螃蟹。贾母房里的鸳鸯、琥珀、王夫人房里的彩霞、彩云及被贾琏收为妾的平儿共一桌。凤姐一走过来，见平儿早已剔好蟹黄，接过来便放进嘴里。鸳鸯看了笑道：“好不要脸，吃我们的东西！”

凤姐岂能让人占她上风？她笑道：“你少和我作怪！……我看我们琏二爷也看上你了，说不定就要向老太太讨你过来做小老婆！”

鸳鸯虽知她在说笑，脸却不自觉地红了，嘟着嘴笑：“你连这种话都敢胡说！我非拿手里的腥味抹你满头满脸不可！”说着，放下蟹来，就要抹凤姐的脸。凤姐连声讨饶，琥珀却在一旁，唯恐天下不乱，添油加醋道：“真要讨鸳鸯去，平丫头也不肯呀。”

平儿手里正在剥蟹黄，听琥珀这么说，也将手往琥珀脸上抹，道：“看我怎么对付你这嚼舌根的小蹄子！”琥珀一闪，平儿的手就抹在凤姐腮上。凤姐笑骂：“死娼妇，你也来对付我，乱抹你娘的！”平儿赶紧拿绢子擦，又急忙端水来为凤姐洗脸。

鸳鸯在一边看得乐不可支，说：“阿弥陀佛！真是现世报！”

那边一群人笑笑闹闹，没一顿饭工夫，这边的十二题菊花诗已经作完，一并交给李纨评等。李纨将几个人的诗读了一遍，把第一名颁给黛玉的“咏菊”诗：

> 无赖诗魔昏晓侵，绕篱欹石自沉音。毫端蕴秀临霜写，口角噙香对月吟。满纸自怜题素怨，片言谁解诉秋心？一从陶令评章后，千古高风说到今。

大伙儿细览众诗，都称道李纨评得公允。宝玉见黛玉夺了魁，比自己受称赞还高兴，口里却故意说：“这场我又落第了不成？我看是你们不懂欣赏我的佳句——明儿闲了，我偏要将十二首都作过一遍！”

作了菊花诗，心血来潮又咏起可怜的盘中螃蟹。正热闹时，又来了个有趣的人物，便是上回进来打秋风的刘姥姥。刘姥姥曾靠凤姐恩惠才度过荒年，这年，她家里蔬果丰收，带着板儿送几篮蔬果来报昔日之恩。刚巧贾母听闻有个年岁和她差不多的老人家来了，要凤姐请过来瞧一瞧，凑个热闹。

刘姥姥一到贾母跟前，只见一群如花似玉的女孩儿围着贾母，个个满头珠翠、莺声燕语，看得头都昏了。

“老亲家，你多大年纪了？”贾母问。刘姥姥忙起身答：“今年七十五了。”

贾母笑道：“你比我还大好几岁呢，身体还这么硬朗！我要到了你这年岁，恐怕就动弹不得了！”

刘姥姥说：“我们是生来受苦，做粗活的，自然得硬朗到老。”

贾母又问：“眼睛牙齿可都还好。”

刘姥姥答：“都还中用，只是左边的槽牙有些松了。”

“我比你差很远！眼也花，耳也聋，记性也不好！只能吃几口粥，睡睡觉，闷的时候，和这些孙子、孙女开开玩笑！”

“这才是老太太的福气呀。”刘姥姥奉承道，“我们想这样都不成！”

“什么福？”贾母鼓着腮帮子说，“我不过是老废物罢了！”这一调侃，大家都笑了。

贾母难得见到乡下人，高兴起来，要留刘姥姥吃晚饭。刘姥姥一边吃茶，一边把乡里间的鬼故事说给贾母听。这些乡里传说，哪里是豪门里的人能想象的？宝玉也跟着听得津津有味，还信以为真。这一说下去，欲罢不能，留了刘姥姥一夜；第二日，贾母一大清早派人再将刘姥姥及板儿请进房里来，要李纨预备酒宴，自己陪着刘姥姥逛大观园。酒宴前，一个丫头捧了一个荷叶型的翡翠盘子到贾母跟前，盘子里面放着各色鲜菊花。贾母兴致勃勃地拣了一枝大红菊花簪在鬓上，回过头对刘姥姥说：“过来戴花儿！”

一语未毕，凤姐已将刘姥姥拉过来，笑道：“让我来打扮你！”说着便将一盘子花横三竖四地插在刘姥姥头上，逗得贾母大笑。刘姥姥也笑了：“我这辈子不知道修了什么福，今儿竟然这么体面！”

鸳鸯笑道：“你还不赶快拔下来，她把你打扮成老妖精了！”

刘姥姥知道大家开心，笑道：“我年轻时也是个风流人物，花儿粉儿都爱，今儿索性做个老风流！”

于是顶着一头花，摇摇摆摆，随贾母等人走进大观园，到沁芳亭上，见这小小亭子画栋雕梁，即大叹：“我还以为这亭子在画中才有呢，没想到今儿个我竟有福气逛到画里来！”

到了潇湘馆，只见两边翠竹夹径，地下苍苔满布，中间只有一条狭长的石子路。刘姥姥把路让出来给贾母等人走，自己偏走苔地上，只顾和众人说话，脚底滑了一跤跌个四脚朝天，众人们竟哈哈大笑。贾母边笑边骂道："小蹄子们，别只顾笑，还不赶快搀人？"说时，刘姥姥已经自己爬起身来拍泥土。贾母问："你扭了腰没？要不要叫丫头们捶捶？"刘姥姥拍拍胸脯说："谁说我这么娇嫩了？我哪一天不跌几下子？"

李纨早在探春的秋爽斋备好了酒宴。鸳鸯和凤姐为了讨贾母开心，巧心设下机关，要捉弄刘姥姥，偏在她面前摆了一双象牙镶金筷子，又递上一盘鸽子蛋。刘姥姥拿着筷子，喃喃念道："这筷子比我们庄稼人的铁锹还重，哪里拿得动它？"

贾母说了"请"字，刘姥姥倏忽站起身来，高声说："老刘，老刘，食量大如牛，吃个老母猪不抬头！"说完鼓着腮帮子坐了下来。一耍宝，上上下下都笑了，黛玉还笑岔了气，哎哟哎哟地叫。宝玉笑得滚到贾母怀里，贾母搂着他，口口声声叫"心肝"！薛姨妈口里的茶还喷了探春一裙子，探春手里的茶，又都倒在迎春身上，惜春的奶娘帮着惜春揉肚子，没一个不笑得前俯后仰。

刘姥姥只管拿起筷子来，看着鸽子蛋说："这里的鸡也好！下的蛋这么小巧，怪俊的，我先尝一个看看！"

凤姐儿接口说："这可是一两银子一个呢，你快尝尝，老了就不好吃了！"

用那么重的筷子，刘姥姥哪里夹得起来？那鸽子蛋仿佛长了脚，满碗里乱窜。好不容易夹起了一个，伸长脖子要吃，偏又滑了下来，滚到地上。刘姥姥趴下身子要拣，早有下人帮忙捡走了，惹得她一阵惋惜："一两银子，没听见个响声儿，就没了！"逗得众人只管笑，已无心吃饭。贾母知道是凤姐爱胡闹，连忙叫人为她换了筷子。凤姐才跟刘姥姥赔笑："你可别见怪，刚才不过是开开玩笑！"鸳鸯也赶快过来赔不是。刘姥姥说："姑娘这是哪门子的话？我本来就是负责逗老太太开心的，怎会见怪？"

吃完饭，离开探春的秋爽斋，又要行舟过荇叶渚，由几个来自姑苏的船娘操桨，将舟子划过池塘，过了花溆，便是薛宝钗的蘅芜院。院里种着些奇草仙藤，累累垂垂，屋子里四壁雪白，全无缀饰，只有一只黄花梨木茶几，几上安然矗立着一个白色陶瓶，瓶中寥寥落落数枝菊花。连床上的衾褥都是素白的。

贾母叹了口气道："这孩子太老实了，怎么一点陈设也没有？是不是没从家里带来……鸳鸯，你去拿些来摆着！"又怪凤姐打理得不够周到。凤姐笑道："是宝姑娘自己不要的。"

薛姨妈也说："宝丫头从来不爱那些东西。"贾母却嫌年轻姑娘房里素朴、太过晦气，一定要鸳鸯拿了自己房里的石头盆景和纱照屏来摆放。

晚饭前，贾母心血来潮，要大家行酒令玩，由鸳鸯替贾母来当令。刘姥姥听鸳鸯说，接不下去的便要受罚，着急得不得了。

只听鸳鸯先说了个“天”字，贾母即接道：“头上有青天”，贾母又说了个“五”，薛姨妈道：“梅花朵朵风前舞”，接着诸姐妹们，都以雅句接了酒令。刘姥姥虽没读过书，但看众人皆轻易过关，心想也不太难，也就壮胆接令，大声说：“大火烧了毛毛虫，一个萝卜一头蒜”！全是庄稼人本色，惹得大家拍手大笑。

吃完晚饭，贾母、王夫人笑累了，要回房休息，命令鸳鸯带着刘姥姥继续逛。刘姥姥这一生从未见过这么多富丽堂皇的殿宇、那么多新奇的巧玩，已看得头昏眼花；晚饭时，贪着菜肴丰盛、点心精巧，筷子又动得勤快，走到“省亲别墅”，忽然觉得肚子一阵乱响，就要解开裙子就地出恭。鸳鸯一看不妙，忙喝住她，要一个婆子带她到厕所去。

那婆子将路指给刘姥姥后，人先走了，刘姥姥蹲了半天，一起身来，满天都是星星飞舞，四顾张望，处处都是山石树木，哪里能寻回原路？随便拣了一条石子路，转了几个弯，看见有个房门，就走进去。猛然抬头，竟有个姑娘迎面含笑而来，她忙作揖，要姑娘给她带路。那女孩儿却不回答，刘姥姥赶前来拉她的手，咕咚一声，头却撞在墙上。仔细一看，才知道那是一幅真人大小的画。

她又掀了帘子进房间，只见里头琴、剑、瓶、炉样样光灿夺目。迎面的却是一面她从未见过的镜子，见镜里一个戴了满头花的老婆婆，她便用手往人家脸上搓来搓去，摸得一手冰凉，才恍然大悟——那可不就是自己吗？

无意间，触到镜边的机关，镜子墙一转，露出里头的堂奥来，原来是一副精致的床帐。她走累了，不管三七二十一，就躺上去呼呼大睡。一直到袭人听见鼾声如雷，才进来推醒她。

刘姥姥忙爬起来：“姑娘，我该死！……还好没弄脏了小姐的绣房……”

刘姥姥一起身，袭人忙着在床帐里洒香料，微微笑道：“这是宝二爷的房子。”

刘姥姥在大观园中住了三天，几日内自认为把古往今来没见过的、没吃过的全经验了，便向凤姐告辞，平儿早已将几个奶奶打赏刘姥姥的礼物备齐，共有一百多两银子，还有各色干果和点心，平儿也将自己半新不旧的几件裙袄送给刘姥姥。刘姥姥满心欢喜，不断念阿弥陀佛，一一告辞。

正要走，凤姐赶了过来。原来她女儿自小多病，正想找个贫苦长命的人家取名，好养得大，压得住凶煞。刘姥姥便随口取名为“巧姐”，许愿她逢凶化吉、长命百岁。

凤姐不识文墨，不怕名字俗气，自是欢喜。刘姥姥又到贾母房里领了赏，笑得嘴合不拢。

黛玉虽然在背后叫刘姥姥“母蝗虫”，倒也给她逗得余趣无穷，一连几天都没和宝玉拌嘴。大观园里的姑娘们，见了刘姥姥，才知道这世界还有另外一种人。秋日组诗社的雅致，与刘姥姥带进来的笑声，使荣宁二府多了些生气。

这个秋天，宝玉常常梦见自己像一朵莲花，没有根的莲花，悠悠飘浮在一条河流上。顶上有蓝天丽日，身旁有鱼儿穿梭。看似自在，但身子下的河水却暗暗冥冥、深不见底。

他顺流而下。身子轻轻浮浮，任水推动，不知水流要将他推向何方。一方面，他感觉十分舒坦；另一方面，无风无浪的日子也使他心慌。他似乎一直等待着某些事情的发生，某些旋涡，某些暗流，某些看不见的变动。

金钏儿投井的水声，在他健忘的耳朵里逐渐淡去，只剩下一点点猫步般的音息。非常轻了，比水滴的声音还轻，但是，依然在。

第二十四回

小姐有心，公子多情，这边疑，那边猜，等闲过了光阴。

大观园里，公子小姐的日子还算好过，丫头们的日子也算悠闲，平儿的妾身最难为。她这个妾，做得比谁都辛苦，知道的人，莫不为她捏了把冷汗。而几年来，她夹在素爱拈花惹草的贾琏和醋坛子凤姐之间，却能运转自如、不惹风波，倒不能没有八分识相、七分手段。

凤姐的精明外露，像一只目光伶俐、尖嘴利喙的鹰，人人无不怕她；平儿的精明，并不形于外。

为了表彰凤姐平日持家有方，在凤姐生日这一天，贾母特为凤姐办了个大大的宴席，铺张程度比起邢夫人、王夫人等的生日，有过之而无不及。众人莫不来向凤姐敬酒恭贺，贾府的下人们更是借此笼络凤姐，背地里送来大礼。平儿自比其他人对凤姐更尽心，一大早起来张罗东、张罗西，生怕有一点疏忽。与其说她是贾琏的妾，不如说是凤姐的得力帮手，连凤姐这么难以伺候的性格，也挑剔她不得。

平儿对凤姐，处处留心。

凤姐在生日宴喝多了酒，一脸潮红，对尤氏说："我要回家洗个脸去。"平儿怕凤姐走不稳，跟着扶上来。走到离家里不远处，只见一个小丫头站在那里，见了她们两人来，像一尾泥鳅似的，转头就跑。凤姐马上起了疑心，叫住那丫头，丫头起先想装听不见，后来听凤姐和平儿叫急了，不得已，只有转过身来。

凤姐不由得起了疑心，叫那小丫头跪下，喝令平儿："叫两个小厮拿绳子和鞭子来，把这个不认主子的小蹄子给我打得皮开肉绽！"

话未说完，小丫头已浑身发抖，磕头求饶："奶奶饶命，我不敢，我不敢！"

"我又不是鬼，看了我怎么跑了？叫你，你也装没听见？"小丫头闷不吭声，凤姐哗啦啦几个巴掌下去，小丫头脸颊上已肿出两块肉来。

"奶奶，小心手疼！"平儿轻声劝，凤姐听而不闻，盯着平儿道，"替我叫人拿红烙铁来，把她的嘴烙了，看她说不说实话！"

小丫头吓得魂飞魄散，胆子早就被剁成了乱泥，哀哀哭道："……是琏二爷，琏二爷叫我看奶奶何时回家！"

此话已大有文章。凤姐扬了扬眉毛："他叫你看紧我做什么？快告诉我！说了我就疼你……不说，我拿刀子来割你的肉！"说着，在头上拔下一根金簪，往那丫头嘴乱戳。那丫头一面躲，一面哭求道："奶奶可别说是我说的……琏二爷……刚刚叫我拿了两块银子、两支簪子，两匹缎子送给管家鲍二的老婆，叫她……叫她往我们屋里来……然后二爷叫我瞧着奶奶，再下来的事……我就不知道……"

凤姐一听，气得浑身发软，顾不得酒醉头昏，快步往家中走，平儿也急忙跟了过去。偏偏院门口也有个小丫头探头探脑，见凤姐回来，缩头就跑，也被凤姐叫住。这丫头自知跑不了，心下一想，已编派出名堂，说："我正要告诉奶奶去……可巧……奶奶就来了。"凤姐伸手也打了她一巴掌："要说不早说，等我来才说？分明想气死我！"

不管凤姐管得再严，防得再紧，贾琏总有得偷。有机会出了大观园，他便穿梭花街柳巷，寻莺问燕，平日在大观园里，也没忘记左右逢源。前些时候因女儿出水痘，凤姐拜神明，十二天内夫妻不得同房，他就沾惹了绰号叫"多浑虫"的厨娘，日日在厨灶间偷情，连法力无边的凤姐也不知有这个内贼。衣服上夹带的女人长发给平儿发现了，平儿只敢背地取笑贾琏，当着凤姐的面，也得替他遮天遮日。这天，贾琏看众人为凤姐做生日，心想，凤姐今天一定不会太闲！当下心痒难当，又勾搭了家仆鲍二风韵犹存的老婆。

凤姐蹑手蹑脚到了窗前，听见里头传出款款笑语。鲍二老婆正笑道："等你那阎王老婆死了，你才会快活！"凤姐一股怒气冲上脑门时，却听见贾琏答道："死了才好！我好再娶一个温柔多情的！"女人又暧昧笑道："她若死了，我看你干脆把平儿扶了正倒好！"

贾琏叹了口长气道："我真是命犯母夜叉！如今，她连平儿都不让我沾……我看……平儿也是一肚子委屈不敢讲……"

凤姐听了，浑身打战，听他们赞美平儿，不觉把气移了一半到平儿身上，转身将身边的平儿打了两掌，即一脚踢开门去，不由分说地抓住鲍二老婆就打，嘴里嚷道："好娼妇，偷主子汉子，还敢咒死主子老婆！”眼见平儿手足无措站在一旁，又把平儿扯过来：“你这个死娼妇，原来是跟他们一鼻孔出气的，外头哄着我，背地里只想咒我死！”

平儿忽然蒙上不白之冤，有委屈无处诉，气得干哭，又不敢对贾琏和凤姐出气，只得骂鲍二老婆：“你们自己不要脸，干吗扯上我！”哭着，也打起鲍二老婆来。凤姐突然冲进来，贾琏已没了主意，看凤姐打鲍二老婆，不敢吭声，但见素来温顺的平儿也闹了起来，反而上来一脚踢开她，骂道：“小娼妇，你别动手打人！”

平儿再也难忍这口气，跑到伙房里，找了把刀子，就要寻死，被外头闻声而来的婆子们架住了。凤姐一头撞进贾琏怀里，口口声声叫道：“你们不用在背后暗算我，不如杀了我！”

外头看好戏的人越来越多，贾琏已恼羞成怒，从墙上拔出一把剑来，说：“你们不用寻死寻活！我横竖把你们都杀了，我再偿命！大家都干净！”

凤姐这下吓呆了，眼看贾琏气成这样，自知惹不得，再添柴加火，恐怕贾琏不善罢甘休！哭哭啼啼跑到贾母那边讨救兵。

一语未完，贾琏已提剑走来。他母亲邢夫人和王夫人都出来拦他，他反而指着凤姐骂道：“都是老太太惯坏她！这婆娘连我也敢骂！”

邢夫人气得夺了他的剑，把嘴里还一径漫骂的贾琏给撵走。凤姐便把方才的事到贾母面前来说分明。不料贾母和王夫人、邢夫人，虽然气贾琏鲁莽，也不替凤姐说话。贾母叹了口气道：“我还以为是什么要紧的事呢，原来是这个！他年轻，自然像只馋猫儿似的，哪里管得住？我们还不都是这样看过来的！算来都是我的不对，叫你多喝了几口酒，就吃起醋来！”

众人听着都笑了。贾母又说：“你放心，明儿我叫他来向你赔不是！”想想，又骂平儿，“没想到她这么坏！怎么可以在背地里咒你！”

宁府的尤氏深明内情，接口道：“这怎么能怪平儿！他们小两口闹意见，老折腾平儿，平儿已经够委屈了，老太太还骂人家！”

贾母想想也对：“这就是了，我看平儿那女孩子平常乖乖巧巧……这样白受气，也太可怜了。”于是，叫了琥珀到跟前来，要她好好安慰平儿。

宝钗在一旁劝平儿，后来琥珀替贾母传话，平儿才止住哽咽声。宝玉心里同情平儿处境，要袭人接了平儿到怡红院来坐，劝了她一番。“好姐姐，你别伤心，我替他们赔不是！”

“这跟你有何相干？”平儿问。

“我跟贾琏算是兄弟，和凤姐儿也是亲戚，他们得罪了人，我为他们赔不是，也是应该的。”看平儿身上的衣服在方才一阵混乱中沾了泥，头发也乱了，又吩咐丫头来为她梳洗。袭人也翻箱子找出一件不大穿的衣服为平儿换上。平儿见众人如此善待，心下无比感激。

宝玉向来喜欢平儿的聪明清俊，只因平儿是贾琏的爱妾，又是凤姐的心腹，所以不得和她亲近，这回逮着了机会，自然要尽点心意。

第二天，贾琏气消了，却免不了挨贾母一顿剋。贾母啐道：“凤丫头和平儿都是美人坯子，你还不够？成天偷鸡摸狗，什么烂货都拉到你屋里去！亏你是书香人家公子出身的！你的眼睛里如果还有我，就乖乖地跟你媳妇儿赔不是！”

平日盛气凌人的凤姐儿站在一旁，脸上脂粉不施，眼睛还哭肿了，一副病猫儿相，看在贾琏眼里，多了三分可爱，于是乖乖向前作了个揖，笑道：“都是我的不对，您别生气。”贾母又令人叫平儿来，命贾琏和凤姐安慰平儿。贾琏又笑嘻嘻地说：“姑娘昨儿受了委屈，都是我的错；奶奶得罪你，也是因我而起，我自己向你赔罪，也替你奶奶赔不是。”

平儿是个懂事的姑娘，哪里敢让凤姐来向她赔罪？自己走上去给凤姐磕头，道：“我惹奶奶生气，是我不对，请奶奶原谅。”凤姐正自为昨日的事后悔着，现在看见平儿如此宽宏大量，既是惭愧，又是辛酸，拉起平儿，眼里的泪水像珍珠脱了线。平儿又说：“我服侍奶奶这么多年，奶奶一个指甲也没弹过我，昨天打我，都是因为那娼妇，怪不得奶奶要生气！”

说着，眼泪也簌簌而落，暗地里伤心，叹自己命薄。

贾母看见大家都熄了火，命令三人回去，说：“如果有人再提此事，我可要拿杖子来打一顿！”

三人回房里，凤姐心有未甘，还要追究，问贾琏：“我哪里像阎王？像夜叉？那娼妇想咒死我，你也帮着她？”贾琏只得安慰道：“刚才我已经在大家面前向你跪下了，你已经争足了光，又要怎样？当个女人……太要强了，也不是好事！”说得凤姐无言以对，平儿扑哧一声笑了。

正说着些闲话儿，忽然有个婆子来传话：“鲍二老婆吊死了！”三人大吃一惊。凤姐却冷笑道：“死了倒好！有什么大惊小怪！”置之不理。

不久，管家林之孝的老婆又进来报告：“鲍二的媳妇吊死了，她娘家要告到官府！”凤姐冷笑道：“这敢情好！我也正想打官司！”林之孝老婆禀明，此事可用钱摆平，凤姐偏说：“不许给他钱！”

贾琏只好将两百银赔偿的银子，混进贾府日常流水账内报销，又私下给了鲍二一些银两。鲍二虽然知道老婆死因，但也不愿将家丑外扬，毕竟贾琏是他的主子，如何计较？贾琏安慰他说：“改天挑个好媳妇给你。”他也就唯唯诺诺，一点怨言也没有。

平儿受了无妄之灾，除了要安慰自己，还得不时开慰凤姐。她自小没爹没娘，向来懂得在人家篱下讨生活，在爱拈花惹草的贾琏和醋坛子凤姐间，她这个妾，风险十足，但仍有惊无险地过了万重山。平时，同居“妾”位的香菱，和将来也必是“妾”的袭人，多多少少都能和她说几句贴心话。守寡的李纨总对她说：“真是上天不公，你生作这个巧模样，分明是个当奶奶的材料，却得被人当成下人使！也真是亏待了你！”平儿只有轻声道：“奶奶快别这么说，我担当不起！”

但平儿心里总记得，小时候，算命先生看过她的手掌，说她命里虽然凶险，但守得云开即见月明，只要懂得忍气吞声，总有一天，她会是个夫人命。

第二十五回

就像荣宁二府门口的两只石狮子一般，贾府里的管家与婆子们，在贾府的门荫下，已守候了几个繁华世代，小厮们娶了丫头，成了管家与婆子，生下来的儿女，又成了贾府的丫头和小厮。

虽然是奴才命，但不愁风雨，不忧衣食。在外头穷苦人家眼里，他们已是富贵人家。

如萍浮水，如藤缠树，这些人以贾府的荣枯为荣枯。但每个人有每个人的心事。读过书的奴才之子期望主子为他们出钱捐个小官做，貌美的丫头们幻想有朝一日攀高枝做凤凰。

想往上爬的，为富贵低头，奉承逢迎。不忮不求的人难得——贾母疼惜鸳鸯，不只因她的模样雍容，更因她本性忠厚，自把袭人拨给宝玉后，身边一切杂琐，唯有鸳鸯能打理仔细。

鸳鸯本姓金，和许多丫头一样，世世代代在贾家为奴。父亲金彩为贾家掌看外埠的产业，哥哥金文翔为贾母做买办，嫂嫂则为贾母照料浆洗工作。

细腰削背、鸭蛋脸、乌油头发、高高的鼻梁，两腮微微的几点雀斑，总是气定神闲地替贾母做事——鸳鸯的模样体面与大方行事，人人夸赞。这天，邢夫人亲自到了鸳鸯的房里。鸳鸯正在绣花，邢夫人便把鸳鸯仔仔细细浑身打量。过了一会儿，才说："丫头，你的模样儿越来越好了，今年算来十八了吧？"

鸳鸯见邢夫人忽然来访，又猛盯着她瞧，心里十分不自在，诧异问道："太太，这会儿找我，可要我做什么？"

邢夫人一脸笑，慢慢挨着鸳鸯坐下，拉着鸳鸯的手，笑道："我是特别来跟你道喜的。”

鸳鸯听了，心下已猜着三分，低头不发一言。邢夫人又说道：“你知道，老爷跟前没个可靠的人。我本来想替他买个丫头收在屋里，但是挑来挑去，不是模样儿不美，就是性子不好，选了大半天，没一个入他的眼！只有你，模样儿和行事做人，样样都齐全！……老爷的意思，是想跟老太太讨了你，开了脸，就封你做姨娘！你素来是个体面、尊贵的丫头，所以教大老爷看中了，这么一来，飞上凤凰枝……可不是你平日的心愿？”

鸳鸯不言不语，邢夫人满心以为自己替丈夫贾赦说成了媒，拉了她的手就要走：“我们这就跟老太太说去！”

鸳鸯抽出手来，一味低头，不知在思量什么。邢夫人又轻声试探：“难道你还不愿意不成？放着主子奶奶不做，只能做一辈子丫头！你再做两三年，发配给一个小厮，还是奴才命啊！你素来知道我的个性，我又不是个不容人的，老爷待人又好……过个一年半载，你若能生下一男半女，就可以跟我并肩齐坐了……将来要使唤谁，谁敢不做你奴才？”

鸳鸯还是不说话。邢夫人以为她是害臊，因而笑道：“我倒忘了，你还有爹娘在，该先跟他们说一声，我这就叫人问他们去。你有话，尽管告诉他们。”

凤姐是个精明人，老早知道自己婆婆要替公公说媒娶妾，却不敢陪邢夫人前去。一来，鸳鸯是个极烈性的丫头，请别的丫头做姨娘可能是抬举，鸳鸯却未必当成荣誉；二来，若鸳鸯不愿意，难保愚昧昏庸的婆婆吃了闭门羹，和公公一起把气出在自己头上，那可就大大不妙了。她借故开溜，回到房里先与平儿商量。平儿从小和鸳鸯一起长大，听了此事，也摇头笑道：“这恐怕会自讨没趣儿。鸳鸯可不是个巴望做姨娘的人。”她知鸳鸯心里自有一把尺，恐怕园里的爷儿们，她一个都瞧不上。

平儿听了消息，赶紧寻鸳鸯去。正巧就在园里迎面遇着了鸳鸯。一见四下无人，平儿促狭道：“可是新姨娘来了？”鸳鸯脸一红，叫道：“难不成是你们互通声气来设计我？我这就和你主子闹去！”

平儿自悔失言，赶紧向鸳鸯赔不是。两人便在枫树下悄悄说话。鸳鸯冷笑道：“我们从小是一块儿长大的，你该知道，我对你们有话直说，这话我告诉你，你别和二奶奶说：别说大老爷想要我当小老婆，就是他三媒六证地娶我当大老婆，我也不去！”

这时，山石背后有人窃窃笑出声来，原来袭人正巧走到这儿来。袭人听了缘由始末，叹了口气道：“这话我虽不该说，但不能不说：这个大老爷，直是太下作了，只要是长得像样的，他就不肯放手！”

“你别急，”平儿笑道，“你既然不愿意，我替你已想了办法，你就跟老太太说，你已许给琏二爷，难不成大老爷还跟儿子抢媳妇！”

鸳鸯又气又急。偏偏袭人也跟着取笑：“不然，你就叫老太太回大老爷说，已经把你许给宝二爷，大老爷也会死心……”

话未说完，鸳鸯啐道：“你们两个坏蹄子！跟你们讲正经的，你们反而拿我取笑！你们自以为都有了结果，将来都可以做姨娘，就这么寻我开心！我可要告诉你们，天下事，未必那么让人遂心如意，你们别现在就乐过了头！”

二人见她生气了，赔笑道歉。“我们从小像亲姐妹一样，讲个笑话而已，你可别见怪。”但不知怎的，听到鸳鸯说，天下事未必让人顺心如意——袭人心头霎时笼上一团乌云，眉头一皱，想了想，问：“那……你的主意呢？”

“我不去不就行了，还要什么主意？”

平儿摇摇头：“这可不成，大老爷的个性我们都是知道的……现在你在老太太屋里做事，他尚且不敢怎样，但老太太一走，你还不是会落到他的手？”

鸳鸯杏眼圆睁道：“老太太在这儿一天，我一天不离开，万一老太太归西去了，他也还有三年孝，哪有先弄小老婆的道理！到时候，他逼急我了，我就剪了头发当尼姑！”

平儿又说：“可是……你家是世世代代在这里的，难道不怕他跟你哥哥嫂嫂过不去？”

“那又怎么样，牛虽然牵到了水边，也不能强要牛喝水！我不愿意，他能杀了我爹我娘我哥不成！”

三人还七嘴八舌地设想，转眼鸳鸯的嫂子已走到跟前。袭人说：“瞧，他们一定又打发你嫂子来说了。”鸳鸯冷笑：“这个娼妇，专门爱管闲事，听了这话，她哪会不急着来找我？”

果然，她嫂子一来，口口声声说：“天大的喜事！”鸳鸯一口痰便吐到她嫂子脸上！手叉着腰骂道：“你快夹着你这张狗嘴离开这里！你以为当丫头的做了小老婆，一家子就可以仗着横行霸道，就想把我往火坑送！”

一面骂，一面哭，平儿、袭人都在一旁劝，她嫂子也不是省油的灯，哼了一声道：“你骂我，我可不敢回嘴，但这两位姑娘并没有惹你，你东骂一句小老婆、西骂一句小老婆，她们脸上怎么过得去？”

这话又扯到了平儿和袭人的妾身未明。平儿道：“你别拿我们扯在一块儿，可没有人封我们当小老婆！”

鸳鸯嫂子自觉没趣，嘟着嘴走了。谁知假山后还藏着一个人，把这些话全收在耳里，心里愤愤为鸳鸯打抱不平——那人就是宝玉。但当事人是他亲伯伯，他有万般意见也说不得！

邢夫人一时没法子，又找自己的儿子、媳妇帮忙，当晚叫进贾琏，要他将鸳鸯父亲从外地叫进来说话。贾琏老早与凤姐套了招，回道："她父亲金彩已是个病得半死不活的人，我们府里连棺材银子都赏了……她娘又是个聋子，一问三不知！找他们说做什么？"

贾赦闻言大骂儿子："混账！"叫贾琏在外书房等着，又要传鸳鸯的哥哥金文翔进来。过了几天，金文翔便将贾赦的话说给鸳鸯听，鸳鸯却已笃定不要这个"姨娘"的衔，不怕威胁利诱。贾赦再一次被回绝，已恼羞成怒，拍案大骂金文翔："俗话说嫦娥爱少年，她必定嫌我老，看上贾琏、宝玉这班年轻公子！若她有此心，叫她早早打消念头，我要她，她不来，将来谁敢要她！将来……就是老太太疼她，将她许给外头人，她也要仔细想想看，她嫁到哪一家，能离得了我的手掌心！"说完便要金文翔回去传话，否则小心他的脑袋！

鸳鸯气得无话可说，只答道："即便我愿意去，你们也得让我去禀告老太太！"

她哥哥、嫂嫂信以为真，偕同鸳鸯到贾母房间去。可巧王夫人、薛姨妈、李纨、凤姐、宝钗等都在那里。鸳鸯拉了她嫂子在贾母面前跪下，一面哭，一面把事情源流始末说了分明，又嚷着说："不管他会不会报仇，我是已经铁了心！就是老太太逼着我嫁，我拿刀子抹死了也不从命！"说完，拿出袖内早已备好的剪子，抓起一绺头发就剪："如果有人逼我，我现在就当尼姑去！"

众婆子赶紧过来抢她的剪刀。刚刚才知情的贾母，听得浑身打战，说："气死我了，我身边只剩一个可靠的人，他们还要来算计！"邢夫人不在，贾母便骂王夫人："你们原来都在哄我！外头装着孝顺，暗地里成日盘算！有好东西也要，有好人也要，眼见我待鸳鸯好，你们就要弄开她，这样就好摆弄我！"

王夫人忙站了起来，低头静静站在一旁，虽然此事与她八竿子打不着，她却不敢还嘴。一时人人静默无声，在外头的探春只好赔笑道："这事和太太有何相干！老太太想一想，大伯子的事怎会告诉小婶子？"

话未说完，贾母已知失言，对薛姨妈笑道："我是老糊涂了！你这个姐姐是极孝顺的，不像我们那大老爷太太，只知道怕丈夫，在婆婆跟前虚应！我不该委屈了她。"又对宝玉说，"宝玉，我错怪你娘，你怎也不快提醒我？"

宝玉笑道："难不成叫我偏着母亲，出声骂伯伯、婶婶不成？"

贾母道："你这样说也有道理，快去给你娘跪下，说：太太别委屈，老太太上了年纪，难免糊涂了。"宝玉赶紧朝自己母亲跪下，王夫人笑着拉宝玉起来，一会儿误会散尽。

贾母又怪凤姐，没挡住自己的嘴，害王夫人受委屈。凤姐笑道："我没编派老太太不是，老太太反而编派起我来？”

“我倒要听听，我有什么不是——”贾母笑道。

凤姐巧语婉转：“谁教老太太会调理人，把个鸳鸯调理得像个水葱儿般的人儿，谁见谁不爱？”

贾母笑道：“这果真是我的不是了。”

偏偏邢夫人在此时走了进来，被贾母当面剋了一顿：“你怎么替他说起媒来？这‘三从四德’也做得太过了！难不成他逼你杀人，你也杀人去，我身边好不容易有个人儿，让你们这些媳妇、孙媳妇省得为我操心，你们偏想弄走她！你且跟你们老爷说去，他要什么人，只管万儿八千地买人去，别打我这边的主意！”

邢夫人被这一骂，羞得无地自容，贾赦听说老母亲大大光火，也不敢重提旧事，连每日晨昏问候母亲的规矩，也推说自己生病，不敢再去。

贾琏也因此被贾母翻旧账，将他和那鲍二媳妇的风流旧账骂了一遍，怪自己母亲邢夫人道：“他自己闹出这种事，叫我们替他受罪！”邢夫人却骂儿子说：“你这没孝心的孽种！人家还会替老子死，被说了几句，就怨天怨地了？”

贾琏只好遣人到处为父亲搜购新的小妾，过了几个月，总算花了五百两银子弄了一个贾赦看得上眼的女孩，叫作嫣红。

“人已上了年纪，还左一个右一个，放在屋里？既耽误了人家的女孩儿，也妨碍了自己身子；不好好做官，成天和小老婆厮缠，像什么话！”

贾母常常在房里对着凤姐骂贾赦，但除了摇头叹息，也别无他法。虽是自己亲生儿子，出了肚皮后就隔千重山，除了嘀咕，也没法子要他如何。只隐隐感觉到，有朝一日，自己管不着的时候，这园子不知要给他们闹成什么样子！

她不想再往下想，因为到那时，她已经有权不知道了。

第二十六回

儿子虽然是自己的好，然则，贾母管不了贾赦，贾政约束不了宝玉，薛姨妈对薛蟠也无可奈何。

所幸薛蟠的父亲留下万贯家财，几年内，还不至于败光。薛蟠一般在外招惹的小是非，几个钱就可以打发，就算是杀人放火，也可花钱消灾。

薛姨妈带着薛蟠和薛宝钗住进大观园，原本希望在长辈约束下，薛蟠能痛改前非，无奈套句鸳鸯的话，牛牵到水边，还是不能强逼它喝水，薛蟠仍是薛蟠，贾府不过成了他醉生梦死的温床，一群小厮前呼后拥、逢迎巴结，使他更多了几分霸气。

昔日因抢个女孩儿打死了人，承贾府势力，用钱消弭了官司。那个名叫甄英莲的女孩已成他身边的妾，更名为香菱，收为妾后，他也与她恩爱了几日，没多久又喜新厌旧，兴冲冲地在外头打野食。除了金陵城的艳妓外，他也四处觅娈童，不管是男是女，只要娇艳一点，他都非沾一沾不可。他家财万贯，不屈于他的势力的，也都不免看上他的钱，薛蟠无往不利，只要喜欢上的人，没有弄不上手的。

唯有这一次，碰了一个大钉子。

一伙人随贾母到过去老仆人赖大家里听戏。薛蟠又看上柳湘莲。

柳湘莲昔日与宝玉、薛蟠和已故的秦钟都有一面之缘，他本是金陵世家子弟，读书不成便学剑，个性豪爽，以游侠自居，喜欢耍枪弄剑、赌博喝酒，也爱吹笛弹筝，眠花卧柳，平日更喜串戏。因为他年纪轻，生得又比一般女孩俊美，所以串的都是风月戏的小旦，常被误以为是俳优或娈童。这一日，应贾珍等的要求，也兴致盎然地上台客串。戏未演完，薛蟠已不饮自醉。

柳湘莲看见薛蟠轻佻的眼神，心中老大不舒服，和宝玉讨论完为秦钟扫墓的事，匆匆告辞。刚到大门前，薛蟠却已在那里大叫大嚷：

“谁放小柳儿走了？”

虽然柳湘莲眉清目秀，肤如凝脂，却是个铁铮铮的汉子，听了薛蟠这一番话，恨不得一拳将他打死！但看四周还有人在，一股气硬生生地吞下来。薛蟠忽然看到他的身影，却如获珍宝，紧抓住他不放，笑道：“我的好兄弟，你到哪儿去了？你一走，我看戏都没兴头！”

柳湘莲想告辞，薛蟠又不放人，说：“有什么要紧的事要办，都交给哥哥就成，你有这个哥哥，日后做官发财都不难……”两只眼睛射出来的，尽是淫神荡色，柳湘莲又恨又恼，心里盘算好了计谋，暗想：此仇非报不可！于是将薛蟠拉到了僻静无人处，学戏子媚眼一抛，装出笑脸来：道：“你是真心跟我好，还是假意跟我好？”

薛蟠已心痒难当，斜着眼瞄他，暧昧笑道：“好兄弟，我要是虚情假意，现在就死在你面前！”

“既然如此，不妨找个地方，咱们喝个酒，彻夜长聊……”

薛蟠喜形于色，本有的几分酒意全冲上脑门，整张脸红得像猴子屁股。即刻要小厮牵了自己的马来，便要跟着柳湘莲去。

“你可跟紧一点。”柳湘莲回头抛了媚眼，轻声叮咛，薛蟠看得神颠魂倒，马儿也骑得拨浪鼓一般，左摇右晃，就是怕把眼前的美味跟丢。

行到人烟稀少处，柳湘莲便下了马，把马拴在树上，也要薛蟠下来，笑道：“我们在这里先起个誓，日后不得变心，也不得将我们之间的事情告诉人！”

薛蟠哪有不依？赶忙拴了马，在树下泥塘前双膝一跪，说：“我要日久变心，或告诉别人去，就天诛地灭！”一言未了，背后已被重重一击，眼前一阵黑，满眼金星乱窜，身不由己地倒了下来。柳湘莲将他翻过身来，又狠狠掴了几下，不多久已鼻青脸肿。薛蟠挣扎着起身，一阵乱骂。柳湘莲即取了马鞭来，往他身上猛抽，嘴里冷笑道：“我打你，是因为你瞎了眼睛！现在你给我放亮眼睛瞧瞧，看柳大爷是谁！”

薛蟠被打得疼痛难当，酒醒大半，哎哟哎哟地叫，可惜左右连个人影也没有，谁来救他？柳湘莲纵身一踢，薛蟠便跌在泥塘里，狼狈无比。

“现在，你可认得我了！”

薛蟠自知打不过柳湘莲，只好讨饶，说：“我错了……我现在知道……你是个……正正经经的人……哎呀，我的肋条折了，快别打啦……”

“好老爷，饶了我这没眼睛的瞎子吧……”眼见柳湘莲不肯停手，各色讨饶的话都从薛蟠嘴里出笼。柳湘莲却还要他喝两口泥水！

“……这水实在脏，怎么喝得下去？”

一迟疑，柳湘莲又赏他一阵毒打，薛蟠勉强低头喝了一口，哇的一声，把方才吃的酒肉全吐了出来。柳湘莲哼了一声，策马而去，待贾蓉、贾府的小厮们发现薛蟠时，他已衣衫褴褛、面目伤肿，活像头烂泥中打滚的猪。

贾蓉素知薛蟠品行，已猜得八九分，对薛蟠笑道：“薛大叔天天调情，今儿竟然调到水塘里——想必是龙王爷也爱上你的风流，要招你当驸马去！”

薛蟠哪敢回嘴，只口口声声央求贾蓉，别把这丢尽颜面的事告诉别人。但贾蓉哪肯放过这好戏？赶紧将此事告诉父亲，贾珍听说薛蟠挨打的事，笑道：“这种亏，他可多吃点才好！”

香菱为薛蟠哭肿了眼睛，薛姨妈看了薛蟠的伤势也心疼不已，想央求王夫人，请人抓柳湘莲，却被宝钗劝住了，说：“这又不是什么了不起的大事！酒后起冲突的事，日日都有，妈妈如此兴师动众，人家岂不说我们仗着亲戚的势力欺人！何况，哥哥平日无法无天，大家都知道。你又劝不了他……让别人教训一下又如何？”

薛姨妈想想有理，也就打定了主意让此事就此打住，严令薛蟠手下小厮不许寻仇，要小厮们告诉薛蟠，柳湘莲已畏罪潜逃，不许他追究。

过了些时日，薛蟠的伤口虽然好了，却怕人家笑他，有意找个地方遮羞避风头，顺便游山玩水去，便告诉薛姨妈要出去学买卖，薛姨妈见他“立志向学”，当然欢喜，但又恐他旧习不改，出去当散财童子不打紧，又四处惹是生非，于是和宝钗商量大计。宝钗说：“他若真的改了，是他一生的福；若不改，也没别的法子。让他跟着父亲老伙计出去走走，花几个钱学乖也好。”

薛蟠这一出游，就要一年半载。宝钗怕香菱没伴，又知她素来喜欢到大观园逛，便禀明母亲，要香菱住进蘅芜院去。香菱满心欢喜，直叹宝钗是知音。

宝钗笑道：“我知道你心里羡慕着这园子，不是一天两天的事了，每天找机会来看我，慌慌张张的，多没趣儿，不如陪我做伴。”

香菱艳羡的可不是大观园中的奇山异石、花草树木，她笑求宝钗：“好姑娘，趁着这工夫，你教我作诗吧。”

宝钗笑她“得陇望蜀”太贪心，要她缓一缓，先问候了众人再说，又说女孩子家做针线是正经，诗赋只是闺阁游戏，不值得认真，没想到第二天，香菱却到潇湘馆求黛玉，黛玉答应教她作诗。

时节一入秋，黛玉的身子又咳咳喘喘。前些日子卧病在床，幸有宝钗天天派人为她送燕窝，使她对宝钗尽弃前嫌，感佩她的敦厚，正愁无以回报，见香菱来求，当下爽快答应。香菱越发得意了，对黛玉笑道：

“这么说来，你就是我的老师了，你可不许厌烦。”

黛玉说：“学诗有什么难？不过是起承转合而已。”于是要香菱先学律诗，中间两副对子，注意“承转”要诀——平声的对仄声，虚的对实的，又举杜甫诗为例：“有佳句奇句，连平仄虚实都不对也没关系。”

香菱本已读过几本诗集，立即领会黛玉的意思：就律诗而言，规矩并不重要，词意新奇才是佳构。黛玉又要她拿王维、杜甫、李白的诗集去揣摩，香菱得此机会，没日没夜地看，宝钗屡屡讥她为诗痴，她也听而不闻。

过几日，香菱来还诗集，正与黛玉讨论杜诗“日落江湖白，潮来天地青”，还有“渡头余落日，墟里上孤烟”的绝妙之处，偏偏宝玉和探春也来访黛玉，便做了听众，听香菱讲诗。探春见她聪明灵巧，于诗已有所得，便要邀香菱入“海棠诗社”，香菱虽然喜不自胜，又愁自己没作过诗，八字还没一撇，怎能贻笑大方？黛玉便以月圆为题，替她订了韵脚，要她下回来时交卷。

真作起诗来，香菱除了日夜颠倒外，更是茶饭不思。宝钗看她这般沉溺，笑她：“何苦自寻烦恼？”又打趣道：“都是林妹妹勾引你，我且和她算账去！你本来就呆头呆脑的，再作起诗来，越发呆了！”

香菱却不管她说什么，腼腼腆腆地拿了诗给宝钗看。宝钗看了，笑道：“你别害臊，只管拿去给你老师看，看她怎么说？”

第一首月圆诗，被黛玉评为：意思到了，但措辞不够雅。香菱失魂落魄地回了住处，却连房门也不入，只在树下用簪子划地，苦思佳句。宝钗看了，忍不住笑道：“这人必是疯了。”宝玉、李纨、探春听见香菱如此，远远站在另一边山坡上，看她一会儿皱眉，一会儿浅笑，口中念念有词，都觉得十分有趣。香菱却浑然不觉，一径挖心搜胆，非要别出心裁不可。

第二天，拿了自以为绝妙好辞的诗给黛玉看，黛玉又评为“失之穿凿”，太做作了。她虽扫兴，却没扫了诗兴。这一夜两眼圆睁，到了五更还没睡，天亮时，宝钗初醒，又听她满口梦话，笑道：“有了有了，这一首一定好！”宝钗忍不住叫醒她，用手指掐她的腮，道：“你有了什么了？我看你若学诗不成，一定会弄成病来！”

香菱猛然惊觉，赶紧把梦中作成的诗句誊在纸上。一早，诸姐妹们正在沁芳亭说笑，宝钗才刚告诉她们香菱学诗着了魔一事，香菱便慌慌张张地拿诗来了，送到黛玉跟前，笑道：“你看看，这一首如差强人意，我就学下去，如果还是过不了关，我就死了这颗心！”

这第三首月圆诗写道：

精华欲掩料应难，影自娟娟魄自寒。
一片砧敲千里白，半轮鸡唱五更残。
绿蓑江上秋闻笛，红袖楼头夜倚栏。
博得嫦娥应借问，缘何不使永团圆。

黛玉还未下评，宝玉已经叹道：“天下无难事，只怕有心人，这会子，我们社里可缺你不可了！”

薛蟠在外云游四海这一年，反而是自小被拐卖、命运流离的香菱一生中最欢喜的一年。住在大观园里，风花雪月、小山流水全入了她的诗，她不停地写啊写，写到后来，诗如流泉，自心中涓涓涌出，是诗写她，不是她写诗。

即使在往后更艰厄困顿的日子里，使她心平静气活下来的，也是诗。因为离不开诗，所以她从未对红尘绝望。

黛玉为她开了门，让她进入另一个世界，一个无人能统辖干涉的世界，那扇门，任哪一只坚实有力的手都关不了它……对她来说，那可是一个愁云惨雾遮不了的晴空。

第二十七回

这个冬季，应该是宝玉一生中最美丽的季节了。北风一到，繁华的城市一片皑皑白雪，处处像琉璃世界。雪未消融，枝头已忍不住绽放朵朵红梅。

好风好月还要有懂的人来欣赏，更添滋味。宝玉素来是个喜聚不喜散的人，有他欢喜的人来相聚，日日笑得合不拢嘴，即使是喜散不喜聚的黛玉，在这冰雪天地中也忽然懂得开怀了，心里、脸上一团暖气。

有四个冰雪般剔透的人儿，在冬初又暂时住进了大观园，使得园里风情万千，诗社的聚会也热闹起来。这四个女孩，包括邢夫人哥哥的女儿邢岫烟，李纨舅舅的女儿李纹、李绮，其中最令人目不转睛的美女，则是薛宝钗的堂妹薛宝琴。薛宝琴因许配给梅翰林之子，由哥哥薛蝌带到京城来待嫁。贾母王夫人见了这几个玲珑剔透的女孩儿，欢喜非常，留她们住进大观园里。宝玉才看了这几个女孩儿眼，兴奋不已赶回怡红院，对众丫头说道：

“你们还不赶快去看看！人家宝姐姐已经是绝色佳人，她那妹子的美还更胜她几分！还有大嫂子的两个表妹，哎呀，真是灵秀精华，都到我们家来了……”

向来挑剔的晴雯先赶过去看，回来也盛赞薛宝琴长得好，那雍容气度、粉黛蛾眉，是从未见过的人品。探春见了这几个远亲姐妹，心里早就筹划着，海棠诗社该添些新人了。王夫人特别喜欢宝琴，认了薛宝琴当干女儿，宝琴暂时就住在贾母房里。不止两位长辈对她疼爱异常，连多心的黛玉也左一声“妹妹”右一声“妹妹”，亲亲热热地唤着这位可人儿。

不久，贾母又将史湘云接来，住在宝钗房里，极爱说话的史湘云遇上虚心求教的香菱，两人没日没夜地叽叽喳喳，被宝钗取笑："你们实在聒噪得令我受不了！两个女孩儿家，不做针线女红，成日只拿诗当正经事，痴痴颠颠的，这哪里是女儿家的本分！"两人却我行我素，谈个没完。

这一日又下起了大雪，李纨发下了帖子，召开冬季的第一次诗社集会。一行人穿了防雪的斗篷，往稻香村来。众人都披着大红色的篷子，唯独宝钗穿莲青色的鹤氅，史湘云穿了貂鼠皮的大褂，里头又是男装打扮，使她高挑的身子更显得蜂腰猿背、鹤势螂形。黛玉笑她："你当男人，倒比当女孩儿更俊些！"

李纨宣布，题和韵她已经都拟好了，和众人约好，隔天大家在芦雪亭见面。第二天，雪又下得比平日大，白银满地，衬得红梅如胭脂一般颜色。众人到齐，李纨出好题后，却没看见湘云和宝玉两人。黛玉笑道："他们两人不凑在一起便罢，在一块儿不知会生出多少事来！这会子一定在算计老太太那里的新鲜鹿肉！"

正说着，李纨的婶婶赶过来看热闹，对李纨说："那边有一个戴玉的哥儿和挂金麒麟的姐儿，长得那么斯文清秀，却嚷着要吃生肉——难道你们府上……少了他们吃的？"宝钗闻言，笑道："林妹妹说对了，快将他们抓拿过来！"

李纨命人找来了他们两个。两人却不肯先作诗，反而叫婆子们在芦雪亭起灶烧鹿肉，湘云又要了酒吃，非得吃完喝足才肯作诗。香味扑鼻四溢，众人没办法，只得加入吃烧肉的行列。不久，平儿和凤姐也来凑热闹，大伙儿忘了诗，吃成一团。

黛玉胃不好，怕吃了鹿肉不消化，纵然难以抵抗扑鼻香味，只有站在一旁看众人大快朵颐，还嘲笑道："哪里来了一大群叫花子？罢了，罢了，今日芦雪亭遭劫，活生生被云丫头作践！我且先为芦雪亭哭一场！"

湘云回嘴："俗话说，真名士，自风流！假清高最可厌！我们虽然大嚼腥膻，待会儿作诗，一样锦心绣口！"

宝钗接口道："待会儿你们要作不好诗，可得把肉全吐出来！"众人洗完手，开始作即景诗，由凑热闹的凤姐起个"一夜北风紧"，以下每人接两句诗咏雪。接到后头，打退堂鼓的人越来越多，只剩湘云、黛玉、宝琴、宝钗还在联句。

湘云说："石楼闲睡鹤。"黛玉笑道："锦罽暖亲猫。"宝琴接："月窟翻银浪。"湘云连："霞城隐赤标。"黛玉赶紧说："沁梅香可嚼。"宝钗对："淋竹醉堪调。"宝琴忙说："或湿鸳鸯带。"湘云又对："时凝翡翠翘。"黛玉笑云："无风仍脉脉。"宝琴忙接："不雨亦潇潇。"

四人接联句，如急行军一般，其他的人只能在旁边笑看。接得才尽词穷后，才由李纹、李绮一人一句将咏雪诗收了尾。李纨笑道："逐句评来，宝玉说得最少，算他落第！"宝玉在一旁看一群巧笑倩兮的女孩儿抢作诗，欢言笑语，早就看呆了，哪还有诗兴？笑说："我才思鲁钝，本来就不会接句子，你们多担待！"

李纨说："输的就该罚，今天非罚你不可！这样吧，我刚打从栊翠庵来，看那院里的红梅开得热闹，但平日我没跟妙玉打交道，所以没向她要——我就罚你去取一枝来！"

众人拍手叫好，说："这罚得有趣！"宝玉也乐意为之，喝了一大口酒，便往栊翠庵去了。

李纨素来无可无不可，独独不喜欢妙玉，是有原因的。妙玉原是江南某世家的女儿，因父母双亡，自小又体弱多病，所以一直在尼姑庵中带发修行。为了元春省亲，贾府整修大观园，修筑栊翠庵养尼姑，便把妙玉接了过来。妙玉虽在尼姑庵中长大，但用物、饮食比官宦家小姐更挑剔，平日更是气高性傲，不与众人往来。前些日子，刘姥姥逛大观园，由贾母带到栊翠庵，她背地里嫌刘姥姥喝过的杯子脏，讥笑宝玉喝茶如牛饮，又笑黛玉是个大俗人，连茶水是雨水或雪水都分不出来。宝玉和黛玉知她天性怪僻，都忍着她。宝玉怕她丢了刘姥姥用过的杯子，未免太可惜，要她把杯子赏给刘姥姥，妙玉想了想虽同意了，却说："幸而那个杯子我没用过，若是我用过的东西，就是砸碎了，也不能给她。"宝玉、黛玉只有面面相觑。

妙玉虽然难相处，但凡是美丽的女孩儿，宝玉都乐意问候。不久，果然得意扬扬地拿了一枝红梅进来，笑道："为了这枝梅花，可费我不少精神……"

有了红梅，众人又与邢岫烟、李纹、李纨作起咏梅诗。宝琴年纪虽小，才思敏捷偏胜众人。黛玉、湘云斟了酒来贺她。不久，鸳鸯、琥珀也扶着贾母来了。贾母嫌芦雪亭潮湿，要大伙儿跟着到惜春的暖香坞取暖，顺便看每日画大观园图，没出来和大家咏雪的惜春。

暖香坞果然暖气拂脸，大家赏完惜春的画，都称赞她画得比仇英还好，为讨老太太喜欢，众人又在暖香坞打起了灯谜。在父亲未过世前，宝琴曾跟着父母走遍四山五岳，见多识广，因而作了十首怀古诗，每一首都是一个谜，打一个对象，要大家猜，黛玉等人都没到过这些地方，一边猜，一边啧啧称奇。

听说宝琴去年已许给梅翰林之子，凤姐拉着宝琴的手笑道："真不巧，我正要给小妹妹说媒呢，没想到已经许给人家了！"贾母偏巧也有这个心——这女孩儿内外兼修，心想，她若能许给宝玉有多好！但念头不过是个念头！艳冠群芳的宝琴，已有了好人家。

唯有宝玉房里的晴雯这一季过得甚不顺利。袭人母亲病重，她哥哥接她回去省亲。宝玉房里的贴身丫头，便由晴雯和麝月担待。夜里，服侍惊醒的宝玉喝水，忽见外头月色如水，她一时兴起，也没披衣，只穿着小袄就到外头散步。忽而一阵微风，侵肌透骨，使她毛骨悚然。宝玉在后头喊："回来，别冻着！"晴雯却说："我哪有那么娇贵？"

隔天早上，却已经得了风寒，没法动弹。宝玉为她心疼，便叫婆子们请王太医来。王太医为晴雯下了几个药方，宝玉嫌下得太重，怕伤了晴雯的身，自己把药方稍稍减了量，才敢给晴雯服用，他还因晴雯发烧头疼、鼻音很重，弄了盒洋鼻烟来，要晴雯打几个喷嚏就没事了。不料晴雯吃了几天药，病却没有退，自己急得在那儿乱骂大夫："只会骗人的钱！没一剂好药给人吃！"麝月笑道："谁教你生得跟那个林姑娘一样，都是病西施！别人吃一两帖就好，你恐怕得多吃十倍，俗话说：病来如山倒，病去如抽丝，你急有什么用？"

晴雯的脾气偏像烧红的炭一样，碰到一点小水滴就要滋滋作响，在病中，这炭烧得更猛了。那日在芦雪亭，平儿高高兴兴和大家烧鹿肉时，丢了一只镯子，后来，给一个嬷嬷找到了，说是在怡红院的小丫头坠儿那里看见的，交还给平儿。平儿个性宽宏，见失而复得，就不再追究，只将此事悄悄告诉宝玉与麝月，要他们此后小心，原没想绝坠儿的路。宝玉想不到坠儿看来如此伶俐，却做出如此的丑事来，一时忍不住，便把话说给晴雯听，晴雯气得蛾眉倒竖，就要叫坠儿过来骂，被宝玉阻止了，说："你这么做，可辜负了平儿的好意！"

但晴雯到底忍不住这口气，趁宝玉去问候黛玉、袭人回家探病的当儿，自作主张将坠儿撵了，命令她妈妈带回家去。坠儿的母亲本在贾府做杂役，对怡红院内事情多少明白几分，知是晴雯做的主，本还对晴雯打笑脸："姑娘们今儿怎么这么大的脾气？坠儿不好，你们只管教她，怎么就要撵她走了？多少也给我们留点面子！"

晴雯说："如果你有什么不满意，等宝玉回来，你可以问他去！"

坠儿的母亲听了，冷笑道："姑娘说笑了，我哪有胆子问他？他哪一件事不是听姑娘的调停？他纵然不想，姑娘们想，他也会依姑娘们的脸色！"

结果，坠儿虽给带走，但晴雯为了跟她母亲理论，不觉胸中气闷，更添病情，这一天好不容易睡着了，宝玉又进来，一进门，累累叹气。原来宝玉一个不小心，把贾母赐给他的孔雀裘烧了一个拇指大的窟窿，正不知如何是好。料想贾母虽然不会骂他，但他心里着实不安，叫婆子拿出去找外头的裁缝；别人见孔雀裘异常珍贵，织工又细密无比，都不敢揽这个生意。宝玉却说："明天老太太还叫我穿这件裘子去见他，偏偏我穿了一天就烧了，真是扫兴！"

晴雯是个沉不住气的人，一听宝玉这么说，怎么还睡得着？当仁不让，拿了他的裘来看，说："这是孔雀金线织的！"心里想，这怡红院内，再也没有个女红巧过自己的人，便自告奋勇："……我……唉，就拿我的命帮你补吧。"

宝玉怕她为此折腾，加重了病情，不肯让她做，晴雯却比他固执，非做不可，坐起身来，挽起了头发，就开始拈线。虽然头重身轻，满眼金星乱迸，却逞强了一夜，细细密密地把孔雀裘补了。天亮时补好了，自己端详了一下，不细看，看不出破绽来，叹口气道：“就是补得不像，我也没办法了……”

话未说完，筋疲力尽，哎哟一声，整个人倒下去。宝玉再请王太医来诊脉，又说她的气血更加虚微，已非同小可，开了些益神养血的药剂给她。宝玉成天忧心忡忡，说：“这怎么好呢，如果有个好歹，都是我的罪孽！”

晴雯病了一个冬天，亏得宝玉日日叫人给她弄汤弄药，又嘘寒问暖，才渐有起色。宝玉殷勤呵护，心高气傲的晴雯，在病中也享尽了小姐福。

病中无事，她总瞧着宝玉给她用的西洋鼻烟盒发愣，盒上绘着一个长肉翅的、黄头发的女人，雪白的臂膀露在外头，身上只罩着白纱肚兜儿。

“这长了肉翅的女人，可会飞上天去？”她没事即胡思乱想，一合目为那女子编了一箩筐绮梦。睡梦中，她有时也会看见，自己的身上也长了一对肉翅儿，身子轻巧巧的，就要飞上天去。俯身一看，宝玉、袭人他们都在下头，像芝麻粒儿，有时她的整个人也在芝麻粒中，她想唤自己却不知该唤什么？晴雯，晴雯……她壮着胆子叫了几声……可惜地上那个晴雯，偏又不认得缥缈云间的这个自己……

第二十八回

宁荣二府中，算精明利落，谁比得上凤姐？贾母若没凤姐，食不知味。

“你们给我说说看，”贾母偶尔便向众晚辈夸起凤姐来，“论人情世故，有谁能想得比凤丫头周到？”

“……只可惜……常言说，一个女人家，聪明灵巧太过，总会折寿。”

“老祖宗这话就没道理了。我的一点小聪明，哪比得上老祖宗的大聪明？偏偏眼前的老祖宗就是个福禄双全的人儿。”凤姐粉脸含笑，不消思量，漂亮的话儿就从一张小嘴里顺口溜出来，每每逗得老人家开心不已。

邢夫人愚弱，王夫人早不管事，多年来，已将荣府大小事委由“亲上加亲”的侄女儿总理。凤姐里里外外，无不妥当，庞大的家计加上贺吊迎送，所费的银粮，算来不亚于一个县的开支，而凤姐都能打理妥当，从不让贾母、王夫人担心。在公家事井井有条之余，凤姐的假公济私也做得天衣无缝——多余的银子，她都叫可靠的人借出去滚高利贷，每年从这一项就平白得了几千几万两银子；此外，人人知她厉害，又惧于贾府的威名，惹上官司的麻烦事，也都闻风托凤姐来摆平，这一项，凤姐获利更是丰厚。有许多事连她的丈夫贾琏都瞒在鼓里，唯有平儿了然于心。

这年，办完了烦琐的年事，传出凤姐小产的消息。小产后，凤姐出血未曾停过，一天比一天面容枯瘦。凤姐生性逞强，一时还能打点园里的大小事情，但日子一久，便支撑不住。王夫人怕她失于调养，要探春和李纨代她总理诸事一月，又吩咐宝钗四处小心留意。

管家本来不关未嫁姑娘的事。但因李纨素来尚德不尚才，一颗菩萨心，应付不了下人们的刁钻古怪，王夫人只得请探春也出一分力。凤姐待下人一向严苛，管家及下人们见凤姐生病，无不暗暗额手称庆，以为李纨仁厚，可以落得清闲，而探春也不过是个未出阁的小姐，素来平和恬淡，懈怠些亦无妨。但几日下来，已有人窃窃私语：

“刚刚倒了一个‘巡海夜叉’，又添了三个‘镇山太岁’，连偷闲的时间都没有了。”

探春虽然不多话，看来性情也柔顺，但处事的谨慎精细，不下于凤姐；宝钗司监察，又克尽厥职，每在夜间坐轿带下人巡查四处，下人也偷懒不得。

这个月内，头一桩事就考验探春的智慧，便是探春母亲赵姨娘的弟弟——也就是探春的舅舅、从前王夫人的仆役，因病而亡，由管家吴妈来报，呈请李纨、探春处理。吴妈存心试试李纨和探春的办事手腕，只简略说了事由，没像昔日讨好凤姐那般，把旧例如何赏银一一说得巨细靡遗，存心要看看她俩如何处理。

李纨想了想，说：“前几天袭人的母亲死了，听说赏了四十两，这回也赏四十两吧。”照王夫人吩咐，管事的人已将袭人算入姨娘月例，李纨想，以此类推并不会错。吴妈应了声是，持了令就要走，却被探春叫了回来：“以前老太太房里也有几个老姨太太，她们家里死了人，从前到底赏了多少？”吴妈说：“不记得了……反正也有多，也有少，姑娘说的便算数，谁敢嫌少争多？”

探春笑道：“你说这话不是胡闹吗？您老办事办了这么多年，这个也不记得？还是故意来难倒我们？如果赏错了，教我们如何向二奶奶交代？”

待吴妈取来旧账一看，姨娘的兄弟死了，合理该只赏二十两，探春便把条子改了。这一改，不久她母亲赵姨娘就踱了进来，见了探春，眼睛就红了：“这个屋子里的人，人人都踹在我头上，姑娘，你也该为我出出气！”说着，一把眼泪一把鼻涕，哭了起来。探春忙问，谁欺负你了？赵姨娘说：“就是姑娘你踹我！我这会儿连袭人都不如，还有什么脸活下去！你有没有想过我是你娘，你如果让我没脸见人，连你自己都没脸！”

探春平心静气地解释为何只赏二十两，又翻旧账本给赵姨娘看。赵姨娘越纠缠不休，探春越坚持改不得。看母亲不肯善罢甘休，探春说了自己母亲几句：“姨娘总爱惹是生非，实在令人寒心；太太现在还蛮心疼我，看重我叫我管理家务，我岂可一接管就没了规矩？姨娘来为难我，教我难看，我才真没脸见人！”

“你是我怀胎十月生下来的，难道太太疼你，你就把我给忘了？”赵姨娘被说得没话可答，偏还不甘心，牵牵扯扯。探春忍不住气，抽抽噎噎哭了。赵姨娘还要占上风，说：“你舅舅死了，你多给个二三十两，难道太太会不依你？都是你自己太尖酸刻薄！你还没出嫁，就想跳上枝头了？”

探春听了更是气恼，嚷道：“你不用每两三个月就找个理由来，把家里大闹一阵，怕人家不知道我是你养的！还好我没你这么糊涂！”

赵姨娘还在唠叨，平儿笑盈盈地走了过来。李纨问平儿，来做什么？平儿笑道：“我们奶奶听说赵姨奶奶的兄弟没了，唯恐奶奶和姑娘不知旧例赏二十两，所以叫我来送个信儿，不过，奶奶说，姑娘要多添些也成！”

探春说：“添什么？你主子想得可真巧，叫我坏了例，让她做好人！”于是对平儿冷笑道，“你可来迟了一步！方才，连吴妈那个办了几十年事的老人家，也说她忘了旧规矩，一问三不知，来耍我们——她可敢对你们二奶奶这样？”

平儿笑道：“她要敢这样，恐怕腿早就被打断了。姑娘可别对她们太好。她们以为大奶奶是菩萨心肠，姑娘素来又腼腆寡言，所以才敢这样！”说着，回门外对管家婆子说，“你们再撒野，等我们奶奶回来管事！皮就要紧些！”一个管家答道：“一人犯罪一人当，姑娘干吗牵我们入水？”

探春一肚子气未消，就拿旧账发威，一一审核后，删了几处不必要花的银子——把贾环、宝玉、贾兰的文具费给删了，又把诸姐妹的胭脂钱裁了，花匠整理花圃的工费也省了。平儿在一旁看她做事，暗暗惊服，竟呆站一旁忘了走。探春知道她是来为凤姐做眼线的，对她笑道：“你说完了话就去做你的事，站在这里忙什么？”

平儿知道探春受了她娘的气，此时必不能招惹，还是早走为妙，碰巧宝玉房里的秋纹来问月钱的事，平儿忙悄悄说：“你赶快回去告诉袭人，什么钱都别找今天问，问一百件，包管驳回一百件！姑娘正要找人作法镇压呢，别去碰一鼻子灰！”秋纹知趣，伸伸舌头走了。

平儿回到房里，将刚才的事向凤姐报告。凤姐笑说：“好个三姑娘！只可惜她命薄，没生在太太肚子里！”平儿笑道：“奶奶也糊涂了！她虽然不是太太养的，谁敢小看她？”

凤姐叹道：“这你就不知道了，现在的人打听亲事，还斤斤计较姑娘们是正出还是庶出的！”说完，又叹息道，“我知道，我这几年理家俭省了些，这一家子管事的人没有不恨我的，但他们都不知道，老祖宗留下的产业，收入已不及昔时，现在，三姑娘又定下省俭之计，其实正合时宜，否则，过不了几年，家产就要赔尽！”

平儿说：“可不是？不久，家里的少爷、姑娘都大了，婚嫁之礼，不知道还要耗多少银子！”

凤姐因病躺在床上，想的却全是经济大策，这会儿知道探春比她还会算计，她心安了不少。“我正愁没个臂膀，没想到三姑娘比我想得还厉害！她跟环儿一个肚子里钻出来，却有天壤之别！没有她，你看看这家里的人，该叫谁出来管才好？宝玉本来就不是能管这回事的人。大奶奶是个佛爷，心肠太软，迎春不中用，惜春又小，林姑娘、宝姑娘都聪明，却只是亲戚，不好管咱们家的事！况且，一个是纸糊的美人灯，风一吹就坏，一个是胸中自有主意，‘事不干己不张口，一问摇头三不知’——只剩三姑娘一个人，心里厚道，手段又分明！加上她又比我知书达礼，将来恐怕比我更厉害一层！不过……她若要作法，一定先拿我开刀，今后你凡事要奉承着她，万万不要分辩。”

平儿应道：“我哪里会那么糊涂！”

因而，每回探春有什么新举措，平儿更在一旁唯唯诺诺，说：姑娘圣明想得到，我们奶奶虽然想到了，却没做到，非要姑娘整顿不可。不多久，探春算了下来，一年也可省出四百两银子。多余的工匠都支遣了，小杂务则留给几个没事的老管家婆婆做，又可支领当差费，众人都感激不尽。自此，再也没有人敢小看探春。

第二十九回

黛玉的身子，入春之际更虚弱了，亏得宝钗体恤她寄人篱下，不便开口，日日要自己的丫头煮燕窝来给黛玉吃，加上丫头紫鹃的殷勤照料，黛玉的病情才稳下来。宝玉这个没事忙的人，自然也没忘每天到潇湘馆来问：林妹妹病情如何。

这天午后，宝玉又到了潇湘馆。黛玉正在午睡，宝玉没敢吵她，悄悄地踱往房门，见紫鹃坐在回廊里做针线，便问："妹妹昨天的咳嗽好了没？"紫鹃说，好些了。宝玉一喜，随口念道："阿弥陀佛！总该好了！"

紫鹃素知宝二爷从来不信佛，有意取笑他："真是新鲜，连你都念起佛来了！"

宝玉笑道："这叫病急乱投医！"一面说着，看紫鹃在春寒料峭中穿得单薄，手便往她肩膀捏了捏说："你穿得这么单薄，还坐在风口，不怕生病了？"

不等他话说完，紫鹃拨开他的手，说："别动手动脚！小心人家在背后说你手脚不干净，人都长这么大了，还和小时候一样要野，如何使得？"起身拿了针线，进房里去了，也不理宝玉。宝玉当头被浇下一盆冷水，无言以对，心里难过，便坐在潇湘馆附近的山坡上，望着竹子发呆，不知不觉间，又是一脸泪水。

小丫头雪雁从门外回来，看了宝玉这副光景，悄悄回去问紫鹃："姑娘是不是又给宝二爷气受？"

紫鹃一听，即知缘由，问："宝二爷在哪里？"放下针线，就去寻他，含笑安慰道，"我说几句话是为大家好，你别这样就气哭了。"

"谁气哭了？"宝玉抬起头来，脸上犹有斑斑泪痕，"我知道你讲得有道理。我只是莫名其妙地伤心！"说着便傻笑了起来。

紫鹃于是挨着宝玉坐下，陪他说话，问起昨儿老太太开始叫人一天送来一两燕窝的事来。宝玉说：“是我向老太太提起的。我看宝姐姐在我们家做客，每天让她送燕窝给妹妹来，也着实不好意思，就跟老太太露了些风声……”

紫鹃笑道：“原来是你说的，就多谢你费心了。”

宝玉给她一称赞，得意起来，说：“妹妹要是天天吃，吃上两三年，病一定好了。”

紫鹃眉毛一皱，故意逗他：“在这里天天吃倒容易，明年到别人家去，哪能有闲钱天天吃？”

宝玉听了，大吃一惊，连忙问道：“到谁家里去？”

紫鹃顺口说：“妹妹要回苏州去。”

“胡说！”宝玉笑道，“你在骗我！妹妹已经没了父母，才被老太太接到这里来，还回去找谁？”

紫鹃偏冷冷笑道：“你太小看人了，难道只有你们贾家是大族，林妹妹就没有亲戚不成？长大了，要出嫁时，自然得将妹妹还给林家，我想，最早明年春天，最迟明年秋天，林家必有人来接妹妹。”又怕宝玉不信她的玩笑话，说，“昨儿晚上林妹妹还告诉我，叫我告诉你，把她送给你的东西都清出来还她，她也会把你送她的全还给你！”

宝玉只觉一片黑压压的天全压到他头顶上来，想要再问紫鹃话，却一句也想不出来，大半天不作声。正巧晴雯走来了，推推宝玉说：“老太太找你呢，害我寻了老半天，原来你在这里！”

紫鹃还没发现宝玉有什么不对劲，笑着对晴雯说：“他在这里关心我们姑娘的病症，我告诉他老半天，他都不信，你且拉他走吧。”

紫鹃走回房里，宝玉还犹自愣着。晴雯拉着他的手，他毫无反应，任晴雯像牧童牵牛般拉回怡红院中。袭人一看他一脸紫胀，一副痴呆样，大惊失色，以为他吹了热风昏了头，谁知过了一会儿，宝玉竟两眼发直，嘴角里流出口水来，自己也不知道抹。给他枕头，他就睡；给他茶，他就喝，要他坐着，他就坐得直直的，像个木头人。宝玉的奶妈李嬷嬷在他人中掐了两下，指印都嵌在肉里，他也不觉得疼。李嬷嬷大叫：“不得了了，不中用了！”便捶床捣枕号啕大哭。

袭人信以为真，也哭了起来。晴雯见事有蹊跷，想必方才在潇湘馆发生了什么事，要袭人到潇湘馆问紫鹃：“刚刚你和我们二爷说了什么话？不然他怎么变成这个样子？”黛玉方才醒来，正吃药，不知道发生了什么事，也问袭人，宝玉怎么了？袭人说，李嬷嬷说宝玉不行了。黛玉听得此言，哇的一声，把刚才吃的药全吐了出来，身子里的脾胃肺肝都在翻动，一时喘得说不出话来。紫鹃忙过来捶她背，黛玉气若游丝地说：“你不用捶，你到底跟他说了什么，害他这样？干脆拿绳子来勒死我算了！”

紫鹃说：“我也没说什么，不过跟他说了两句玩笑话！”

袭人也动了怒：“你难道不知道，他那个傻子……每每对玩笑话认真？”两人催紫鹃到怡红院去当解铃人。

紫鹃一进房里，贾母和王夫人都已在那儿，眼睁睁看着宝玉；贾母一见紫鹃，就骂道：“你这小蹄子，和他说了什么？”

紫鹃辩称，只是几句玩笑话。话未说完，宝玉两眼瞪着紫鹃，哎呀一声哭出来。众人见他哭了，放心不少——至少已无大碍。宝玉又向前猛然拉住紫鹃，说：“要去也连我带去！”

这话的意思，只有紫鹃懂得，只得由她向贾母等人解释原因。贾母流泪道：“我还以为有什么大事？原来只是一句玩笑话。”怪紫鹃说，“你这孩子，平日聪明伶俐，又知道他有个呆根子，哄他做什么？”

薛姨妈正安慰贾母，说吃几帖药就好了。此时有人来报：管家林妈、赖妈来看宝二爷。宝玉才听到一个“林”字，又跳起来：“不得了了，林家的人来了，快赶走他们！”贾母忙要人将来者打发走，对宝玉说：“那不是林家的人，林家没有人了，不会来接她，你放心吧。”

宝玉又胡闹：“不管是谁，除了林妹妹，谁都不许姓林！”

“好，好，”爱孙心切的贾母，只一味顺着宝玉，“好，好，以后不许姓林的人进大观园，你们也不许再说林字儿。”宝玉还闹不够，指着柜子上一艘西洋贡礼的船模型，说：“那不是来接林妹妹的船？把它撵走！”袭人忙替他拿了下来，宝玉便揣在怀中，又拉着紫鹃的手，死也不肯放，笑道：“嘿嘿，这样可去不成了吧！”

王太医来看，说他是急痛迷心，开了几帖药。宝玉偏还不放紫鹃走，硬拉着她，不让她为林妹妹收拾东西回苏州。贾母只得令紫鹃守着宝玉，另派琥珀服侍黛玉吃药。黛玉自己身子不好，走不到怡红院来，却也不时遣雪雁问消息。

紫鹃日夜辛苦地守着宝玉几天，好不容易才等宝玉好了些。袭人笑道：“谁教你要闹出这事来？只好由你来治了。不过，我们这位呆爷，吹到一些风儿，就以为要下雨了，以后不知怎么才好！”

宝玉一回复神智，全然忘了自己发疯时是什么德行，听到自己的病中狂态，只管笑。紫鹃说：“那些话，都是我编的——林家是真没人了，不会来接林妹妹的，若是真有远亲来接，老太太也不会放她去。”

“就是老太太放她去，我也不依！”就算清醒了，宝玉还是斤斤计较。

紫鹃笑道："你是真的不依，还是嘴里说说？只怕你长大了，订下亲事，眼里又没有林妹妹了。"

宝玉又惊问："定亲？谁跟谁定亲？"

"前些日子，老太太不是说要为你订宝琴姑娘？"紫鹃随口说。

"哈哈，你这下骗不了我，宝琴已经许给梅翰林家，你别再拿这笑我！"

紫鹃怕他再疯魔一次，摇了摇他，说出了心里话，"你不用太认真，我……是为我们林姑娘着急，才拿这些话来试你！"

"那……你为什么着急呢？"

"我怕，林姑娘日后如果许给了别人，我毕竟要跟她去的……所以，我才编出谎话来试你！"

宝玉马上信口允诺，道："你别白担这个心！我对天发誓，活着，我们一处活；死了，我也跟你们一起化了灰！"

紫鹃听了，心里都笑了。才回去照顾黛玉。谁知她才说几句玩笑话，不只伤了宝玉，又让黛玉哭得彻夜难眠，病因而多添了几分。紫鹃回来，黛玉问明细故，知道宝玉这疯病全为了自己而起，低头不语，并不出言怪紫鹃。紫鹃悄悄笑道："姑娘，宝玉的心是扎扎实实向着你。听说我们要走，命也不要了。"

黛玉没有回答，紫鹃又说："一动不如一静，两个人从小一起长大，互相的脾气、性情彼此都知道了，再好不过。"

黛玉羞红了脸："你白忙了几天，还不想歇一歇？嘀嘀咕咕些什么？"

"我只是一片真心为姑娘。"紫鹃说，"我怕哪一天，老太太去了，姑娘在这里，就要凭人欺负！出去许了别人，公子、王孙虽多，哪一个不是三房五妾……不如嫁一个从小就知心的人！"

黛玉知道紫鹃关心自己，却啐道："你这个丫头可疯了！明日我回老太太去，再不敢要你服侍！"待紫鹃睡了，她心里感激她的好，又念及宝玉的心意，暗里伤怀，哭了一夜才睡。

几家亲戚住在大观园，又凑合出一桩喜事。邢岫烟虽家道贫寒，却生得端雅稳重，薛姨妈有意收她为媳妇儿。自己的儿子薛蟠只有妾没有正妻，但想来实在不配，怕糟蹋了人家的女儿，便说给宝琴的哥哥——一表人才、家里根基又富的薛蝌。两人彼此欢喜愿意，双方家长也肯，就在贾母撮合下，应允了这门亲事。

这天薛姨妈同宝钗来探黛玉的病，黛玉笑问："天下的事真让人想不到，姨妈和大舅母，又做成一门亲家了？"

薛姨妈道：“哪里能先想得到？原是神仙预定好的，古人说，千里姻缘一线牵，你听说过没有？这管姻缘的月下老人，老早暗暗地拿根红线儿把这两个人的脚绊住了，哪怕两个人隔着山、隔着海，只要有缘，谁也挡不了的。”她看了看宝钗和黛玉，性情虽天南地北，却是好一双世间少有的女孩儿，便笑道：“就是不知道你们两个的红线是在眼前，还是在山南海北的哪一处！”

端雅的宝钗唯有伏在母亲怀里才会撒娇，笑说：“妈妈说话，动不动就拉上我们做什么？”

薛姨妈用手轻轻摩弄宝钗的鬓发，笑呵呵的天伦画面看在黛玉眼里，既是伤感，又是羡慕，她撇撇嘴道：“瞧瞧！宝姐姐，这么大的人了，见了姨妈就撒娇，离了姨妈，又变成最老道的人！”

薛姨妈一手摸着宝钗丝缎般的发，一边轻叹道：“这就是你这姐姐的好处了。我有了你这姐姐，就跟老太太有了凤姐一样，有正经事，就和她商量；没正经事，也幸亏她惹我开心，我一见她，愁都散了！”

薛姨妈又拢过黛玉来，轻轻抚她的头脸，说：“好孩子，别哭，别看我疼你姐姐，我心里更疼你呢！像你这么个晶莹剔透的女孩儿，谁不怜谁不爱？只是因为老太太已经够疼你了，我也不好锦上添花，怕人家说我因为老太太才对你好哩。”

黛玉破涕为笑，说：“姨妈既然这么说，明儿我就认姨妈做干娘；姨妈若嫌弃，就是假疼我！”

“你不嫌弃姨妈，就认我当干娘，有什么不好？”

宝钗偏要开玩笑，说是认不得的。

“怎么认不得？”

宝钗挤眉弄眼地说：“你心里想想，我哥哥还没定亲，为什么先把邢妹妹订给我堂兄弟，这是什么道理？”黛玉一时愣着，寻不出关联处，宝钗又说：“我哥哥已经在这园子里相准了，早晚就要提亲，你一认我娘做干娘，岂不乱了分寸？”

黛玉已然会意，宝钗正乱点鸳鸯，想把薛蟠赖给她，靠近身子就要抓宝钗：“我看是你发了疯！”一个抓、一个躲，薛姨妈忙分开两人，笑对宝钗说：“你别胡乱牵扯！依我看林妹妹订给宝兄弟，才是两全其美的好对策！”

黛玉一愣，羞红了脸，也低头对宝钗说：“姨妈怎么也跟你一样，说出这没正经的话来？”

紫鹃在外头房间听了，飞快跑进来，说：“姨妈既有这样的想法，怎不跟老太太说去？”

“你这孩子干着急什么？”薛姨妈笑道，“难不成想快快催姑娘出了阁，自己也赶快找女婿去？”

说得紫鹃的脸也红了，又赶紧离了房，咕哝道：“姨妈真是倚老卖老！”

黛玉本想骂紫鹃一声，见紫鹃马上碰了一鼻子灰，也忍不住笑出声来。

薛姨妈本不住在大观园里头，这个春天，因凤姐病未愈，宁府贾珍又因朝中太妃去世了，随之请灵一月，园里乏人照料，贾母便命令薛姨妈住进大观园帮忙照管。宝钗处已住有湘云、香菱，薛姨妈便搬进潇湘馆，照料黛玉吃药，仿佛黛玉的亲娘一样。黛玉和宝钗之间，因而更加亲密，直称“姐姐”“妹妹”，仿佛就是亲姐妹，昔日种种猜疑，都已无踪无迹，无可寻觅。

第三十回

还没出嫁的女孩儿，都是一颗一颗无价的珍珠。

一出了阁，不知怎的，珍珠就慢慢失了光泽，渐渐地变成浑浑浊浊的瓷珠子。再老了，凡尘俗务一染身，琐碎诸事悬心计较，所有的亮丽光彩都不见了，只剩一颗一颗的鱼眼睛。宝玉老是这样嘀咕着。

清明时节雨纷纷，宝玉因连病了几天，脸色白如纸。在清明这一日，忽然放起晴来，虽然病还没全好，袭人还是催着宝玉到处走走逛逛，四处散心。拄着一支杖在园内慢慢走，走到藕榭那边池塘，看见湘云、香菱和宝琴及几个丫头坐在山石上有说有笑，几个婆子在塘里行船，捞泥种藕。看他正要走过去，湘云大声笑道："快把船打发出去！他们是来接林妹妹的！"

众人都明白其中缘故，呵呵笑起宝玉来，宝玉的脸瞬时涨成猪肝色，讪讪笑道："你以为我是故意生病的？"待宝玉想坐下和姐妹们凑热闹，湘云又说："这里有风，坐在山石上也冷，你还是到别处坐吧。"

宝玉正想去瞧黛玉，于是向湘云、宝琴等告辞，往沁芳桥走来。阳光正好，映得一池柳垂金线。抬头一看，眼前一株大杏树叶稠荫翠，上头结了累累的小杏子，都只有豆子大小。宝玉嗟叹："才病了几天！怎么所有的杏花都开完了，不知不觉，又是'绿叶成荫子满枝'！"望着杏子，依依不舍，不肯挪开脚步，忽又想到邢岫烟已有了夫婿——虽说女孩儿终有一日是要嫁人的，但世界少了一个好女孩儿，还是教他惋惜，想她再过一两年，难免也是"绿叶成荫子满枝"——好好一颗珍珠，谁知什么时候会变成鱼眼睛呢？

正胡思乱想间，一道白烟从另一头的山石后发出，惊起了杏枝上的雀儿。又听得那边有个婆子嘎啦嘎啦骂人：“藕官，你要死了！再烧纸钱，你就给我小心皮肉！”

宝玉转过山石去看，只见林黛玉房里的藕官满面泪痕，对着一团纸灰发呆。忽见一个婆子边骂边走来，拉着藕官：“我已经告到上头去了，你还不跟我去讨罚！”

藕官僵着身子不肯动，宝玉替她辩白：“她哪里烧了纸钱？她烧的是林姑娘写坏的字纸！”藕官也附和他的说法，但那婆子却不肯放手，说：“你别嘴硬，跟我去领罚！”又从纸灰中掏出一张没烧尽的白纸钱，说：“有凭有据，看你还赖不赖得掉！”

藕官两眼看着宝玉，要他解围。宝玉便对藕官说：“你只管跟她去！就告诉上头说，我昨夜梦见杏花神来向我要一串白钱，才能把我的病驱走，所以我叫你替我烧纸钱，所以今儿才能走路——这回有人来拦你做这件事，就是冲了我！”

脸上本来恶狠狠的夏婆子，自讨没趣后，只得收起竖目横眉，赔笑道：“是我的错，二爷别生气。”瞪了藕官一眼，气鼓鼓地走了。

藕官本在梨香院唱小生，是贾蔷打江南买来的十二个女孩之一，但因当朝皇太妃去世了，皇上下令，做官人家里的优伶一律遣发，贾府也得循例而行。本来要让女孩们返家，除龄官、药官已病死，没几个愿意回去；其余的，不是无家可归，就是宁愿留在大观园里。不愿返乡的，文官给了贾母，正旦芳官给了宝玉，小旦蕊官给宝钗，小生藕官给黛玉，唱花脸的葵官给了湘云，小花脸的荳官送给宝琴，艾官、茄官分别由探春、尤氏领去，各得其所。这些唱戏的女孩儿不会做杂役，也不懂使女红，各主子也都心知肚明，平日不大吆喝她们，多半纵容她们在园内玩耍。

夏婆子走后，宝玉问藕官，为何烧纸钱？藕官虽然感激他伸手相救，却不愿亲口告诉他因由，哭道：“这事只有你屋里的芳官和宝姑娘房里的蕊官明白……你还是回去问芳官吧，但若是知道了，可不许再告诉别人！”

宝玉是个好奇的人，这下子哪有不赶回去问芳官的道理，一回怡红院，偏偏院里吵得闹哄哄的。原来是芳官和她在梨香院时的养娘何妈在大叫大嚷。因为何妈要自己的女儿春燕洗完头，才叫芳官洗。芳官怪何妈，拿了她每个月的月钱，只给她用剩水。何妈则恼羞成怒，骂她：“戏子难缠，没个好东西！”袭人和晴雯在旁劝架，越劝她们吵得越凶。宝玉自然是偏心女孩子的，要袭人拿了花露油、香皂给芳官，想平息此事。

芳官的养娘何妈，一时觉得面子过不去，便提起手来打了芳官几下，把芳官打哭了。晴雯指着何妈说：“你这么大年纪，还这么不懂事！我们都已经替你排解了，你还打人！”

何妈振振有词：“一日叫娘，终身是母，她对我不尊敬，我自然可以打她。”

麝月听了，忙过来吓何妈："满园子里，谁敢在主子屋里教女儿？她不好，自有主子打骂，你少在这里无法无天！过几天，怕你连我们都敢打了！"

宝玉也气得拿杖子打门槛，说："这些老婆子全是铁石心肠！"

何妈看众人都骂自己，又羞又愧地走了。女孩儿是珍珠，宝玉全捧在手掌心，她们生气，宝玉又赔笑又赔罪。至于像鱼眼睛般的婆子，在他眼里，就是不干不净的东西，少在他眼前晃来晃去，他便感激不尽，平日吃饭时，根本不许她们到里头屋子来。

到了午饭时，宝玉有意亲近芳官，就叫芳官帮他吹凉一碗火腿鲜笋汤，笑道："你成天傻玩、傻睡怎么成？多少学些服侍的活儿。"芳官便学着平日袭人的样儿帮他吹汤。此时她干娘何妈端了饭在门外伺候，见芳官吹汤，跑进来要讨好宝玉，笑说："她没做过家事，怕会打破碗，我来帮她吹吧！"刚伸手接碗，就被晴雯轰出去，说："快给我出去！就是她砸了碗，也轮不到你吹。谁叫你进里头来？"又骂几个小丫头，"你们也不拦她？让她进来伸手、动嘴？"

何妈被几个丫头推了出来，还遭外头做杂役的婆子们取笑："嫂子，你怎没先拿镜子照一照就进去了？"当下又恨又气，自讨没趣又奈何。

宝玉吃了半碗粥，喝了几口汤，便悄悄问芳官，藕官祭的到底是谁？芳官低声道："他祭的是死去的药官。"

几月前，宝玉曾听闻药官病故，这才想起来，没凭吊过她，心里着实有几分歉意。芳官说："那时她演小生，药官是小旦，唱戏时都扮小两口，亲亲热热，下了戏，也玩成真的来，你爱我，我爱你的。药官一死，她哭得死去活来，但后来补了蕊官，她又疼起蕊官来。我就对她说：'怎么有了新的就忘了旧的？'她说，她不时帮药官烧纸钱，不算忘了，就像家人死了女人，也有再娶的，没把旧人丢开不管，就算有情有义了。二爷，你说她傻不傻？"

宝玉听了这话，又喜又悲。喜的是戏子也有情，悲的是人间离合难定，便要芳官为藕官设一个香炉，时时为药官供奉茶水、鲜花，免得纸钱烧出乌烟来，玷污了药官的清新头脸。

只要是珍珠般的女孩，他没有不怜惜。大观园里的年轻丫头因有他宠着，个个比贫家小姐尊贵，年纪大的婆子心里再怎么不舒服，也争不过姑娘家，有气也只好藏着。

"其实这也怪不得宝玉，"何妈的女儿春燕说，"他说女儿未出嫁时是无价珠宝，一出了嫁，便染上许多治不好的毛病儿，再老了，竟成了鱼眼睛！这话听来虽然是随口胡说，但也有几分真确，就拿我妈和我姨妈来说好了，她们两人老了以后，眼里只有钱是真的。我妈本来在梨香院照顾芳官，我姨妈照顾藕官，拿了她们的月钱，家里已逐渐阔绰了，却还不对人家好一点……藕官烧纸钱，我姨妈去打报告也就算了，我妈还更没头没脑地和芳官吵了一架，又想给宝玉吹汤，自讨没趣！”这话是对莺儿讲的。莺儿正坐在草地上，摘了一裙子的鲜花和柳条，巧手编起花圈来。春燕在旁边说边看，想了想，笑道：“这花是我姑妈看管的，她呀，也是个只看钱不懂事的婆子，看你摘了花，一定又要惹事！”

才正说着，她那姑妈就从不远处拄着拐杖走来，责骂她们不该摘花。莺儿开玩笑说，都是春燕叫她编的花儿。她姑妈便把气出在春燕头上，不由分说，就拿了杖子打了春燕几下。莺儿没想到一句玩笑话就害了春燕，赶紧上前拉住了婆子，婆子反而怪她多管闲事。

正打闹着，春燕的亲娘何妈又出来看究竟。她娘昨儿受了芳官的气，胸中正有一股怨气不得发泄，也移转到自己女儿身上，打了春燕两个耳刮子。

春燕本在怡红院执事，莫名其妙受了委屈，便哭着往怡红院去讨救兵。她娘便一路追过去。因为只顾着追春燕，一不小心踩到青苔，跌个四脚朝天，反而使在旁看的莺儿，还有藕官、蕊官哈哈大笑。何妈羞愤难当，爬起来，又没命地追。一进怡红院，春燕看到袭人，就抱着袭人不放，说：“姑娘救命，我妈要打我呢！”

袭人见闹事的又是同一个人，不免生气，说道：“三天两头就要打人？打了干的，又打了亲的？到底有王法没？”

何妈心下以为袭人是个好脾气的，也就没将袭人的重话放在心里，说：“姑娘，我劝你别管我们家的闲事！她们平常都是你们纵的，你们现在还管什么？”

袭人气得说不出话来。麝月一使眼色，春燕直奔内室，到宝玉身后躲去。宝玉拉着春燕的手，安慰她：“别怕，有我呢。”宝玉还未说话，麝月就开口支使小丫头们：“二奶奶虽然微恙，还有平儿呢，去请平儿来裁判！”

一个小丫头应声去了。看热闹的众婆子知情况不妙立即要何妈让步。何妈仍理直气壮，说：“这世间没个道理！没看过娘管女儿，人家还替她管她娘的！”一个婆子冷笑：“她请的可是凤姐房里的平姑娘！平姑娘平时虽是个好性儿的，但一翻脸，恐怕比凤姐还凶，保管你吃不了要兜着走！”

果然，那个小丫头回来，便带话来：“平姑娘没空……但她要我告诉管家林大娘，先将闹事的人撵出去，再打四十板子！”

何妈听了，吓得泪流满面，央告袭人求饶，说自己是个寡妇，此情可悯。袭人说了她一顿，就要算了。晴雯却在一旁冷笑：“打发了出去才是正经！”到后来，何妈只得求自己女儿春燕说情。宝玉向来息事宁人，只告诫她不许再闹，否则必将她撵走。

女人家之间琐琐碎碎的事儿，大观园里天天上演，凤姐未复出前，这些琐事全赖平儿一人排解纠纷。不久后贾环向芳官要蔷薇硝，芳官作弄他，给了茉莉粉，惹得赵姨娘大怒，以为连丫头都看不起她这个庶出的儿子，在何妈怂恿下，又到怡红院打了芳官。芳官挨了打，口不择言，说，姨奶奶从前也是奴才哩，竟揪打起赵姨娘！引来昔日唱戏的伙伴——藕官、蕊官、葵官、荳官同仇敌忾，一起围住赵姨娘喊打。管事的探春并不骂这些女孩，反而将自己的亲娘说了一顿："你平日不自尊重，不成体统，才会有这种没脸的事！别的姨娘怎没丫头敢围打？"说得赵姨娘恨得亲生女儿牙痒痒的，却也无可奈何，只得成日抓着园里的婆子长吁短叹、叨叨不休，说自己的女儿胳臂全往外弯。

大事化小，小事化无，平儿和探春虽无凤姐威仪，这几个月下来，园中诸事也井井有条，不枉一个好人，不纵一个贪赃。

第三十一回

不久，王夫人房里丢了几瓶茯苓霜，和掌厨房的柳妈有嫌隙的管家，只见厨房里有个露瓶子，便往上告密，说是厨娘柳妈的女儿五儿偷了。偏偏搜查的人又碰巧在厨房里找到一瓶茯苓霜，以为人赃俱获，将柳五儿这个无辜的人关了起来。亏得平儿做人心细，详细询问，查出是彩云拿了。彩云向来和贾环相好，为讨好贾环，拿了一瓶茯苓霜给赵姨娘，以为神不知鬼不觉，没想到会生出这许多事来。彩云性子直，向平儿认罪："就说是我拿的，不要冤枉了别人！"

平儿心想，彩云一向老实，绝非故意偷窃，并不想扩大此事，于是叫宝玉来顶罪——少爷在母亲房里拿了东西，谁敢有什么意见？宝玉素来好说话，他也不愿彩云受委屈，便出来担待此事，只说是误会一场。

彩云对宝玉固然心生感激，但又惹起贾环对彩云的猜疑："你若跟他没有什么鬼鬼祟祟的，他为什么替你顶罪？"

气得彩云趁夜里没人看见，把要给赵姨娘的茯苓霜丢进河里，让它随水付诸东流。但这一气却伤了身体，从此后病倒床上长吁短叹，身子一天比一天坏。

转眼到了宝玉的生日。虽值宫中皇太妃丧期，做官人家不得铺张，但一大早，园里的姐妹和丫头们已不约而同地到怡红院来为他暖寿。可巧这天竟也是薛宝琴、邢岫烟和平儿的生日。

探春笑道："要找两个同日生的已不容易，我们这园里才多大，就有四个同日生的寿星？没个缘分是不行的。"

四人一起做寿，吃酒、喝茶、抓果子，还有余兴节目，读过书的玩猜谜，没读书的捉对划酒拳。满庭中红飞翠舞、玉动珠摇，不时传出清脆的镯子响。虽然没能大过生日，贪热闹的宝玉却比往年还高兴几分。

当晚宝玉和几个丫头在怡红院内吃酒，说是“大家只管取乐，不可拘泥”。管厨房的已为他们备了一桌子酒菜——四十个定窑的白彩碟子盛着四十种小点心，都是山南海北来的珍奇美味。

宝玉兴致一好，又嚷着要行酒令。袭人道：“斯文点过生日倒是好的，可惜我们不识字，说不出什么像样的诗句。”麝月提议掷骰子抢红，大家都懂，宝玉却说没趣，想了想：“我们不如来玩点花名好。”晴雯也附议，袭人嫌人少了没趣，要春燕、四儿等人请了宝姑娘、林姑娘、琴姑娘，还有李纨、香菱、探春。

众人到齐，晴雯捧上了一个竹雕的签筒，接着筒里的象牙花名签子，掷骰子数到宝钗，宝钗先抓了一支。大家一看，只见签上画着一枝牡丹，上头题着“艳冠群芳”四字，四字下头又是一句唐诗：

> 恁是无情也动人。

下头又有小字，抽到此签者，须与席中众人喝一杯，且可随意命席中众人唱新曲一支为乐。宝钗喝了酒后，便命芳官唱曲子，芳官唱了一首《赏花时》。宝玉只管拿着那签，口里颠来倒去的把“恁是无情也动人”来来回回地念，听曲子时，两只眼睛却只管瞪着芳官的瓜子脸看。

下一个抽签的是探春。上头画着一枝杏花。红字写着“瑶池仙品”，诗则是“日边红杏倚云栽”一句，看见红杏二字，探春羞得脸都红了，把签往桌上一搁。宝钗轻启朱唇将上头的注念出来，说得此签者，必得贵婿。黛玉笑道：“我们家已经有了一个王妃，难不成你也是个王妃？真是大喜！”

换李纨抽签，签上则是一枝老梅，写着“霜晓寒姿”四字，旧诗则是“竹篱茅舍自甘心”，自饮一杯酒。

轮到湘云，湘云一边大笑，一边卷起袖子，拎出一根签。签上画的是一株海棠花，题为“香梦沉酣”，诗为：“只恐夜深花睡去。”众人都笑了。原来这一天早上诸姐妹聚会时，湘云因多喝了酒，趁众人还在喝酒划拳时，自己恍恍惚惚走到园子的角落里，倚着山石睡着了。好事的丫头来报，众人蹑手蹑脚围观，只见湘云睡得不省人事，而四周飞落的芍药花，早已飞撒得她满头满脸满衣襟，连手里的扇子都被落花埋了，又有一群蜜蜂、蝴蝶围着湘云打转。众人看了，又爱又笑，过了好久才叫醒她。黛玉打趣道：“‘夜深’二字，若改为‘石凉’，可不是更贴切？”姑娘们又取笑了湘云一顿。这支签罚的是她的上家与下家饮酒，正是宝玉和黛玉两人，宝玉先饮了半杯，趁人瞧不见，递给芳官喝，黛玉不能多喝，偷偷把酒倒进漱口盂内。

麝月抽的是荼蘼花。由宝玉帮忙念下头的字，写的原是“开到荼蘼花事了”，由在座各人各饮三杯送春。宝玉觉得此签不祥，皱皱眉头，把签藏了，不要大家念出去，要大家轻啜三口，以充三杯之数。

香菱拎的是一枝并蒂花，“连理枝头花正开”。黛玉小心翼翼地伸手取了一支，上头却是芙蓉，上题“风露清愁”，诗为：“莫怨东风当自嗟。”宝钗笑道：“这签好极！除了她，别人还不配做芙蓉呢！”

袭人抽中的是艳艳桃花，桃红又见一年春。宝玉拿过来念道：“抽杏花的须陪喝一杯，坐中同庚者、同姓者也要陪喝一杯！”这一回除抽中杏花的探春外，香菱、晴雯、宝钗因与她同龄，也一同喝了酒，芳官原姓花，也同袭人敬酒。

正热闹时，有人来敲门。原来是暂住潇湘馆的薛姨妈派人来接黛玉，众人才晓得此时已是二更。宝玉、袭人还要挽留，黛玉站起身来，笑道：“我可支撑不住了，回去还得吃药呢。”诸姐妹们，也都令丫头点灯，各自回住处去。

送完了客人，怡红院中还兀自热闹着，喝酒、猜拳、唱曲儿，一径喝到酒缸里半滴酒不剩才休止。到了四更，春燕、四儿早已累得动弹不得，晴雯还想叫她们来收拾残局，被宝玉阻挡了，说：“先睡一觉再说！”说完，自己拿了枕头，身子一歪，就睡着了。袭人喝酒虽然海量，却也撑持不住，恍恍惚惚先扶了一脸胭脂红的芳官随便躺下，自己也倒在对面榻上。大家黑黑甜甜地睡了一觉。第二天，芳官揉揉眼醒来，竟发现宝玉在她身边，才知道自己原来和宝玉同榻睡了一夜，不禁羞得一脸通红，赶紧翻身下床。

宝玉梳洗罢，正喝茶，忽然瞥见砚台底下压着一张粉红色的纸笺，拿到眼前一看，竟是：

槛外人妙玉恭肃遥叩芳辰

宝玉跳了起来，问丫头们：“昨天谁接了这帖子来？也不说一声？”袭人、晴雯以为是什么要紧的人送来的，也忙着为他找接帖的人。四儿连忙跑进来，笑说：“昨儿妙玉并没亲自来，只打发了个老妈妈送这张纸条，我一忙，把它搁在这里，竟然忘了说！”

晴雯听说是妙玉的纸笺，笑道：“我还以为是什么重要的人呢！为她大惊小怪也值得？”

宝玉急得不得了，唯恐怠慢了妙玉的好意，当下要袭人研墨，就要回帖，却不知该回什么字才能与妙玉的“槛外人”相敌。想要问黛玉拿主意，走过沁芳桥，却碰到邢岫烟。宝玉想起妙玉虽孤僻，素来倒是和邢岫烟有话说，不如问邢岫烟的主意。

“妙玉为人孤僻，我们都不入她的眼。她一向只敬重姐姐，可见姐姐不似我们这班俗人！”宝玉毕恭毕敬地说。

岫烟笑答：“她也未必真心敬重我。只是我从前家里穷，赁房而居，租了她们蟠香寺的房子，一住就是十年，没事到庙里陪她，她也教我读书识字，所以还有些旧交情。没想到多年后她被请进你们家，我偏又在此与她相逢，还算有缘，她也不好意思嫌我！”

宝玉于是将妙玉的帖子拿给邢岫烟看，要她给个意见。岫烟笑道：“从没见到帖子还下别号的，这真是僧不僧、俗不俗、男不男、女不女！”细思一回，笑道，“从前我常听她说，从汉到宋，没一首好诗，只有两句还堪一读，便是‘纵有千年铁门槛，终须一个土馒头。’如今她自称槛外人，你若取个槛内人，岂不合她心意？”

此话如醍醐灌顶，宝玉拍手叫好，回房写了帖子：槛内人宝玉熏沐谨拜，亲自拿到栊翠庵，隔着门缝儿将纸笺投进去。

这晚本说好由另一寿星平儿还请大家宴席，才刚在榆荫堂摆下了几席新酒佳肴，几个宁府里头的人就慌慌张张来报：

“我们大老爷归天了！”

宁府大老爷，即贾珍之父贾敬。贾敬人到中年后，一直在元真观修道，吞金服砂，死时腹中坚硬如铁，脸皮嘴唇却呈紫绛色，贾珍一见，便知父亲是吃了丹砂而死的。众道士则说贾敬“虔心得道，脱去皮囊，已出苦海”。如此一说，求仁得仁，没什么好伤心。

贾敬为进士出身，世袭官职已给了儿子贾珍，死后天子为念其为功臣之裔，加封五品，对贾家而言，又是一桩光耀门楣的大事。为办这备极哀荣的葬礼，宁府又忙得上气不接下气，当家的尤氏忙不过来，将娘家中的继母尤老娘接来看家，尤老娘又将两个未出嫁的女儿二姐和三姐带来一并管事。两个粉雕玉琢的人儿，早已艳名远播，虽在守丧时期住进宁府，一身缟素，淡扫蛾眉，却掩不住天然风韵，又惹出偌大风波！

第三十二回

贾蓉听说两位年轻的姨妈住了进来，心中暗喜，在元真观处理完祖父的后事，和父亲连夜换马飞驰回家。贾珍虽逢父丧，听说小姨子们住进家里，竟也喜形于色，不怕旁人猜疑。

回程贾珍尚须到铁槛寺哭灵，贾蓉则快马加鞭地赶进去看外祖母。这晚，尤老娘早早睡了，尤二姐和尤三姐正和丫头们在厅里做女红。贾蓉一见尤二姐，便嬉皮笑脸道："二姨妈，你来啦？我父亲正想你呢。"

人人相传，贾珍和未出嫁的尤二姐早有一腿，所以贾珍一直到老婆娘家殷勤走动。尤二姐听他大剌剌地这么说，红了脸啐道："好个蓉小子，越来越没体统！"顺手拿起熨斗，劈头就要打贾蓉。贾蓉反而滚到尤二姐怀里，口口声声告饶，尤三姐忙过来扯开他，说："等你娘回来，小心我们告你一状！"

贾蓉假装跪在炕上求饶，一会儿看尤二姐在嗑瓜子，又上来抢瓜子吃。二姐嚼了一嘴渣子，吐了他一脸，他也像只小狗般用舌头舔了干净。有个丫头看不过去，瞪他："你才刚为祖父戴孝，就这么没体统！她们两个年纪虽小，还是你姨妈；回来告诉你爹，你可吃不了兜着走！"

贾蓉一听，即撇下尤二姐，过来抱着说话的丫头要亲嘴，说："我的心肝，你说得对，我们就饶了她们两个！"那个丫头急得推扯他，骂道："短命鬼！你自己有老婆、有丫头，还来跟我们闹！"贾蓉还满口胡言乱语，尤三姐没他办法，只好到里头叫醒尤老娘。

见尤老娘醒来，贾蓉如小船儿见风转舵，问安道："我们家让老祖宗和两位姨妈这么劳心，真是感激不尽，等事情办完了，我们阖家大小登门磕头去！"说得尤老娘点头赞他会说话。

心头欢喜的还有贾琏。贾琏素闻尤氏姐妹美而艳，只恨无缘见得，近来借着替贾敬办丧事，日日便往宁府来看尤家姐妹。日子一久，便混熟了，但因平时耳目众多，不能下手，只能眉目传情，撩拨一番。三姐儿对他冷冷淡淡，二姐眉目间却有几分情意，使他心动不已。可惜他素闻二姐与贾珍之间的暧昧情事，怕贾珍吃醋，所以不敢轻举妄动，只每日盘想着如何勾搭。

这回，又借着替贾珍向尤老娘支领银子一事，到宁府和贾蓉一起来寻尤二姐。一路上，叔侄俩交心长谈，贾琏提到尤二姐，拼了命夸赞，说她："不但人长得大方标致，言语也温柔体贴，无一处不可爱！人人都说你婶子好，依我看来，我家那个夜叉，哪有你二姨妈的一半！"

贾蓉一听，立即明白了他的心意，笑道："叔叔既然这么喜欢她，我给叔叔做个媒，如何？"

"这……是玩笑话，还是正经话？"

贾蓉正色道："我说的当然是真的。"

贾琏心痒难当，嘴里却说："好虽好，可是你婶子一定不依，尤老娘也未必愿意！况且我又听说，你二姨已经有了人家……"

尤二姐的事，贾蓉已暗中查得清清楚楚，他解释道，尤二姐和三姐都是尤老娘与前夫所生，后来尤老娘做了他母亲的继母，便把两个前夫的女儿一起带来，尤二姐及尤三姐和尤氏原来异母异父，扯不上关系。从前在前夫那儿时，尤老娘曾将二姐指腹为婚许给邻近张家，但嫁出来之后，便没有跟张家联络，十几年来音信不通："那张家早已家道中衰，我老娘还不时抱怨，要为我二姨退婚，再找个好人家呢……如果是许给叔叔这样的人做二房，我老娘和父亲哪有不愿意的？只是婶子那一关难过！"

贾琏听到此话，心花怒放，哧哧地笑。贾蓉又为他出了主意，逃过凤姐耳目："我可以替叔叔禀明我父亲，再跟我老娘说妥！依我看，叔叔只消在我们府邸附近，买一间房子，再拨两家仆人过去服侍，拣个日子，将她神不知鬼不觉地娶了过去，不就成了？婶子住在深宅大院里，哪里会知道外头的事？只消一阵子不露声色，不许家奴走漏风声！反正婶子又没生儿子，过些日子，若你和我二姨有了子嗣，生米煮成熟饭，再向老太太禀明，婶子能拿你怎样？"

贾琏整个脑袋只贪图着尤二姐美色，当下认为贾蓉之计万无一失。殊不知贾蓉出此计策，也不过想乘机揩油！贾蓉对尤二姐十分有意，却因父亲的关系，不能畅所欲为，心想，如果贾琏娶了她，放在外头，趁贾琏不在，或可以厮混厮混。贾琏听贾蓉这么一说，早已将一切阻碍抛诸九霄云外，向贾蓉致谢道：“好侄儿！你如果能说成此事，我一定买两个绝色的丫头谢你！”

到宁府门口，贾蓉笑道：“我先去向老太太请安，你自己进去看看我的二姨儿，不过，你可别太性急了，现在闹出事来，以后的事可不好办！”

贾琏啐了他一口，叫他少胡说，心里却已裹上了一层蜜，兴冲冲地进到府里，正巧只有二姐带着两个丫头在那边做针线。贾琏带笑上前问了好，笑问：

“亲家太太和三妹妹呢？”

“办事去了，待会儿就来。”二姐笑语妩媚，看得贾琏魂飘魄飞，身子都轻了，趁两个丫头去倒茶，无人在跟前，他便放胆拿眼直瞟二姐。二姐只是低头含笑，若有情似无情。

贾琏见二姐手里摆弄着拴着荷包的丝绢子，便搭讪道：“我今儿忘了带荷包出来，妹妹荷包里若有槟榔，可否赏我一口吃？”

二姐道：“槟榔倒是有，只是我的槟榔从不给人吃。”话未说完，贾琏却已弯腰过来拿，二姐怕有人看了不雅，急忙将荷包递给贾琏。贾琏将其中的槟榔都倒出来，拣了半块吃，一面接过丫头们的茶，一面暗中把自己腰上戴的九龙佩解了下来，同荷包一起还给二姐。二姐只装看不见，坐着喝茶，故意不理。

不久后头一阵帘子响，尤老娘和尤三姐走进厅来。贾琏示意二姐收荷包，二姐还只是笑，动也不动。贾琏虽然心急，但也只能上前和尤老娘及三姐问好，寒暄两句。再回头看二姐时，玉佩和荷包已经不在原处了，二姐仍一脸春风，笑得像个没事人儿。贾琏知尤二姐对自己也有意，心中暗喜，一夜难眠。

这一天，贾蓉果然与贾珍商量妥当。尤氏知凤姐厉害，极力劝止，却也无效。但因她与二姐原非同父母所生，也管不了这么多。

第二天贾蓉来与尤老娘商量，将贾珍的意思说了，又添上许多话：说贾琏做人如何大方，凤姐看来身子薄弱，转眼可能病入膏肓，暂且买了房子将二姐娶在外头，等过一年半载，凤姐一死，二姐即可扶正。尤老娘自丈夫死后，全赖贾珍周济维生，既然贾珍如此做主，又不用为女儿购买嫁妆，她便点头同意。尤二姐见贾琏是个青年公子，心里早就允了。

待贾蓉向贾琏回了话，贾琏喜出望外，马上找人去看房子、买首饰，添购新房的床帐用品，没几天已将诸事办妥。想找府里的奴仆来服侍二姐，又怕走漏风声，想来只有鲍二妥当——鲍二的女人，因与他偷情被凤姐吵了一顿，含羞上吊而死，鲍二拿了贾琏一百两银子，又娶了与贾琏有染的多姑寡妇。这对夫妻，好歹算是自己的心腹——贾琏一盘算，此计万无一失，就叫他们两人到新房来服侍。适逢家丧，论理正好不得宣张，择了一个五更天，便用一顶素轿将二姐抬进新房里。连尤老娘和尤三姐也一并有了新居。

为了让二姐放心，贾琏把多年积聚的私房钱，全部搬来给二姐收着，又口口声声说："等凤姐一死，便光明正大接你进荣府当二奶奶。"二姐听了，自然称心惬意。

贾珍早与二姐有染，努力凑合此事，不过也是想捞点便宜。过了两个月，贾珍在铁槛寺为父亲做完法事，想探望自己的小姨子，先请小厮打听贾琏是否在新房里，一听贾琏不在，他暗自窃喜，趁夜色悄悄地进了二姐的新居，像往常一般与尤氏母女一起进酒馔。有尤老娘和尤三姐在，贾珍一时还得正襟危坐。但也不忘吩咐鲍二，不可乱传话语，伤他们兄弟的感情。鲍二会意，答道："小的不敢不尽心，除非不要这个脑袋了。"

无巧不成书，一顿饭没吃完，贾琏却回来了。鲍二的女人赶忙出去迎接，说："大爷也来了，在西院喝酒。"

贾琏老早看见贾珍的马系在马厩里，心下会意。到二姐房里，却见二姐已在里头等着自己。贾琏先吃了两盅酒，便支开丫头，闭门宽衣，想与二姐温存一番，二姐心里对自己与姐夫有染的情事其实耿耿于怀，一时藏不住心事，当下泪涟涟地哭了起来。贾琏笑道："你放心，我不是个爱吃醋的人，你前头的事，我也知道，你不用瞒。现在你跟了我，在大哥面前当然不好做人！"

二姐说："我知你不糊涂，如今我和你做了夫妻，就终身靠你，哪敢隐瞒一个字？但眼前这样也不是长久之计……要想个天长地久的法子才好！"

贾琏已有主意，说："依我看来，不如把三姐给大哥，成了好事，如此两无妨碍，各得其所……大家喝个杂烩汤，如何？"

二姐拭泪道："虽然你是一番好意，但三妹妹脾气不好，不知肯不肯？我也怕大爷面子挂不住……"

贾琏却已一厢情愿地打定主意，趁着酒兴，到西院来，开门见山地说："兄弟向大爷请安！"

贾珍做贼心虚，听见贾琏的声音已吓了一跳，见贾琏进来，不觉愧容满面，连尤老娘也觉不好意思。贾琏却说："大哥不必多心。我们兄弟一向同甘共苦，大哥为我操的心，我粉身碎骨，感激不尽，大哥常来，小弟恭迎都来不及了，哪里敢有别的意思？"说着，便要跪下，慌得贾珍连忙扶贾琏起来。贾琏命人斟酒："我和大哥吃两杯！"又笑嘻嘻地对尤三姐说道："三妹妹怎不和大哥喝个交杯酒？我敬你们一杯，向大哥和三妹妹道喜！"

三姐闻言会意，马上跳了起来，站在炕上，指着贾琏冷笑道："少跟我耍嘴皮！你以为你们哥儿俩有几个臭钱，就拿我们姐妹当粉头取乐！听说你老婆难缠，改天我倒要试试看她有几只手，可好？你若有一点教我过不去，我有本事将你们两个的狼心狗肺挖出来，再和那泼妇拼命！你要跟我喝酒就喝，牵扯你哥哥做什么！"说着，自己斟了一杯，喝掉半盏，揪过贾琏来，"咱们喝一杯，亲近亲近如何？"

她的泼辣儿吓得贾琏的酒全醒了，贾珍也不知所措。三姐见他俩无话可说，更是恣意放浪笑道："来呀，咱们四个一起乐一乐！噢，你们是哥哥弟弟，我们是姐姐妹妹，又不是外人，只管上来！"边说边脱了外衣，只剩身上的大红小袄，领口半开半掩，露出雪白的胸脯。底下穿的绿褥红鞋，又鲜艳夺目，只见她忽起忽坐，忽喜忽嗔，没半刻安静。灯光映照下，更显得柳眉笼翠，嘴含胭脂，一双眼睛流光顾盼。贾珍、贾琏全都看傻了，听得一个美人儿坐在桌上嬉笑怒骂、高谈阔论，但谁还敢存沾惹她的心！

事后，尤老娘和二姐劝她改改脾气，三姐反说："是姐姐糊涂！我们金玉一般的人儿，何必白白教这两个现世宝玷污了去？他家的女人极端厉害，现在不知道也就罢了，万一知道了，岂肯干休！势必大闹一番，你们以为从此就高枕无忧，未免想得太容易！"

自此三姐日日挑吃拣穿，有了银的要金的，有了珠子就要宝石，一不称心，就推翻桌子剪衣服，害贾琏和贾珍花了许多的银子，却也不敢拿她怎样。

闹久了，二姐常在枕边劝贾琏："你和珍大爷商议商议，把三丫头嫁了吧，留着她，早晚会出事情。"

贾琏也无可奈何，道："前日我也曾问过大哥，奈何大哥就是舍不得，我说，玫瑰花儿纵然可爱，却是多刺扎手，不如让她出阁。"

二姐想了想，隔天备了酒筵请贾琏和自己妹妹上座，打算问三姐的意思。还未张口，三姐便泪眼汪汪地说，姐姐既有了安身处，她也不用为尤老娘安身处担心，女大当嫁，她终究得有个人家，不过："终身大事，非同儿戏，别说——我女儿家没羞耻，但如非是我称心如意的人，我可不跟他！"

贾琏笑道："这倒容易，你说是谁，我们就为你办去！"

细问之下，才知三姐的意中人是打过薛蟠的柳湘莲。五年前，柳湘莲曾扮小生串戏，与看戏的三姐有一面之缘，从此三姐便将他放在心里，赌誓非此人不嫁。

二姐将此事说给贾琏知道，贾琏道："我还以为是什么人呢？原来是柳湘莲！但你不知道，像他这么个人，看来标致，却是最无情无义、冷面冷心的！去年他打了薛呆子，不好意思见我们，不知流落到哪里去了……嫁他这么个萍踪浪迹的人，岂不耽搁终身！”

二人正在说话，三姐走了过来，说：“姐夫，如今你大概已经知道我是什么样的人！平日怕人家欺我们寡妇孤女，所以对你们装疯卖傻！但对终身大事，我可是心口如一，说什么就是什么！”说着将头上一根玉簪拔下来，折成两段，道：“今儿起，我陪母亲吃斋念佛，姓柳的一日不来，我便一日不嫁人，一百年我也等！一句话不真，就跟这簪子一样！”

第三十三回

贾琏正担心寻不到柳湘莲，养着挑三拣四、脾性又不温柔的小姨子，真是后患无穷，没想到，自三姐表白心愿的第二天起，尤三姐仿佛变了另一个人，竟日日缟衣素服，全心礼佛起来。巧的是过了几天，贾琏要出远差往平安州，在路上竟遇到了和薛蟠同行的柳湘莲。贾琏以为自己看错了，这两个冤家怎么聚了头，再一细看，不是他两人是谁？几时冤家变亲家？

贾琏忙过去问明缘由。薛蟠笑道："这也是天下奇事！我和伙计们卖了货物，正打算回家，却遇到一伙强盗来打劫！还好柳二弟及时来把贼人打走，夺回货物，又救了我们的性命，我谢他，他不肯接受，我们索性尽弃前嫌，结为生死兄弟，一路进京。"

"原来如此！"贾琏笑道，"我正打算给柳二弟说亲，没想到在这里遇到你，真是得来全不费功夫！"说着，便将自己娶了尤二姐，又要发嫁小姨子的事说出来。叮咛薛蟠："我只说给你一个人知道，可别回府里告诉了别人！"只不提柳湘莲是尤三姐自己选的。

柳湘莲此番回京，有意寻一门亲事定下来，听贾琏这么一说，也有意向贾府攀亲，当下答应："我本是想寻一个绝色女子为偶，但今儿既然是您亲自说亲，我也顾不得许多——恭敬不如从命是了。"

贾琏笑道："口说无凭，等柳二弟一见，便知我这小姨子的品貌，举世无双。"柳湘莲听了大喜，道："既然如此，就说定了，等我办完私事后，一月内至府上下定如何？"

贾琏怕柳湘莲浪子天性，说话不算话，一去就不回来，便要他先留下一个定礼，以为凭证，好向尤三姐夸功劳。薛蟠想将身上的金银珠宝分给柳湘莲做定礼，柳湘莲不肯接受，结果，为表义气，留下祖传的鸳鸯剑以示绝非戏言。

办完公事，贾琏便快马加鞭赶到二姐那边。一看，自己虽然出远门许久，二姐却闭门闭户，操持家务，心下十分感激。心想，这个小老婆果然没娶错！和大家叙了叙旧，得意扬扬地把鸳鸯剑取出，递给三姐。这一把珠宝晶莹的鸳鸯剑，剑鞘里头是两把合体剑，一把上头刻着一个“鸳”字，另一把刻着“鸯”字，亮晃晃的，自有一股慑人之气，别人看得胆战心惊，三姐却喜形于色，轻轻摩挲着剑身，凝视许久，才收进自己的房里，挂在床上，每日望着宝剑，以为终身有了倚靠。

但柳湘莲在留下鸳鸯剑后，过了些时日，却反悔了。先到荣府看了薛蟠，又拜会了宝玉，两人相会，如鱼得水，闲来无事，便与宝玉说贾琏娶尤二姐为二房的闲话。纸包不住火，连足不出户的宝玉都从焙茗那里听到了这消息，只是大家还不敢把消息传给凤姐。柳湘莲说起了尤三姐的婚事，宝玉笑着向他道恭喜，也说尤三姐是绝色佳人。柳湘莲却说：“我这几日只疑心着，一个绝色佳人……哪里会找不到对象，急急赶着我求定？不知她们什么来历？其中有什么底细？”

宝玉说：“既然已经下了定，何必再起疑？你要一个绝色的，已经得了一个绝色的，夫复何求？她们是珍大嫂子继母带来的两个妹妹，真是一对尤物！她们偏偏又姓尤！”

说者无意，听者有心，柳湘莲一想，反而捶首顿足，后悔不已，说道：“原来是你们宁府里的人！我听说你们东府里，除了两只石狮子外，没一个是干净的！”

宝玉一听，红了脸不说一句话。湘莲自知失言，连忙作揖道歉：“我胡说该死！……你好歹告诉我，她品行如何？”

“你既说没一个干净，何必来问我？我看，连我也未必是干净的！”

柳湘莲告别宝玉后，再一寻思，更加后悔，便决心要回定礼。于是，离开贾府，就到贾琏的小公馆去找贾琏。

正巧尤老娘和贾琏喝茶，柳湘莲已想好了说辞，说是自己不知情的状况下，姑母已为他订了媳妇，所以想索回宝剑。

贾琏听了，心底十分不自在，说：“下了定的事，岂可反悔？”

柳湘莲却坚持不从命，说了些细琐的理由，硬要退婚，贾琏不肯，还要劝，柳湘莲便要贾琏和他出去谈谈。但尤三姐听说意中人来，早在里面房里把外头的事听得一清二楚，心想：他必在贾府中听到了什么闲言闲语，把自己当成了淫妇荡娃，所以不屑为妻。心里万分不是滋味，于是将鸳鸯剑的雌剑藏在肘后，步出厅堂，叫住两人：“你们不必出去再议了，我现在就还你定礼！”

说着，泪如雨下，左手将剑柄送给湘莲，右手回肘，往颈项上一横，血如桃花飞溅而出！人已倒了下来。众人想拦阻，早已来不及！

尤老娘一面号哭，一面大骂。贾琏揪住湘莲，要命人捆了湘莲送官。二姐反劝道："人家又没逼迫她，是她自寻短见，送官又何益？反而是出丑！"贾琏才放了手。湘莲伏在三姐身边恸哭："我不知道她是如此烈性的人儿，只怪我无福消受！"

一直守到三姐入殓后，柳湘莲浑浑噩噩走出贾家，不知走了多久，正感腰酸腿麻，抬头忽觉天地黑黄一气，茫茫无涯。隐隐听见一阵环佩摇晃之响，迎面走来的竟是手里捧着鸳鸯剑的尤三姐！

尤三姐脸上泪痕未干，对他冷笑："我痴痴等了你五年，不料你竟如此冷面冷心！"说完，便径自往前行。柳湘莲连忙拉住，问："你去哪里？"三姐摔开他的手，身子如无根浮萍被看不见的急流冲去，顿时已不知所之。

柳湘莲放声大哭，哭到泪水已尽，睁眼一看，自己竟置身在一座破庙里！旁边坐着一个跛脚道士，悠悠闲闲地往身上抓虱子，仿佛没看见他。柳湘莲起身作揖，问道士："敢问这是何方？仙师法号为何？"

道士呵呵笑："我也不知道这是何方、我是何人，我不过暂时来此歇歇脚而已。"

柳湘莲听了这话，全身冰凉，如赤身裸坐严风厉雪中，待了一会儿，拿出身上那把雄剑，刹那间挥尽头上万根烦恼丝，便要随道士走。

道士喃喃自语道："今儿来引渡你这无情无义的，了却我半桩俗事，不多久，这里还有个有情有义的，再劳驾我来一次！"

柳湘莲拍落发丝，问："我们要往何方？"

道士笑道："该往何方，就往何方，天地之大，何处不可以往？你问这些做什么？"

自此之后，金陵城里没有人再看过柳湘莲。那个爱眠花宿柳、仗义行侠的美少年，不再出现在满楼红袖的莺声燕语里，在人们的记忆中，也日渐朦胧了。

薛蟠为了找寻这个结拜兄弟，派人寻遍方圆百里内的大小庙寺，却连一个影儿也没有。只好当他又云游四海去，不再寻他的足迹。"不告而别，真是岂有此理！"薛蟠只懂得生气："哪天再出现在我面前，非得好好教训他不可！"但柳湘莲始终没有再出现，像一阵烟，随风消散。

第三十四回

纸包不住火，大观园里原本没有秘密。凤姐才刚病愈，复出管理家务，贾琏偷娶尤二姐的事情，便如蒲公英种子吹进大观园里来，没多久便飞进凤姐的耳朵里。

“你到底听见了什么消息，给我说清楚些！”

平儿唯唯诺诺道：“有个丫头……方才听两个小厮说……外头有个新奶奶，人也俊，脾气也好，小厮们正说着，管家来旺便要他们住嘴，否则割他们舌头……”

凤姐冷笑：“天哪，真是天地良心！我看我在屋里可熬成贼了，人人都帮他防着我！叫来旺儿进来！”

来旺儿缩头缩脑，垂手站在一旁，听凤姐喝道：“你二爷在外头弄了人，你知不知道？”

来旺怕惹是生非，正色道：“奴才天天在里头办事，如何知道二爷外头的事？”还要装蒜，凤姐却把刚刚听来的话加油添醋说给来旺听，逼问：“你不知道？割人家舌头做什么？”

来旺儿知道此时已瞒不住，便把事情全赖给贾琏身边的小厮兴儿。兴儿一被叫上来还想抵赖，凤姐先叫他自掌了十几个嘴巴，然后冷笑道：“这事虽然与你不相干，你不早来回我知道，还是你的不对！如今，若照实说，我还想饶你，要敢有一句假话，就小心你的脑袋瓜——新奶奶、旧奶奶的事，你不知道才有鬼！”

兴儿吓得跪在地上，把头磕得震山响，将贾琏如何与贾蓉说好娶他二姨妈的始末，和贾珍为尤二姐退婚的事由一五一十说给凤姐听。听完凤姐按捺火气，忙问：“房子在哪里？”

兴儿答道：“就在宁府后头街上。”

凤姐哦了一声，回头瞪平儿，说：“你听听，把我们都当死人！”平儿不敢作声，低下头去。

凤姐当下严令兴儿和来旺不得传话给那边知道，眉头才一皱，已有妙计，叫所有丫头退下，唯留平儿在跟前，对平儿笑道：“这事可不必跟你二爷商量，现在办了才好。”

不久贾琏又出远差，来回须两个月。贾琏前脚一走，凤姐已命人将东厢房三间屋舍收拾好了，同自己房子一样装饰，禀明贾母王夫人，说是要到庙里进香，却带了平儿、丰儿、周妈、来旺老婆还有一群男丁，由兴儿引路，浩浩荡荡到贾琏的小公馆。

鲍二的女人开了门，一见凤姐驾临，魂魄已跑了大半，飞快跑进去报知尤二姐。尤二姐虽始料未及，但既来之则迎之，忙整理好衣裳出来见客，走到门口一看，只见来人的柳叶眉下一双丹凤眼，一个俏丽少妇对她微笑，全身白绫素裙，头上插的也都是素白银器，清素若秋菊。二姐张口便叫“姐姐”，弯身拜了下去，说：“不知姐姐今天来，未能远接，求姐姐宽恕！”

凤姐也赔笑还礼，拉了二姐的手往里走。让凤姐上座后，尤二姐又行礼如仪，说：“妹子年轻不懂事，今儿有幸和姐姐相会，若姐姐不弃微寒，凡事求姐姐指教，情愿倾心吐胆，只求服侍姐姐。”

凤姐下座还礼，一脸忧容，叹了口气，娓娓说道：“我也是年轻不懂事，从前一味只劝二爷保重，别在外边眠花宿柳，教老爷、老太太担心，谁知二爷会错了我的意思，什么事都不给我知道。如今娶了妹妹做二房，这样的正经大事也不跟我提，以为我是那种天地不容的妒妇！其实我早劝过二爷，早办这件事，以后生个一男半女，连我都有依靠！我这个心，天地为证！”说着，凤姐哽咽了，“像妹妹这样伶俐的人，如果真心肯帮我，我也得了臂膀，让外头那些小人堵了嘴，二爷心头也会高兴才对！如今……只求妹妹……跟我回家，和我一块儿住……我包管吃的、穿的、用的、戴的全和我一样……如果妹妹不愿随我去，我也愿意搬出来陪妹妹住，只求……妹妹在二爷面前说几句好话，给我个立脚处，就是叫我为妹妹梳头，我也心甘情愿！”

这一番恳切言辞，已经融化了二姐的心，教二姐忍不住跟着掉眼泪，二姐早把兴儿从前闲聊时说的话忘了。兴儿曾说：“一辈子不见我们奶奶才好！她嘴里甜，心里可藏着最毒的药；脸上还在笑，脚底下却想怎么样把人绊倒，明里一盆火，暗里一把刀，恐怕连三姨儿的嘴都说不过她呢！”二姐是个实心的人，看凤姐打扮不凡、品貌不俗，说话又如此客气，便认定她是好人，一心把凤姐当成知己，当下同意搬进大观园里。凤姐便叫周妈帮忙收拾二姐的东西，抬进凤姐那边的东厢房，又急急催着二姐上车，在车上悄悄吩咐："我们家规矩多，若让人知道二爷在热孝中娶你，老爷一定会把他打死！如今先住在我那里，择个日子，再去见老太太！"

不料还没进大观园，十之八九的人已知道凤姐迎回尤二姐的事，纷纷过来探看，见二姐人长得标致，脾气又好，没有不称许的，凤姐脸上笑着，肚子里已酿了一大缸子醋。才将二姐安顿下来，已暗中行事，遣走二姐身边的丫鬟，把自己的丫头善姐送给她使唤，又吩咐园里的婆子："好好看管她，如有走失逃亡，我就和你们算账！"暗里早将计谋布好。

尤二姐只过了三天好日子。三日之后，丫头善姐已不听二姐的使唤，二姐叫她向凤姐要些抹头发的油，善姐耸耸肩说："奶奶，你怎么这么不知好歹！我们奶奶每天处理千百件事，处理上千上万的银子，你拿这点小事烦她，未免太不懂事！你又不是明媒正娶来的，不如忍着点儿！"

一番话说得尤二姐低了头，不敢言语，又过几天，善姐连饭也懒得端来给她吃，偶尔拿来的，也都是剩饭剩菜，二姐说了她一句，就被她回了几十句。二姐身在荣府，怕闹出事来让人家取笑，只好一味忍气吞声。见了凤姐，凤姐却又对她和颜悦色，满口"好妹妹"地叫着，吩咐她："若有人对你不好，你只管告诉我，我打他们！"又骂丫头、媳妇们说，"你们若拣软的欺负，让我听见了，我就要你们的命！"二姐不疑有他，只一味忍着，一点儿也不敢告状。

凤姐又派人暗暗打探二姐的底细，原来先前定过亲，有过婆家，原来的女婿叫张华，现年才十九岁，成日在外赌博，早被父母撵了出来，他父亲收了尤老娘的二十两银子应允退婚，张华并不知道。凤姐知悉后，又拿了二十两银子，命令来旺拿给张华，要张华写状子告到衙门里去，说是贾琏国孝、家孝当头之际，背旨瞒亲，仗财依势，强逼退亲！

张华起先并不敢告，但凤姐一再威胁利诱，只好到都察院喊冤，还要张华牵扯出贾蓉来。此事一出，宁荣二府都震惊，凤姐于是大摇大摆走进宁府，向贾珍、贾蓉兴师问罪去：

"你尤家的丫头没人要了，偷偷往我们贾家送？难不成天下男人都死光了，只剩我们姓贾的？你们真是糊涂油蒙了心！国孝、家孝两层在身上，也敢把个女人送给我们二爷，这岂不是指明了要休我？我们一起去见官说个分明！"一面说，一面大哭，拉着尤氏要上衙门。急得贾蓉跪在地下磕头，直说："婶娘息怒！"凤姐哪里饶得过贾蓉？扬手就打："你这五鬼分尸、没良心的东西！成天做这些没王法的丢脸事儿，我们家祖宗八代都不饶你！"

又对众人哭嚷道："你们嫌我不贤良，看谁给我一纸休书，我就走！"接着，滚到尤氏怀里，号天动地："你妹妹如今已接进我家里，现在每天三茶六饭，穿金戴银地侍奉在园里，连住的屋子都跟我一样，我哪一点亏待她！为了和她原来的夫家打官司，我还偷了老太太五百两银子去打点！"说了又哭，哭了又骂，眼泪鼻涕全滴在尤氏的衣服上，几乎把尤氏揉成了一个面团儿。

宁府的丫头、媳妇，老早黑压压跪了一地，一边求饶，一边赔笑。丫头们送茶来给凤姐止渴，凤姐也掼了一地。待尤氏、贾蓉等磕了一千个头，又答应赔凤姐五百两银子，凤姐才作罢。又说自己实在舍不得尤二姐出去，嫁进来了又出去，也着实丢贾府的颜面，她心里可有一百个愿意让贾琏娶二姐做二房。不过，目前必须守孝，只能先禀明老太太和太太，等孝期满了，就让她和贾琏圆房。尤氏、贾蓉一齐称赞凤姐宽宏大量、足智多谋，凤姐才抽抽噎噎地走了。

第二日，凤姐即带了二姐见贾母和邢氏、王氏，将在尤氏那边的话又一五一十说了一遍，央求贾母道："老祖宗发个慈悲心，先让她进来园里住，一年后再圆房。"

贾母闻言，啧啧称赞："像你这么贤良，真是世间少有。"又称许尤二姐，"长得齐全，比你还俊呢。"王夫人、邢夫人见凤姐如此行事，看似一点妒意也无，大大宽了心。

凤姐却暗暗买遍都察院，要都察院批状子给张华，使张华得以拿状子去贾府领人。但贾珍也暗暗塞给张华一百两银子，要他们别上门来。张华拿了银子，哪里还敢要人？次日五更天，悄悄地逃走了。

凤姐是个计划周密的人，心里怕张华将自己教唆之事告诉别人，万一有人寻出这源头来翻案，岂不害了自己声名？暗地里命管家来旺买通人斩草除根。果然，张华逃了三天，便在路上给人用闷棍打死。凤姐才大大安了心。

贾琏出完差，停马新屋前，里头竟空无一人！只有一个看门的老头儿，将事情来由告诉他，贾琏一听，差点跌下马来。战战兢兢回到家里，却看见凤姐在他面前和尤二姐亲亲爱爱，仿佛亲姐妹一般，贾琏便自以为高枕无忧。这回出远门是为父亲办事，贾赦十分满意，除赏他一百两银子外，又将房中一个十七岁的丫头秋桐赏给儿子做妾，贾琏叩谢领去，得意不已，料想此后拥有一妻三妾，大可享双倍齐人之福！凤姐心中一刺未除，又凭空多了一刺，少不得忍气吞声；表面上一团和气，连声恭喜，背地里如鲠在喉，如坐针毡。心下又盘算，不如以毒攻毒为妙！

凤姐在外头虽待尤二姐好，趁无人时，又有意用话刺激二姐，常说道："妹妹未嫁前名声不好听，连老太太、太太们都听说过，常劝二爷把你休了，再找好的——气得我有冤没处说！"表面对二姐好，实则指桑骂槐，暗里相讥，下头的婆子们，也在凤姐教唆下，对二姐冷言冷语。凤姐不久又装病，不和二姐一处吃饭，只叫丫头们端残羹剩菜过去，平儿看不过去，自己拿钱偷偷帮她加菜，被秋桐知道了，全说给凤姐听。凤姐便骂平儿："人家养猫来抓耗子，我的猫倒会咬鸡！"平儿只好故意离尤二姐远点。二姐吃了许多亏，但哪里敢抱怨凤姐？只有暗自垂泪。此时，贾琏和秋桐正干柴烈火，如胶似漆，拆也拆不开，哪有时间听二姐的心里话？

凤姐虽恨秋桐恨得牙痒痒的，却想借刀杀人，得和她客气假意，对秋桐说，二姐常说你的坏话，激得秋桐发怒后，又假意劝她："她现在是二奶奶，又是二爷心坎上的人，连我都让她三分，你何必硬碰硬？"

秋桐本来是个没脑袋的丫头，一听此言，更为恼火，天天故意在二姐房前大骂她娼妇，气得二姐日日在房里哭泣，连饭都吃不下，秋桐又在贾母前进谗言，说二姐只知争风吃醋，是个贱骨头，贾母也渐渐不喜欢二姐。一班下人见贾母讨厌二姐，更加作践起她来。

尤二姐本是个"花为肠肚、雪作肌肤"的人，怎禁得起这般折磨？本以为嫁得贵婿，可以倚靠贾琏过一辈子，哪里想到反而落得如此凄凉？有委屈又不敢说出口，四周的丫头婆子待她如狼似虎，纵然平儿背地里帮她，也于事无补，进贾府，受了半年的暗气，已茶饭不思，整个人逐渐憔悴了下来。只因发觉自己已有身孕，才苦撑着。

但这一病，二姐已无法从床上坐起，待贾琏和秋桐稍稍冷了，忽而想起她来，去看她，她才哭求贾琏请医生。在凤姐唆使下，小厮请来专用狠药的胡太医。胡太医信口说不是胎气，只是瘀血凝结，贾琏照药方为二姐抓药来，二姐喝下去后，半夜腹痛不止，胯下一滑，腥血滚滚涌出，一个已成形的男胎硬生生地溜了下来，人便昏厥过去——待贾琏派人抓胡太医时，胡太医却已人去楼空！待再请医调药，二姐已去了半条命。

凤姐闻言赶来，表情看似比贾琏更急十倍。此事发生后，她成天烧香拜佛，虔诚祷告，振振有词道："我情愿自己有病，只求尤氏妹子身体大愈，再怀胎得男，我愿吃长斋念佛还愿！"贾琏和众人听了，都称道凤姐贤良。二姐病倒在床，贾琏又夜夜留在秋桐处，凤姐一边派人送补品给二姐吃，一边打发人出去算命求卦，要算命的说是属兔的女人冲犯了胎气。偏只有秋桐属兔。

凤姐便劝秋桐到他处躲一躲，别进荣府来，秋桐一肚子气往尤二姐身上发，大声骂道："哪个饿不死的杂种乱嚼舌根！我和她井水不犯河水，冲了她什么！我倒要问问，那个娼妇肚子里是谁的杂种，谁知该姓张还是姓王！"

二姐躺在病床上，把这些话都听进耳里，心头更添烦恼。当夜，平儿趁凤姐睡了，才敢到尤二姐榻前安慰她一番。尤二姐向平儿哭诉了一回，平儿看二姐情绪已平静，便向二姐告辞。不料第二天早上，二姐好端端不见起床。若不是平儿发觉，服侍的丫头们还以为二姐在睡懒觉，乐得不帮她梳洗。原来二姐已吞金自尽，魂归黄泉！

平儿忍不住哭骂丫头们：“你们这些丫头，也不知可怜病人！她虽然性子好，你们也太过分了，只知墙倒众人推！”平日欺负二姐的丫头们，见二姐死了，却也心生悔意，伤心落泪，独独不敢给凤姐瞧见。

贾琏闻言搂尸大哭，凤姐也进来猫哭耗子：“狠心的妹妹！你怎么丢下我了？平白辜负我对你的心！”一边却在贾母面前进谗言，不许二姐停灵在家庙中，又不给贾琏银子办丧事。贾琏本想打开二姐带来的东西，找出昔时给二姐的私房珍品来典当，开了箱子，发现里头早被掉了包，只有几支坏掉的簪子、不值钱的首饰和几件半新不旧的衣裳，这才明白，二姐在家里受尽委屈，死得不明不白。

最后还是平儿偷出了一包二百两的碎银，悄悄拿给贾琏，才把二姐的丧事办了，贾琏对平儿心生感激，更加痛恨凤姐，但又哪敢杀凤姐的锐气！

第三十五回

接二连三的坏消息：柳湘莲无影无踪、三姐自刎、二姐吞金，听得宝玉无限伤心。

此番薛蟠罢游归来，为宝钗带了几箩筐江南、江北的土产和玩意儿，除了笔墨纸砚，还有香袋、香珠、扇子、花粉及胭脂。宝钗除了留几样给自己之外，其他都依个人情性平均分给姐妹和丫头们，给黛玉的，比常人加厚一倍。

别人收了东西，莫不殷勤道谢，只有黛玉看了自己家乡的土产，反而触物伤情，暗自垂泪了老半天。紫鹃只得在旁叨叨劝解，要黛玉别糟蹋了自己的身子。

正劝慰时，宝玉悄悄地走进来了。一坐下，看黛玉泪痕满面，即知黛玉的心病又犯了，连忙哄着："妹妹，又是谁气着你了？"黛玉偏说："谁生气了？"背过脸不答话，紫鹃把嘴一撇，示意宝玉看桌上的东西，宝玉往那儿一瞧，知是宝钗送来的礼，故意笑道："哪里来的这些东西，妹妹要开杂货铺啊？"黛玉忍住不笑，紫鹃笑道："姑娘正睹物伤情呢，二爷劝劝姑娘吧。"

宝玉明知，却说："我知道妹妹为什么伤心，一定是嫌宝姐姐送来的东西太少了。妹妹放心，等我明年叫人往江南去，光为你一个人就带两船来，你就不哭了。"又挨着黛玉坐下，把每件东西都拿出来晃来晃去，问这叫什么，那做什么，这要摆哪里，让黛玉忙着答，没时间掉眼泪。黛玉见宝玉如此为她解忧，心里反而过不去，不好再无缘无故伤心。

凤姐复出处理家务后，家里的姐妹总算落得清闲。李纨、探春好不容易无事一身轻。这天，宝玉正在怡红院里和晴雯、麝月、芳官抓对搔胳肢窝儿闹成一团，湘云遣了丫头翠缕来，要宝玉出去看好诗。宝玉梳洗罢，走到沁芳亭，见黛玉、宝钗、湘云、宝琴和探春都已笑盈盈地站在那儿，手里捧着一卷诗篇展读。宝玉探头过去凑热闹，一看，正是一首古风桃花诗。

……若将人泪比桃花，泪自长流花自媚。泪眼观花泪易干，泪干春尽花憔悴。憔悴花遮憔悴人，花飞人倦易黄昏。一声杜宇春归尽，寂寞帘栊空月痕！

宝玉看了几行，魂痴魄呆，泪水已在眼眶打转，怕姐妹们笑话他，偷偷拭掉眼泪。一看这伤悼的哀音，他即知此诗出自黛玉手笔，想赞美她，又怕她一味作这种伤怀的诗，折磨了身体，只得怔怔地看着黛玉，不知该说什么好。

众人一起走到稻香村中，把诗给李纨看了。李纨称赏不已，和众人议定，明日另行起诗社，将去年的“海棠社”改为“桃花社”，由黛玉任社主。

本来第二日便要群集潇湘馆作诗，偏偏出外为朝廷赈饥的贾政有书传到家，说不久后就要回来。宝玉才想起，父亲离家时交代他每日临帖一张！他已一股脑儿丢在脑后，待父亲回来，搪塞不过如何了得？他只好闷在书房里写字。贾母一整天没看到他，以为他病了，忙叫人来问，知他在赶功课，十分欢喜，王夫人却怕他赶出病来，大大不好。探春却笑道：“我们虽然不能替他读书，倒可以替他写字，每人每天临一篇给他，他就赶不出病来了。”于是探春和宝钗每日为宝玉写一篇楷书，黛玉则仿宝玉字迹写蝇头小楷，湘云、宝琴也加入赶制行列，宝玉便大大放心了。后来听说父亲须延至七月才得回府，宝玉喜之不尽，又把读书、写字一事搁在一旁，照样游荡。

桃花诗社虽然耽搁了，到了柳絮飘舞的暮春时节，由史湘云重新撩起填词的热情。史湘云填了一首《如梦令》的词，给宝钗和黛玉看了，两人都说新鲜有趣。趁当天天气好，黛玉吩咐丫头们摆设了几色点心，去请桃花诗社各人来填柳絮词。由于薛蟠返家，香菱只得搬出大观园和薛蟠住，所以无缘参与此次盛会。

头一回填词，人人兴致盎然。宝钗点燃了一炷香，规定众人在香尽时须作完词。宝玉写了几句，都觉不好，待要选韵重写，香已燃尽。只有黛玉、宝钗和宝琴已有成绩。大家看了，又推宝钗与黛玉为佳。

黛玉的是一阕《唐多令》，哀音缠绵。

粉堕百花洲，香残燕子楼，一团团逐队成球。漂泊亦如人命薄，空缱绻，说风流！草木也知愁，韶华竟白头。叹今生谁舍谁收？嫁与东风春不管，凭尔去，忍淹留！

宝钗的《临江仙》则毫不丧气：

白玉堂前春解舞，东风卷得均匀。蜂围蝶阵乱纷纷，几曾随逝水？岂必委芳尘？万缕千丝终不改，任他随聚随分。韶华休笑本无根，好风凭借力，送我上青云！

宝钗的词别出心裁，为无根柳絮翻案，偏偏把它说成好东西，又不落俗套，众人都拍案叫绝。李纨判定湘云、宝琴和探春落第，要罚，宝琴笑道："我们自然得受罚，但不知那个交白卷的又该怎么罚？"

李纨说："自然得重重罚他！"

一语未了，只听得窗外竹子唰唰响，仿佛有只飞鸟跌入竹丛里，大家吓了一跳。丫头们出去瞧，说是："一个大蝴蝶风筝，挂在竹丛里了。"宝玉出去看，认得这风筝是贾赦新买的妾嫣红平日在放的。黛玉、宝钗、探春一时兴起，也要丫头们去准备风筝，放放连日来府里的晦气。宝玉也打发了丫头去取一个美人风筝来放。

宝琴的蝙蝠、宝钗的大雁等都放起来了，飘飘摇摇好不威风，只有宝玉的美人儿说什么也不飞上天。宝玉急得满头大汗，恨恨地把风筝摔在地上，道："若不是个美人儿，我一脚就把它踩得稀烂！"

顿时风大了起来，风筝越飞越高。黛玉没留意风筝线已经放完，哗啦一声，风筝便自由自在地扶摇上九重天去。宝钗笑道："林妹妹的病根儿随风筝飞走了。"湘云拍手，说："我们大家也都把风筝放了吧！"一时间，所有的风筝都失了根，凭借好风力，扶摇上青云，剩下一个个芝麻大的黑点儿，消失在众人的眼前。

第三十六回

一入八月，贾府上下便为准备贾母的八秩大寿沸沸扬扬，自七月二十八日至八月初五，宁荣两府齐开筵席，日日宴客，打自七月上旬起，送寿礼者络绎不绝，宫中及各亲王家皆有贺礼，家中也夜夜笙歌，忙坏了贾府里头的管家、婆子们。凤姐打点里外，最是劳心劳力。

她婆婆邢夫人，在此时却越看她越不顺眼，因为上次丈夫想讨鸳鸯当小老婆自讨了没趣，邢夫人老早想找凤姐麻烦。

偏巧两个荣府婆子出言得罪尤氏，凤姐下令周妈将她们捆起来待罪。第二天，两个婆子的亲戚向邢夫人求情，邢夫人便当着众人的面，说起媳妇来：

“昨晚，听见二奶奶你生了气，要周妈捆了两个婆子，不知她们犯了什么罪？论理，我不该和你讨人情，不过，今儿可是老太太的好日子，咱们还要舍钱舍米、济老周贫，怎么倒先折磨起家里的老奴才来了……就是不看我的面子，也要看老太太的脸，放了她们！”

凤姐在下人面前向来威风，这下子却在下人面前被婆婆训了一顿，又羞又气，却不能回嘴，一张脸憋得紫胀，瞪着眼睛，目送邢夫人离去。一个多月前，凤姐已犯了老毛病，经期后，经血仍淅淅沥沥没有止住，身子已逐日耗弱下来，这么一气，更是雪上加霜。只因她生性好强，为了让贾母过个风风光光的生日，暂且隐瞒病情。这病症，唯有平儿知道，平儿问她：“身子觉得怎么样？”她还骂平儿有意咒她死。

平儿虽为她忧心，却不敢关心。

受了邢夫人的闲气，身体更加虚弱，凤姐隐然支撑不住，但事事却仍少不了她操持。风风光光的八秩寿诞背后，家里是屋漏偏逢连夜雨。贾府里宝玉和诸姐妹们日日嬉笑游耍，哪里知道世道艰难，民生凋敝？外头已接近两年的旱灾，谷物歉收，佃农交不出租银，贾府的财库已渐渐拮据。元春在宫里册封为贵妃，人人都以为贾府必有些好处，谁知宫内夏太监、周太监等，不时来贾府“暂借”银两，有借无还，一开口便是数百两，一年又要来打草数次，一点也不能得罪。府库逐渐空虚，凤姐与贾琏早已开始变卖家里值钱的东西。此次贾母寿诞，又花去两三千两银子，家道更加艰难，有苦无处说，只得向鸳鸯求救，将贾母目前用不着、查不到的金银宝器拿出去质押，应付过去。

探春因凤姐病时管过家务，略知家里的财务已破绽丛生。但其他的姐妹们，哪里晓得？宝玉尤为富贵闲人，常笑她：“三妹妹多心多事，我劝你少听俗话，少想俗事，只管安享富贵尊荣！人间可没几年清福可享！”尤氏笑宝玉：“谁像你一样心无挂碍，一心只想和姐妹们玩笑？饿了吃，困了睡，从不管明天风往哪里吹！”

宝玉心口如一，坦然答道：“我能和姐妹们过一日算一日，死了就完了，管什么后来的事！”

人人说，宝玉空有一副好躯壳，却是个没出息的傻东西，只会说呆话。然而他的呆话却冥冥然说中贾府的未来——人间没几年清福可享！

为了贾母寿诞，贾政自从奉旨巡察返家后，没空抽查宝玉念书，因而众人虽然忙碌，宝玉倒乐得优游自在。大寿忙了近个把月，宝玉仍浑浑噩噩，没料到父亲会来盘查。这个晚上，才要安歇，赵姨娘房里的丫头小鹊却来通风报信，道：“方才我们奶奶在老爷跟前咕咕哝哝，宝玉来，宝玉去的，可不知告了你什么状哩，小心明天老爷找你麻烦！”

宝玉一听，像孙悟空听了紧箍咒儿般，五脏六腑全都燥热起来，生怕明天父亲的杖落到身上来。想来想去，父亲必是要问书盘考。这数月间，只知游戏嬉耍，肚子里的四书早已一干二净，这晚怎么样也睡不着，干脆披衣起来临时抱佛脚。

偏偏经书浩瀚，岂是一时温习得了的？贾政早先交代下来命他熟读的十多篇八股文，又是他平日最深恶痛绝的“沽名钓誉之阶”，越看越是焦躁。自己读书不打紧，还累得一屋子丫鬟都不能睡。袭人、麝月、晴雯，在旁剪烛斟茶，在外间伺候的小丫头，再困也不敢躺到床上，一打瞌睡，晴雯便骂人。

宝玉才刚安下片刻心来，就听得外间咕咚一声。原来有个小丫头坐着打盹，一头撞到墙壁上，恍惚从梦中惊醒，还以为晴雯打她，哭着央求：“好姐姐，我不敢了！”众丫头都哈哈大笑起来。宝玉连忙跑出去看，劝晴雯让小丫头们先睡了。袭人说：“小祖宗，你只顾你的吧，让她们陪着熬一夜也没什么，你费什么心思？”

宝玉又将注意力转到麝月的衣服上："晚上这么冷，你该多穿一件衣服才是。"

麝月笑道："你难道不能将我们暂时忘了，把心搁在书上？"

话犹未了，只听见春燕、秋纹从后头房里慌张跑来，惊呼："不得了，有人从我们后头墙上跳下来！"一语驱走众人的睡魔，全都出去寻人。

这小小惊吓却给晴雯一个好主意。她笑盈盈地向宝玉献计："你不如趁这个机会装病，就说是吓着了！"此语正中宝玉下怀，乐得装病，免去明日之灾。不久她们找巡夜的人来抓小偷，晴雯故意说，宝玉给跳下墙的夜贼"吓得脸色都变了，满身发热！"秋纹等又故意出去为宝玉取药，半夜里惊醒王夫人，第二日，贾母也知道宝玉给吓病了，细问缘由，将没抓到贼的守夜人骂了一顿，想想又疑心道："敢情……守夜的人自己就是贼？"

众人默然，明察秋毫的探春便出来说话："近日因二奶奶身子不好，园里的人便放肆了，以前为了熬困，坐更时偶尔玩玩小牌，无伤大雅，据说如今却有人做了大头家开了赌局，大输大赢，半个月前还有人为此打架！"

贾母一听，责怪探春不早相报。因凤姐已卧病在床，贾母下令林妈等四个总管的老婆查出实情。园里的婆子仆役们吵闹了一回，揪出两个大头家。一个是厨房柳妈的妹妹，一个是迎春的乳母，凑合聚赌的人则有二三十人。贾母震怒，下令将为首两人打四十大板撵了出去，聚赌者打二十大板，革三个月的月钱。

贾母发落赌头时，黛玉、宝钗、探春等都在座，见迎春为乳母受罚一脸羞涩，都起身向贾母求情，要贾母看在迎春面子上，饶过这次。贾母在气头上，说："这些奶妈们仗着养过公子、小姐，比别人更为可恶，非得教训教训不可！"宝钗等人听了，不再言语。

这事让邢夫人也觉丢脸。她虽非迎春亲生的娘，名义上迎春是她的女儿，当日赶到迎春房里问罪。迎春向来不顶嘴，只是低头抚弄衣带，说："这事我老早知道，说了她两句，她不听，我有什么法子？平日只有她说我，没有我说她的分。"

邢夫人闻言大怒："胡说！你说她不听，早该向我禀报才是，现在弄得我们都跟着没脸，有什么意思？你这丫头，从来面薄心软，让人欺负，也不吭一声！"又拿起探春做比较："你亲生的娘，比那赵姨娘强十倍，你也该比她强才是！恐怕你奶妈拿了你的东西去典当了，你还不知道！"

邢夫人骂完，人走了以后，迎春的丫头绣橘才对迎春重提旧事："姑娘上回不见了的金凤头饰，可不是被奶妈拿去当了？"迎春只想息事宁人，装没听见，轻言淡语说："宁可不见了东西，也不要惹事。"连丫头绣橘都生起气来，说："姑娘怎么这样软弱！我帮你向二奶奶说去！”

偏巧迎春乳母的媳妇玉柱儿家的，正前来央求迎春去说情，听到绣橘要向凤姐告状，一惊之下非同小可，赶紧跑进迎春房里来，说：“姑娘！你若肯为我们老奶奶讨个人情，我们一定赎回金凤头饰奉还姑娘。”迎春想了一会儿说：“好嫂子，宝姐姐、林妹妹说情，尚且不依，我就是说到了明年，也没用处，劝你打消了这主意！”

绣橘还在旁边，气呼呼插嘴道：“偷了东西就该还，和说情是两回事，你先把金凤赎回来再说！”

玉柱儿媳妇无话可答，但明知迎春素来不生气，便把话头对准绣橘，指桑骂槐，说自邢岫烟借住到迎春处，这儿没有添月钱，反而还少了一两银子，“平常短了这个，少了那个，还不是我们拿出来贴，这么久来，少说也贴了三十两银子！钱丢到水里还会咚隆一声响！”

绣橘又气又急：“这真是没王法了！你们把姑娘的东西偷了，还赖姑娘白用了你们的钱！”一边说，一边气得哭了，迎春却也不理论，拿了一本《太上感应篇》的书，气定神闲地倚在床上看。

可巧探春、宝钗、宝琴、黛玉都来安慰迎春，玉柱儿媳妇乘机溜了。探春仿佛听见屋子里有人吵闹，坐下来便问：“刚刚谁在这里拌嘴？”迎春木头人似的，回了一句：“没什么，丫头们小题大做。”其实探春已把方才的话听了大半，问司棋和绣橘：“谁说姐姐让奴才白贴钱来着？你叫她进来，我替你问一问。”迎春连忙阻止：“明明跟你们没关系，何必如此？”

探春却不依她，笑道：“姐姐的事，就是我的事，我倒想替你问问金凤去了哪里。”于是要绣橘叫了玉柱儿媳妇来，说了一顿，又说：“短少了钱，跟二奶奶说去，到姑娘房里闹什么？”一面使眼色给自己的丫头侍书，要侍书禀明凤姐，侍书才刚到门口，就碰见平儿拎了裙角跨进门槛来。宝琴笑道：“姐姐敢是有驱神、召将的符数？还没叫人，人就自己来了。”探春一见平儿，便说：“你奶奶身子可好多了？她一病，我们便受委屈。”

平儿忙问：“谁敢给姑娘气受，尽管跟我说！”

玉柱儿媳妇已慌得手忙脚乱，想上前向平儿细说缘由，还未说出理由，平儿即板起脸来打断她的话：“姑娘们没叫你，你也有插嘴的余地？你若知礼数，就该知道，外头伺候的人，岂可无缘无故到姑娘屋里来？”

平儿瞪着绣橘道：“这就是你们的不是了，姑娘好性子不管，你们也该为她打了出去，再去回太太！”

玉柱儿媳妇碰了一鼻子灰，只得识趣退出。平儿即将来意向迎春说明，问道："姑娘的奶妈就要撵了，姑娘可有什么话要说？"

迎春专心致志地看着《太上感应篇》，平儿连问了两声，她才抬起头来，笑道："她们自作自受，与我无干，私下拿走的东西，若不送还，我也不要了。只要不叫太太们生气，还是省点事好。"

大家听了她这番"啥也不管"的理论，都暗自好笑。黛玉忍不住问："若二姐姐是个男人，如何理家，对付这些人？"

迎春笑答："就是男人也一样。《太上感应篇》有云：救人急难才能积阴德，我虽不能救人，何苦白白和人结仇，做那种无益有损的事？"

谁想到，这么一个不管事的柔弱姑娘，不久，却被父亲贾赦许给了个性如贪狼猛虎的孙绍祖。

第三十七回

人言可畏，在大观园里尤为如此。

贾琏不过才向鸳鸯从贾母那儿调了头寸出来周转救急，不知为什么，母亲邢夫人竟听说了，立即遣人向贾琏及凤姐要二百两银子过节。凤姐想也想不到是谁走漏了风声，环顾四周，屋子里的丫头早已跪了一地，都赌誓自己没讲，凤姐没办法，只得先当了自己的金饰，打发了婆婆再说。

才应付完死爱钱的邢夫人，又来了气冲冲的王夫人。王夫人一来，便令所有的丫头都出去，只留凤姐一个人，然后，从袖子里掏出一个香袋来，丢到凤姐面前，凤姐细看，也吓了一跳，原来上头绣着赤条条的一男一女，正是坊间私藏的春宫香袋！忙问："太太从哪里得来的？"

王夫人颤抖说道："是老太太房里的傻丫头拾到的，被你婆婆看见，先拦下来，否则早就送到老祖宗面前！你婆婆把这事交给我办！"接着又问："你为何将这东西丢在园里头？"

凤姐听了，大吃一惊，问："太太……怎说是我的？"王夫人道："我们这一家子，独你和琏儿是对小夫妻，必是贾琏那不长进的下流坯子从哪儿弄来的……你别和我要赖！"

心知是婆婆有意陷她于不义，凤姐一时无法分说，怒急攻心，挨着炕双膝跪下，含泪辩说，她没有这样的东西："就是有，怎可能带东西到处逛去？这院子里的丫头、姨娘、小厮众多，怎说是我的呢？"

王夫人觉得有理，没有再为难凤姐。只要凤姐将家里管事的几个婆子叫了进来。碰巧邢夫人得力心腹王妈正在此处，为了向邢夫人交代，王夫人便要王妈彻查这件事。王妈在园里工作几十年，从没被人看中过，这一得王夫人青睐，便趁这个机会参奏了园里丫头们，过去她因事被晴雯骂过，头一个便拿晴雯开刀，先说了许多坏话："那个丫头仗着模样儿比别人标致，又长了一张巧嘴，天天打扮得西施一样，一句话不投机，她就妖妖娆娆地骂人，不成体统！这个鬼怪东西，想必是她丢的！"

王夫人已在气头上，此话更触动王夫人先前对晴雯的不满："是不是一个水蛇腰、削肩膀，长得有些神似林姑娘的？前不久我看过她在骂小丫头，的确是一副轻狂……我生平最讨厌这种女人！宝玉房里的袭人、麝月比较忠厚，还合我的意——若宝玉叫这蹄子勾引坏了，可是大大不好！"于是要王妈唤了晴雯到凤姐房里来。

晴雯最近一直缠绵病床上，急急被唤来见王夫人，未免钗横鬓乱，一副西施捧心的姿态。王夫人看在眼里，更不舒服，骂道，"你天天装这轻狂样给谁看？明儿我可要揭你的皮！"又冷笑问："宝玉最近可好？"

晴雯听王夫人无缘无故传她来，心知自己必遭人暗算，忍气吞声答道："平日我不大到二爷房里——二爷身边的事，都由袭人和麝月料理，太太可以问她们去！若太太怪我不经心，从此我多为二爷留点心就是。"

王夫人信以为实，忙说："阿弥陀佛！宝玉不劳你费心！"又向王妈等说道，"你们可得帮我防着她，别让她进宝玉房里睡觉！"晴雯才要出去，她还骂道，"以后别给我装这种花红柳绿的浪样儿！"

晴雯毕生没这么丢过脸，一气之下，拿着绢子捂脸，一直哭回怡红院。晴雯一走，王妈又献计："有了这个香袋的人，自然还有别的坏东西。太太尽管把这等小事交给奴才办，咱们趁晚上关起门来，措手不及，搜丫头们的房，让她们防不胜防！"气头下的王夫人，点头道："这个主意倒好，否则，一年也查不出来！"凤姐见王夫人如此斩钉截铁，不敢说话，只有点头称是。此夜，王妈即耀武扬威地搜起大观园。对王妈来说，这一辈子，哪有如今夜之春风得意？

第一个先搜怡红院。宝玉不肯让婆子进来，便请人叫凤姐来问分明。凤姐怕出事，只得过来陪着说明因由。说是丢了一件要紧的东西，不得不查赃。

袭人看王妈等人来势汹汹，知其中必有异事，自己先打开箱匣让他们搜了，又要小丫头们自己开了箱，以免来人费事，唯有晴雯卧病在床，还未开箱。王妈横眉冷笑问："这是谁的？怎么不打开？"

袭人蹲下身子，正要替晴雯打开，只见晴雯一头乱发，气呼呼地闯进来，哐啷一声，将箱子掀了，把里头的东西全倒在王妈眼前。王妈自讨没趣，涨红了脸，说："姑娘，你别生气，我们是奉太太的命来搜查的，哪用对我们这个样子？”

晴雯一听更为气恼，三寸长的纤纤指甲直指王妈，哼了一声，道：“原来是太太打发来的——我还以为是老太太打发来的呢！太太那边的人，我都见过，唯独没看过你这么有头有脸的管事大奶奶！”

凤姐见晴雯说话尖酸，表面上喝住晴雯，其实心中暗喜。这王妈是她婆婆邢夫人身边的人，素爱挑拨离间，搬弄是非，凤姐早想给她颜色瞧瞧，只是碍于婆婆的面，没法施招。王妈还要发作，凤姐笑劝：“妈妈，你且搜你的，何必和丫头们一般见识？万一在这儿闹开来，走漏了风声，可不碍了你的任务？”

王妈只得咬紧牙根忍住了。细翻晴雯箱子，都是旧东西，虽有男人的物什，看来却是宝玉的旧东西，只有悻悻然离开怡红院。

凤姐知道，王夫人用这三姑六婆般的婆子，史无前例地大肆搜园，必将惹出更大风波，只好紧跟着王妈到别的院里去，又叮咛：“薛大姑娘是亲戚，万万抄捡不得。”一边说着，前头已是潇湘馆。

黛玉已入睡，凤姐要丫头们别打扰她。王妈带人进丫头房里翻箱倒柜，在紫鹃房里搜出许多宝玉的东西，王妈自以为找到赃物，忙请凤姐过来验视。凤姐撇撇嘴笑道：“这是宝玉从前用的扇子和束腰！宝玉和林姑娘从小一块儿长大，这自然是宝玉送林姑娘丫头的东西，从前人人都见过。妈妈不信，尽管拿去献给太太。”

王妈闻言虽然沮丧，也赔笑道：“二奶奶这么说就算数。”

大批人马在潇湘馆内搜索，早有人报给探春知道。探春心知其中必有蹊跷，才引出如此窘况来，命令丫头们秉烛开门以待。待他们一来，探春便给了下马威：“我们的丫头若是贼，恐怕我就是贼窝窝主！你们且先搜我的箱柜，看我有没有收着她们的赃物！”一声令下，丫头们将大小箱子一齐打开，请凤姐抄阅。凤姐尴尬赔笑：“我不过是奉太太的命陪着来，三妹妹别错怪我。”赶紧喝令丫头们把探春的箱盒都关了。

探春又冷笑道：“搜我的东西容易，想搜我丫头的东西，恐不能让你们如愿！举凡丫头们的东西，就是一针一线，我也知道她们往哪里搁。你们只管回太太说，我的心比众人歹毒，要怎么处置，我会自己去领罚！你们别急着自己抄家，想抄家的话，恐怕指日可待！江南甄家不是已经抄了？俗话说，百足之虫，死而不僵，什么东西都是从里头烂起的！这下子，没人来抄我们家，我们就自己抄了起来！”说着说着，泪水无声，簌簌而落。

凤姐只得冷眼看众婆子们，问：“你们这下子可搜明白了？”众婆子知道探春个性欺负不得，唯唯诺诺赔笑。探春又问了一次：“搜明白了吧？明儿再来，我可不依！”

独独王妈不知厉害，仗着王夫人、邢夫人为她撑腰，心想，探春不过是个庶出的姑娘，何必怕她？便乘机摆起老大来，走向前去，故意掀起探春的衣襟，嬉皮笑脸道：“连姑娘身上我都翻了，果然没什么！”

凤姐已捏把冷汗，才要劝阻，只听得啪啦一声，王妈脸上早已挨了一巴掌。探春厉声骂道：“你是什么东西，敢来拉我的衣服？我看在太太面子上，喊你一声妈妈，你就狗仗人势，动手动脚，以为姑娘们都好性子，由着你们这些奴才欺负！”说完，瞪着凤姐道，“是不是要我把衣服脱了，省得你叫奴才来搜身？”

众人吓得鸦雀无声。凤姐一边安慰探春，一边骂起王妈来：“妈妈吃了两口酒，怎么就疯疯癫癫起来？快出去，别在这里丢人现眼！”

探春又冷笑道：“奴才敢到主子身上搜贼赃，我倒是头一回听见！明儿先回了老太太去！”

王妈连忙躲到窗外，喃喃说道：“这还是我生平头一遭挨打哩……我不如回家去算了，在这里赔老命做什么！”不巧探春又听见了，喝命丫鬟：“你们闷不吭声，难道要我和她拌嘴不成？”

侍书马上出去，说道：“妈妈，你还是省句话讲吧。你若懂得回家去，倒是我们的造化，只怕你舍不得走！你要走了，我们的主子没人可骂，岂不可惜！”

凤姐闻言笑道：“真是有其主必有其仆！”

探春冷笑一声，答道：“我们做贼的人，难免伶牙俐嘴，只是不会在背地里向主子进谗言！”

一行人气势大减，静悄悄走到李纨和惜春住处。李纨的丫头们别无长物，惜春年纪小，胆子也小，不知有何大事，一脸慌张。婆子们在惜春的丫头入画的箱子里，竟搜出一大包银两和男人的靴袜来。凤姐板起脸问入画，入画说，是贾珍赏给她在宁府当差的哥哥，她只是为哥哥收着而已。入画双膝跪地，哭道：“奶奶只管问珍大爷去！若不是赏的，就将我和哥哥一起打死也无妨！”

凤姐说：“这自然要问清楚——不过，是谁帮你私传东西进来的？”

惜春说：“想必是后门的张妈，她常和这些丫头鬼鬼祟祟的。”张妈曾与王妈斗过嘴，从此不相往来，王妈一听此事，又怂恿凤姐：“这传东西的人罪嫌重大，不可不查。”

凤姐冷冷地白了她一眼：“你不用说，我也知道。”

紫菱洲里，迎春也已入睡，凤姐等人便往丫头房里来。丫头司棋恰好是王妈的外孙女儿，凤姐偏要看看王妈藏不藏私，就特别留神看。王妈掏了两下就要关箱，凤姐却暗中要周妈去看看。周妈一抓，即掏出一双男子的锦袜和缎鞋，又找到一个同心意结和一封信。凤姐虽未读书，但也认得几个字，便将信上识得的字大声念出来，原来是一封情书，由她表哥潘又安写的，情意缠绵，文末又云："特寄香袋一个，略表我心，千万收好！"当下凤姐笑出声来，朗声道："你要拿的人，可不是你的外孙女儿！这下明明白白，没话可说了！"

原来司棋从小与表哥一起长大，私订终身，她进园子里来做丫头，她表哥也为荣府打杂役，数日前趁着夜深人静，人约假山后，正卿卿我我之际，曾经给鸳鸯看见了，鸳鸯反为她开脱，半句话没说，不料她这多事的外祖母反来发赃，拿住了自己的外孙女，成了现世报。

这回抄捡大观园，撵了司棋，原本没话可说，惜春却也叫人将入画撵出去。惜春的亲嫂子尤氏，从宁府过来，劝惜春道："那些东西，明明是你哥哥给的，何必跟丫头过不去？"惜春说，这丫头让她丢了脸，她就不要，嫂子带她走，要杀要打要卖，她都不管，断断不要玷污她的藕香榭："我只求自保就够了……你们有什么事，都别连累我！"

尤氏又好气又好笑，向跪了一地求情的奶妈、丫头们说："人家都说四姑娘年轻糊涂我倒不信，你们听听这些话，真教人寒心！"

惜春冷笑，说："我虽年轻，心却不年轻！你们这些人，不读书，不识字，呆子一般，反说我糊涂！真是莫名其妙！"

尤氏叹道："我看，你还真是个冷心冷嘴的人！"

惜春还嘴："我清清白白，怎会不冷心冷嘴？你们可别来弄脏了我的地方！"

尤氏只好赌气将入画带进宁府去。

至于这调唆搜园反而自作孽的王妈，给邢夫人叫人打了一顿，从此畏头畏尾过日子，再也不敢嚣张。

转眼到了中秋，荣宁二府众人，依然热热闹闹承欢贾母膝下，月明灯彩，人气烟香，一会儿说笑话，一会儿行酒令，姐妹们则连韵作集锦诗。桂花香，醇酒暖，天空地静中，笛声呜咽悠扬，谁晓得这是凤姐卖了首饰，才凑出酒席钱来的？外头仍是连年干旱，财库左支右绌，宁府里却由贾珍做起东，与家人们开起大赌局来，连薛蟠也带着几个男妓前去凑热闹，只贾母被瞒在鼓里。

百足之虫，死而不僵——除非从里头坏起！探春铿锵有力的声音，在人人赏心悦目过中秋时，早给忘得一干二净。

第三十八回

抄捡大观园当天，凤姐的老毛病加剧，下体流血不止，躺在床上动弹不得，中秋赏月，连身子也撑不起来，只得向贾母告假。虽然有众姑娘和婆子、丫头们陪贾母赏月，缺了凤姐笑声，让贾母一直感叹不够热闹。宝玉因晴雯病情不妙，眼里看的是中秋圆月，心里却全是晴雯的病容。原来晴雯把王夫人骂她的话，全放在心头，病势如炭助燃，一发不可收拾，成日咯血，却不敢把原因说给宝玉知道。

这天，宝玉从外头回来，看见周妈带了司棋，拉拉扯扯地出去，后头又有人抱着箱箱柜柜跟着出去，赶忙拦住，问："哪里去？"周妈知他平日对丫头们好，怕唠叨误事，赔笑道："不关你的事，快念书去吧！"

司棋以为救星来了，拉住宝玉，哭诉："二爷……你好歹帮我求太太去！"宝玉才想起抄检大观园的事，看着司棋，不禁伤心落泪，待要去说情，周妈却说："太太吩咐，不许耽搁，看到少爷就要拉扯，像什么话？再不走，我就打你一顿！"不由分说，拉着司棋便出去了。

宝玉呆站在原地，愣愣看着她们走远，因为遣走司棋是王夫人命令，也不敢拦阻。过了不久，自言自语地骂了那些婆子："奇怪，这些人一嫁了汉子，染了男人的气味，就变得混账起来，比男人更加可憎！"

守门的一个婆子听了，觉得好笑，问道："这么说来，女孩个个是好的，婆子个个是坏的了？"

宝玉怒火攻心，恨恨地说："正是这样！"还在原地怔忡，几个婆子叽叽喳喳地走过来，谈论着王夫人正在怡红院撵晴雯的事，一个笑道："老天有眼，这个祸害妖精若走了，咱们也清净些！”宝玉一听，大惊失色，飞也似的跑回怡红院，一进门便看见一大群人。王夫人一脸怒色地坐着，看了宝玉，理也不理，要人将病榻上的晴雯拉下来，搀出去，还要婆子们留下她的好衣服，只准带贴身的走。又把院里的大小丫头全叫来，亲自看了一遍，问：

“谁是和宝玉同年同日生的？”

四儿应声而出。王夫人将她端详了一会儿，见四儿面貌虽不如晴雯一半，但也有几分水秀，观其行止，又聪明外露，打扮也未免太经心，便冷笑道：“这也是个没廉耻的货色！背地里说什么同年同日生的就是夫妻？这是你说的，对吧？别以为我住得远，什么都听不到！我总共只有一个宝玉，哪里能放心让你们勾引！”

四儿见平日与宝玉的玩笑话给王夫人公然说了出来，红了脸，低头垂泪。王夫人又叫：“芳官呢？”芳官闷着脸走过来，王夫人又指着芳宫说：“唱戏的女孩子全是狐狸精，天天调戏宝玉，不知羞耻！”

芳官顶嘴道：“我哪敢调戏他？”

王夫人瞪了她一眼，说：“你还敢顶嘴！你连你干娘都敢欺负，何况别人！叫她干娘领去！”一念之间，又波及其他梨香院的女孩，都不许她们留在园里，叫各人的干娘带出去，自行聘嫁。那些婆子们素来恨这些戏子，今日如愿以偿，全来给王夫人磕头谢恩。王夫人又一一搜检宝玉的东西，凡不是眼熟的，全命人收了起来，末了吩咐袭人、麝月：“你们小心看着宝玉，往后有什么差池，我一概不饶！明年我便要将宝玉迁出园外去，省得在这儿给这些小蹄子们带坏了！”

宝玉没看过王夫人这么生气，他知母亲心意决断，盛怒之下，事事不能挽回。送过王夫人，一串眼泪便掉下来了，心想晴雯一去，怡红院里已无第一等人。袭人过来安慰他：“你哭也没用，且让晴雯回家静养几天，等太太气消了，求老太太再叫她进来也不难。”

宝玉赌气道：“我倒不知道晴雯犯了什么滔天大罪，竟然要撵她！”又想到四儿、芳官一起被撵，更是泪如雨下。

“太太嫌她生得太好了，又听了些闲话，所以嫌她。”袭人叹了口气道，“像我们这些粗粗笨笨的，别人倒无话可说……”

宝玉两只眼睛正视袭人，眉头一皱，说：“那我问你，我们私下开玩笑的话，又没外人走漏风声，太太如何知道？”

“你怎知没有婆子听去？”袭人反怪宝玉，“你一时高兴，哪里管旁边有人没人？”

宝玉心下狐疑，两只眼睛硬是瞪得牛眼大，问：“怎么人人的不是，太太全都知道，单单挑不出你和麝月、秋纹的？”

袭人闻言惊心低头半晌，无话可答，过了一会儿才说："谁知道哪天太太会不会又听见了什么，要打发我们呢！"

"你是出了名的至善至贤，她们两个又是你陶冶教育的，哪里有什么可罚之处？"宝玉冷笑一声，忽又想到病容憔悴的晴雯，"我对芳官和四儿好，众人看不过去，也就罢了。晴雯和你们一样，从小就从老太太屋里过来服侍我，虽然生得好，又伶牙俐齿，也从没碍着谁，为什么撵她！"

袭人细细揣测此话，知道宝玉怀疑她，却也没话可答，只听宝玉又说道："晴雯自小也是娇生惯养的，我何曾让她受一天委屈？她没爹没娘，如今送回她那糊涂表哥家里，就像一盆才钻出头的兰花蕊送到猪圈里去！我恐怕再见不到她一两面！"

袭人还赔笑："既有今日！你又何必咒她？"

宝玉说："不是我咒她！今年春天，我们阶下那盆海棠无缘无故死了一半，就是个坏兆头，果然应验到她身上！"又说了一箩筐痴话。袭人看宝玉如此在乎晴雯，心里头酸溜溜的不是滋味，表面上却得好声好气地哄着宝玉，说："待晚上没人瞧见，我便叫人把她昔日的衣物和我们攒下的几吊钱，拿出去给她养病。"宝玉这才不发议论。过了几天，宝玉趁没人瞧见，跑到园子后门，拿了一些钱央求一个老婆子带他到晴雯家去，千求百求，婆子才肯。

到了晴雯家，宝玉命婆子到外头守着，自己走进屋里，掀开布帘，一眼就瞧见晴雯睡在草席上，盖着一床被，宝玉心一酸，伸手轻拍晴雯，叫了她名字两声。晴雯才刚睡着，蒙眬中听见有人唤她，勉强睁开眼睛，看见宝玉，惊喜交织，说："我以为再也见不到你了。"

两人相对哽咽一会儿，晴雯说："你来得正好，把那边的茶倒给我喝吧！刚才叫了半天，叫不到半个人！"宝玉好不容易找到一个让黑垢堵住了嘴的壶子，又找到一个脏碗，洗了两遍，用自己的绢子擦干净，倒了茶，先尝了一口，才递给晴雯。只见晴雯如获甘露般，把淡而无味的茶全灌进喉咙里。宝玉看了，眼泪直流。问晴雯有没有话要对他说。

晴雯呜咽道："如今我挨一天算一天，也待不了太久了。只有一件事，我死也不甘心，就算我生得比别人好些，我也没勾引你什么，怎么一口咬定我是狐狸精！早知道白担了虚名，我当日……"说到这儿，一口气刹住咽喉，不能言语，宝玉又是心痛又是害怕，一手握住晴雯枯瘦如柴的手，一手忙帮她捶背。

喘了一阵子，晴雯忽而将手抽回，搁在嘴边狠命一咬，硬把两根葱管般的指甲咬下来，放在宝玉手里，又挣扎着，在被窝里将贴身穿着的红绫小袄脱下，递给宝玉。这一番折腾，已喘得上气不接下气。宝玉将她的指甲装进荷包里，又把外衣解开，脱下自己的小袄，披在晴雯身上。晴雯笑道："你走吧，这里脏，你哪里受得了！你这样对我，我就是死了，也不枉担了虚名。"

一语未了，晴雯的嫂子笑眯眯进房里来，对宝玉说："你一个做主子的，跑到下人屋里来做什么？难不成看我年轻俊俏，来调戏我？"

因晴雯表哥胆小怯懦，老婆嫌他无能，便成日花枝招展，与园里仆役尽情风流，见了宝玉，仿佛饿虎遇肥羊，两只水汪汪的眼睛，将他从上打量到下。宝玉听她这么说，吓了一跳，软言软语央求道："好姐姐，你别嚷嚷，她好歹服侍我一场，所以我私下来探她。"

她嫂子说："你倒是个有情有义的人！要我不叫嚷也容易，只消依我一件事便成……"说着，便把宝玉拉进内室，自己坐在炕沿上，将宝玉扯进怀中，两腿紧紧夹住他的身子。

宝玉急得满脸红胀，全身发抖，说："好姐姐，你别跟我闹！"

晴雯的嫂子斜眼睨他，笑道："我常听说你喜欢在女孩子身上下功夫，今儿怎么就不会了？你要不依我，我就叫嚷起来，让太太知道你私下来这儿！"又说，"你们刚刚说的话，我都听见了，我可不像晴雯那么傻，服侍你那么久，什么都没有！"

说着，就动手扯宝玉的衣服，宝玉死命挣脱，急得满头大汗，幸好柳五儿和她妈正受袭人之命给晴雯送钱来，解了宝玉的危。

宝玉捧着一颗突突乱跳的心，回到大观园里，告诉袭人自己是到薛姨妈那边去。当夜睡到五更，只见晴雯从外面走来，说着："你们好好过日子，我先走一步！"说完，转身便走，唤也唤不回。

"你怎么了？"袭人推醒宝玉，以为他只是做噩梦随口乱叫，点了灯过去看，却见宝玉哭得涕流满面，说："晴雯死了！"

天一亮，宝玉遣人问信，晴雯果然已不在人间。一样被撵的芳官、藕官、蕊官，不甘被婆子们发嫁，成日闹着，茶饭不思，嚷着要做尼姑。她们的干娘本以为捡了便宜，却吃足苦头，只好禀明王夫人，让她们随水月庵和地藏庵的尼姑出家去。

第二天，有个伶俐的小丫头知道宝玉伤心，告诉宝玉，她梦见晴雯含笑托梦，说是天上神仙来请她做了芙蓉花神，日后只管供养芙蓉便好了。宝玉于是悄悄带了四种晴雯素日喜欢吃的点心，到芙蓉池畔，写了长篇吊文。

> 眉黛烟青，昨犹我画；指环玉冷，今倩谁温？……红绡帐里，公子情深，黄土垄中，女儿命薄。

只剩两根白玉般的指甲，还依依留在他最贴身的荷包里。

第三十九回

司棋被逐，晴雯已死，宝钗又因哥哥娶了嫂子，搬出大观园，回家料理，迎春也要出阁，又有四个丫头陪嫁出去，一事比一事更让宝玉伤心。宝玉天天在大观园徘徊，只觉百无聊赖，走到迎春昔日住的紫菱洲附近，看到里头没了人，庭园萧索，心里更有说不出的滋味，抚胸叹息道："这世上又少了五个清净人！"

没精打采，连睡都不安稳，一日病甚一日，竟卧床不起。不久，听得薛蟠娶了夏家的女儿做正室，长得俊俏，也读过书，新婚喜宴摆酒唱戏，热闹非凡，他也想去看看，奈何贾母和王夫人都不许他出门，他只好日日留在怡红院和丫头们玩耍。他心里对晴雯、芳官、四儿被撵的事还有芥蒂，常对袭人发脾气，更闹得无法无天，只差没把怡红院掀了。

香菱本以为薛蟠娶了正妻，这下该没自己的事了，大可乐得成天在大观园串门子，和众姐妹论诗学艺，偏偏事与愿违。薛蟠迎娶的夏金桂，今年才十七岁，但她自幼丧父，是家中独生女，虽然读过书也生得俏丽非凡，却是个把自己尊为菩萨，视他人如粪土的娇娇女。在家里，一不顺心，动辄打骂丫头，一嫁到薛家来，便拿出凛凛威风，先压住薛蟠这显贵子弟，又发现薛蟠早有香菱这么一个才貌双全的爱妾，仿佛眼皮里装了一颗石子般，如不除去，日日难安。

薛蟠是个喜新弃旧的人，刚娶了妻子，正在兴头上，多少让她一些，过了几个月，夏金桂已稳稳站在薛蟠头上，非要他百依百顺不可。第一次两人吵嘴，薛蟠赌气不理，金桂便日日在家哭闹，茶汤不进，装起病来。薛姨妈虽然不知道发生何事，但素知儿子向来倒行逆施、无法无天，便替媳妇说话：

"如今你已娶了亲，眼看就要抱儿子了，还是这么胡闹，折磨人家女儿，像什么话！"

薛蟠不得已，对金桂更是好言相哄，倍加小心，在外头像只老虎，在妻子面前却像一只羊。夏金桂看丈夫傲气渐消，婆婆又良善软弱，渐渐倚娇作媚起来，除了陪嫁的宝蟾外，家中丫头们见她如遇猛虎。全家上下都怕她三分，只是不敢欺负不苟言笑的宝钗。

新婚之后，薛蟠又看上宝蟾轻浮可爱，每每有意撩拨。夏金桂想，反正宝蟾是自己的人，为了将薛蟠的注意力从香菱身上全转过来，打定主意，要薛蟠收宝蟾为妾。这一招，倒和凤姐要贾琏收平儿为妾有异曲同工之妙。

这晚，薛蟠喝得醉醺醺的回来，叫宝蟾倒茶来吃，接碗时，偷捏宝蟾手，宝蟾笑着躲他，手一缩，茶碗落地，泼了薛蟠一身茶，薛蟠怪宝蟾不好好拿，宝蟾怪薛蟠不好好接，就在旁边的夏金桂是个明白人，冷笑道："你们两个，可别当我是傻子！"宝蟾红着脸溜了出去。到晚上，金桂笑问醉醺醺的枕边人："你这只馋猫，想贪吃，尽早跟我说，别跟我偷偷摸摸！"

薛蟠心领神会，仗着几分酒意，趁势跪在地上，亲着金桂的脚，说："好姐姐，你就把宝蟾赏给我吧！你要什么，我都弄来给你！"

金桂笑道："你爱谁，只要明说了，就收在房里，总比别人看咱们家出丑强！"薛蟠一听这话，知道是答应了，拼命磕头称谢，当夜，又拿出当家本事来，将金桂摆弄得服服帖帖，一直到第二日清晨，仍在枕榻上缠绵，浪荡之声盈室，把宝钗吵得不得安眠，只得叫莺儿拿棉花将窗缝塞了。

闹过一夜之后，第二日，金桂故意回夏家看她娘，将宝蟾留在薛家，让他俩有空尽情作乐。宝蟾也知道金桂的意思，但总得一半儿推、一半儿肯，两人在金桂房里拉拉扯扯，眼看薛蟠已将身上衣物脱光，宝蟾雪白肌肤，也大半落入他的眼底。金桂却算准时机，遣了个小丫头回来，命香菱为她到房里取一条手帕。乖巧的香菱岂敢慢了手脚？见门没掩，一头撞进金桂房里，只看到薛蟠赤身露体，正和宝蟾上下其手。香菱想走避时，已被宝蟾瞧见。宝蟾羞得无地自容，赶紧推开薛蟠，抱着零散衣物跑了，嘴里骂薛蟠强奸力逼！薛蟠正像一块热炭，冷不防被香菱泼了冰水，一股恶气全出在香菱身上，不由分说，狠狠踢了香菱两下，骂道："死娼妇，你这会儿干吗来撞尸游魂？"

香菱半句话没说，连哭也哭不出来，只能默默走开。

当天夜里，夏金桂面带喜色，示意薛蟠借香菱的房间和宝蟾过夜，命香菱过来服侍自己。起先香菱不肯，夏金桂就指桑骂槐："他霸占我的丫头，又不叫你来服侍，存心想把我气死！"薛蟠心里只有一个色字，着急得不得了，在旁听了，也赶来骂香菱："你再不识抬举，我就揍你！”

香菱没法子，只好抱了被子睡在地下，夏金桂一会儿叫她倒茶，一会儿要她捶脚，一夜折腾她七八次，她一入梦就把她踢醒。一连半个月，薛蟠晚上全和宝蟾腻着，把金桂和香菱一起忘得一干二净。夏金桂虽然暗自发恨，还是忍了下来，笃定先将香菱这根刺彻底除去，再来想下一招。不久，金桂从枕头里扯出一个纸人来，上头写着她的生辰八字，竟还有五根钉刺在纸人身上各要害处。夏金桂一闹，薛姨妈慌了，薛蟠更是暴跳如雷。金桂一口咬定，除了香菱外，谁会这么狠心短命？薛蟠一听，顺手抓起一根门闩，找到香菱，劈头就打。薛姨妈忙来阻止，夏金桂厉声厉气哭道：

“你们合起来想咒死我，好再娶个更标致富贵的人来！”

连日来恶声恶气的连串吵嚷吓坏了薛姨妈，打何时起，霸气十足的儿子在媳妇面前，竟像一团软泥随人搓揉呢？赌气骂薛蟠：“就是狗也比你体面些！谁准你连陪房丫头也摸上？香菱服侍你这几年，就是不好，你也不该随便打她，我这就带她走，替你拔去肉中刺、眼中钉！”

金桂听了这话，隔窗应道：“她是谁的刺、谁的钉？你老人家说话不用拉拉扯扯，我们哪里是容不得下人的人？把宝蟾给他，正是我的主意！”

薛姨妈气得浑身打战，说：“亏你还是大户人家出来的女儿！我从没听过，有婆婆说话，媳妇隔窗大呼小叫的道理！这可是你家的规矩？”

薛蟠急得跺脚，小声劝金桂：“别再说了，人家会看笑话！”金桂一不做，二不休，索性叫喊起来：“我可不怕人家看笑话！分明是你的小老婆想害我，我怕人家看什么笑话？你们薛家仗着有钱，就可以拿钱来压人？”又哼了一声：“嫌我不好？谁叫你们瞎了眼，跑到我们家三媒六聘！”一面哭喊，一面揪打自己，怨叹命薄。薛蟠两边不是人，自己哀声怨气，叹运气不好。

到底还是宝钗出来，将香菱收在房里使唤，使香菱一边心痛不已，一边却感激不尽。

这件事过后，金桂和薛蟠越吵越是凶悍，几次薛蟠仗酒胆，动手要打金桂，金桂也还以颜色！这边持刀要杀人，那边就伸长脖子不怕砍，薛蟠也无可奈何。宝蟾自从与薛蟠情投意合之后，也受不得金桂的气。金桂一打骂她，她也没日没夜地泼辣叫骂，寻死觅活，一会儿要自刎，一会儿要上吊，无所不闹，薛家从此再无宁日。薛蟠后来干脆逃家在外鬼混，金桂则在家聚众赌博作乐。薛家丑事，早早传进大观园内，上下皆知，宝玉听说此事，心中纳闷：“长得鲜花一样的人，怎么有这等性情？”还到庙中问道士，可否有“疗妒汤”可吃。正替香菱担心，又听见嫁到孙家的迎春，天天在孙家以泪度日，更为这位姐姐忧心忡忡。

王夫人听说迎春处境，打发了人请迎春回家做客几天。好端端一个斯文女孩，一进门便呜呜咽咽，说孙绍祖一味酗酒，又好赌、好色，家里所有的丫头和仆人的老婆，他没有不奸淫过的。“他又说，我爹收了他五千两银子，才把我卖给了他，别想到他家做夫人！”

王夫人陪着哭，但她向来认为嫁出去的女孩是泼出去的水，却也只能婉言劝道：“想当初，你叔叔也曾劝过你爹，这门亲事不美，你爹执意不听，果然……唉，我的儿，你既然出了阁，这也是你的命，我们又能如何！”

迎春又声泪俱下：“我不信我的命就这么苦！从小没了娘，如今又是这样！”

宝玉在一旁，早已哭得呆了，王夫人叮咛：“不许在老太太面前走漏一点风声！”宝玉虽不敢禀明祖母，心头却放了把利刃似的，实在为迎春难过，连着两天，怎么样也不能入睡。

第四十回

怡红院前的白海棠，原本半枯半荣，这年春，原本枝叶茂繁的那半，偏又突然凋零了一半，枝干叶枯，硬撑着枝丫，犹不入土为泥，而剩下的四分之一，鲜花在枝头绽放得妖妖娆娆。

丫头、婆子们莫不来看海棠花，啧啧称奇，王夫人听闻，心里觉得不祥，想命人砍了。贾母却说，这征兆是异象，砍了它，逆了天意，更落得不吉利。偌大的贾府，数代丰功伟绩，还怕一株海棠花？何必在意！

过不久，果然贾政升了官，成了工部郎中，贾府勋业又添了一层光彩。众人正为这喜事欢欣鼓舞，黛玉却在潇湘馆中缠绵病榻。

起先，只是一个恍恍惚惚的梦。

梦见自己站在江头，凤姐同王夫人、邢夫人及宝钗都来送行，脸上一味浮着笑意说：“林姑娘，可喜可贺，可喜可贺！”

黛玉愣愣地问：“你们说什么，我一点也不懂？”

凤姐推她的肩，笑道：“你装什么傻！你爹已经托了贾雨村做媒，已经把你许了人家做续弦夫人，琏二哥正要带你回家待聘！”

黛玉一时没想到父亲早已死了，心一急，说道：“哪有这回事？你又贫嘴贱舌起来，跟我瞎闹！”

众人却冷笑看着她，轻飘飘地拂拂衣袖走了。黛玉失神落魄，正不知何处投诉，眼前一黑，差点昏了过去，模模糊糊中定睛一看，又发现自己置身贾母房里，于是双膝一软，抱住外祖母的腿：

"老太太救我，我是狠了心，宁死也不走！"

贾母却置若罔闻，嘴巴笑得像木头刻的一样，振振有词地说："做续弦也好，到底还算是正室夫人！女孩子养大了，还是要有人家！"

黛玉吓得涕泪纵横，求道："我宁愿为奴为婢，也要待在这里，求老太太为我做主！"

贾母却说："这是你爹的意思，不关我们贾家的事！"黛玉还要撞到外祖母的怀里哭闹，却听见贾母叫鸳鸯："你送姑娘走吧，我被她闹累了。"不一会儿，贾母已经不见人影，眼前站着的是宝玉。她才要问宝玉，可有法子让她不要走，未开口，宝玉即笑嘻嘻地说："妹妹大喜啊！"

黛玉更气急败坏，脱口骂道："好，好，我……我如今才知道你是个无情无义的人！"

宝玉仍然一张笑脸："妹妹怎么这样说话？男大当婚，女大当嫁，你既然有了人家，就跟人家去吧，我好歹是好好待过你一场的，不算辜负你。"

黛玉急道："我打定主意，不去就是不去。你这个狠心短命的东西，素日天天要我瞧你的心，如今你的心到底在哪里？"

宝玉微笑间，用小刀剖开衣襟，鲜血直流，又拿手往里面掏。黛玉一身冷汗，忙向前护住他心窝，说："你怎做出这样的事来？你要死，先杀了我吧！"

宝玉却一点也不觉得痛似的，木然说："不怕，不怕，我拿心给你看。"一径往剖开处乱抓，任她哭得颤颤巍巍，理也不理，过一会儿却一手空，摇头叹道，"不好了，不好了，我的心早没了！"一翻眼，整个人往她身上倒了下来，巨柱压顶一般。黛玉放声大哭，忽然听见紫鹃大喊："姑娘可是做噩梦了？"

黛玉猛然睁开眼睛，只觉心头怦怦乱跳，冷汗湿了背脊，枕头上都是泪渍，醒来又哭了一回。再躺下去，又翻来覆去，哪里睡得着？外头萧萧飒飒下起一阵雨，冷风刮得竹林簌簌作响，从窗缝里吹来一室寒意，她掏心掏肺地咳嗽，想止都止不住。

紫鹃又在梦中被黛玉咳嗽声惊醒，连忙捧痰盂给她，一看，痰盂子中竟有点点血腥，心里一惊，差点把痰盂摔倒在地。忙叫雪雁进来给姑娘抚背。雪雁轻轻一抚，黛玉却又从胸中咳出一口紫血在掌中，紫鹃、雪雁都吓白了脸。

当日，探春和湘云听到雪雁传的消息，都赶来看黛玉。探春知道黛玉向来心比别人重些，款款安慰她，要她凡事往好处想，等身子好了，大家依旧结社作诗。黛玉怀着心事说不出，只管长吁短叹，一刻比一刻烦躁。湘云一见痰中有血，心知是大大不好，平日她虽爱说话，此时却一句安慰话也说不出来，只在一边陪着流泪。

从此，黛玉一日比一日瘦下来，请大夫开药方，也于事无补。因贾政望子成龙心切，要宝玉参加明年科考，于是宝玉和弟弟贾环、侄子贾兰收拾了东西跟着贾代儒念书，被勒令不得在园中鬼混，也不能陪在黛玉旁边。黛玉刚病的那两天，宝玉还不知道，只袭人听闻了，自行过来探病，问黛玉情况。

紫鹃只能摇头，袭人却也叹气："真是天生一对冤家！林姑娘病发那一夜，我们那个也口口声声嚷起心疼来，嘴里说，有人偷了他的心！这两天也不能上学，请大夫开药方吃，还躺着呢！"又轻笑道，"老爷爱子心切，没想到我们二爷是一认真读书，就要请大夫！"

贾母一听，宝贝孙子孙女都生病，心头无限烦闷，偏偏宫中又有人传消息来，说元春近来气色不似往昔，似有微恙，贾母更是着急。

过了两天，宝玉才刚回复元气，贾政又要考他，拿四书五经总目要他作八股文，使得宝玉更不得空看黛玉。在这众人烦心的时刻，偏有张知县、王知府的人上贾府为自家姑娘向宝玉说亲来。园里一有风吹草动，丫头们更像麻雀一般叽叽喳喳起来，连续两家来提亲，已传成满城风雨，人人猜测，贾母到底看中了哪家姑娘。

"模样儿端正，脾气好的就好。"提起爱孙的终身大事，贾母总是含含糊糊地应承着，不知心下做何打算。虽然从前有个道士说宝玉不宜早娶，眼见宝玉一天比一天大了，转眼十九岁，贾政这边逼着他早立功名，贾母也急着想为他娶一房好妻室，让他安下心性来，好好读书。

这天，贾母吃完饭后，和邢夫人、王夫人聊起近日来提亲的两家，都不甚满意，凤姐刚巧走进来，插嘴道："老祖宗可糊涂了……咱们家放着现成的天配姻缘不做，还往外头找做什么？"

贾母笑问："你倒告诉我，现成的在哪里？"

凤姐说："一个有宝玉，一个有金锁，这可不是天赐姻缘？老祖宗这么明白的人，竟然忘了？"

贾母低头一想，凤姐的话确有几分道理。金玉良缘，她何曾没想过？宝钗这个女孩儿，模样雍容，个性也好，做人做事都有气度，谁能不疼她？但又顾虑到宝玉的痴心任性。他自小和黛玉一块长大，比别人亲，心眼里只有黛玉，上回紫鹃不过跟宝玉讲了两句玩笑话，宝玉几乎得了失心疯——两个小冤家的亲厚，老人家哪里看不出来？黛玉又是自己的亲外孙女，自己没有理由不疼爱，本来有意亲上加亲——偏偏黛玉身子单薄，心又比别人细，一和宝玉拌起嘴来，只弄得两人成日唉声叹气，伤春悲秋，哪里能和宝玉百年好合？数年来，宝玉婚事悬而未决，都因这个心事。

近日，听大夫说，黛玉病已成痨，恐怕是难好的了。此事固然让人伤心，却也使贾母打定主意；黛玉到底薄命，不能做贾家的媳妇！内孙到底比外孙女亲一层，宝玉才是她心头一块肉，终身大事马虎不得。贾母心想，待黛玉有了起色，再为她寻个好人家，也不算不疼那孩子，若黛玉不知分，就枉我疼她一场！

“到底是凤丫头明白我的心。”贾母对王夫人说，“改日我就跟你妹妹提。”

王夫人亦有此意，未多言语，当日便说给袭人知道，要袭人不得走漏。袭人退出去后，喜色写在脸上。这几年来，她一心想做姨娘，也成日忧心，谁是自己的当家奶奶。近来听说薛蟠娶了夏金桂，整得香菱不成人样，不免也为未来忧心忡忡，心想外头的不如里头，林姑娘又不如宝姑娘；林姑娘嘴巴利、心眼尖，将来一当了奶奶，自己必然有苦头吃，宝姑娘和自己一样，大宝玉两岁，性子温和又识大体，倒可以做好姐妹。

王夫人这一透露，倒使袭人松了口气，但又于心不忍，便走到潇湘馆里头，借着看紫鹃之名，看看黛玉的动静。只见黛玉躺在炕上，拿了本书看，精神虽然不差，但人已瘦了一圈，袭人笑道：“姑娘还是不要太劳神，一起来就看书！我们二爷若能像姑娘这么用功，老爷可就欢喜了。”

紫鹃笑道：“你们二爷才刚来过，怎么你也来了？”原来方才黛玉和宝玉研读琴谱，两人说得兴头头的，黛玉的精神也好了许多。怕宝玉第二天还要上学，起不来，才千方百计哄他回去，好好睡觉。

好风如水，好月清圆，送走袭人后黛玉又读了好一会儿《心经》。恍恍惚惚之间，精力又有些不济，眼前的字朦胧起来。转瞬间便要入梦，忽然听见一个人急促的脚步声，屋外的软帘儿忽而被风吹得窸窸窣窣，雪雁的低语滑进黛玉耳里。

“姐姐，不好了！我刚刚听见一件事！可是大大的事儿——你可知道，宝二爷已定了亲！”

紫鹃一听，吓了一跳，向里头一望，以为黛玉睡着，稍稍安下心来，拉住雪雁的手，问：“这是哪儿的话？”

雪雁说：“园子里的丫头人人都知道，宝二爷定了王知府家小姐，就是怕消息传到潇湘馆，她们要我千万别漏出口风！”说着，向里头一嘴，说，“你可也别在她面前提！”

正说到此处，廊前鹦鹉忽而又叹了一口气，声音便是黛玉平日叹气的模样儿。紫鹃、雪雁吃了一惊。雪雁四顾，没看到人，骂了鹦鹉一声。紫鹃心里千头万绪，站在当地出神，听到黛玉在里头喘气，才赶紧过去，装作没事人样的，问黛玉要不要喝茶。见黛玉不言不语、神色如常，她还以为黛玉并未听到她们方才的话。

黛玉已全然将雪雁的话收在耳边，身子如枯叶入河水，人早就呆了。心想，不久前的梦，难道真是个预兆？宝玉、宝玉，毕竟一个无心无情的人！千愁万恨涌上来，又咳出两口腥血，偷偷吐在帕子里，怕紫鹃瞧见了，又要大呼小叫，惊动四方。这一回，泪水却落不下来，气也叹不出口，整个人只是痴痴坐着，木木然然像一座石观音。

第二天起，任紫鹃怎么哄，茶也不想喝，粥也不愿吃，宝玉放学来探视，她也不言不语；宝玉竟以为她病得身子乏了，也不敢像从前一样死缠乱磨，只巴望她快快好转。不料黛玉心病一生，日间听见的话都似乎在讨论宝玉娶亲的事，夜里做的梦，也是宝玉娶亲的事，新娘子模糊着面孔，全身凤冠霞帔好刺眼，与宝玉笑盈盈而去。病心加上病体，更使黛玉觉活着没意思，只求一死，索性连药也不吃。

紫鹃是个伶俐的人，暗暗猜测，黛玉必是听到了什么，所以有心寻死，又出门打探了两圈，明白雪雁所说不过是流言，又把新来的流言说给黛玉知道："有人听二奶奶说，宝二爷的事，是老太太有意要亲上加亲！不久前外人来说亲，都不中用！宝二爷最亲的，除了林姑娘还有谁？她们传得可热闹呢！"一面喜滋滋地瞅着黛玉瞧。黛玉脸一红，忽然像从奈何桥中走回头路来，忽然直起身子来，笑道："你可别胡说！"

一句话掉了魂，一句话又救了命，过几天，黛玉的生气又渐渐回来，宝玉来探问，虽含羞带怯，却有了笑语欢言。自知为多心所苦，反而有些不好意思。宝玉见她手里拿了佛经，精神又好了，一放学便来和她打禅语斗嘴儿，两人胡说八道，你来我往，眼里心中，都没有别人。

黛玉趁此机会，还是要探一探宝玉的心，说道："说到禅语……我可要问你一句话，看你如何回答。"

宝玉盘腿坐着，得意地要她考。黛玉说："你宝姐姐若和你好，你将如何？不和你好，你又将如何？宝姐姐前头跟你好，后来不和你好，你又如何？你对她好，她却不对你好，你又该如何……"

这可不是打禅语！宝玉心头明白，想了一会儿，低声道："任凭弱水三千，我只取一瓢饮。"

黛玉会意，微微一笑，又问："瓢随水漂，又奈何？"

宝玉笑答："我的瓢不随水漂，有如禅心不动。"忽而想起念过的诗来，说道，"禅心已作沾泥絮，莫向春风舞鹧鸪。"

黛玉愣了半晌，说："你可知道，禅门第一戒是不打诳语的？"

宝玉才说，"我的话比那些禅门祖师爷还当真……"话未说完，帘外忽有鸦啼，呱呱叫了两声，教宝玉分了神，探头出去看，见那乌鸦飞向东南方去了。宝玉笑说："这不知是吉是凶？""人有吉凶事，不在鸟音中！"黛玉方才听了宝玉的誓，神清气爽，如此回答。

不知是不是巧合，过了不久，宝玉无缘无故丢了他的通灵宝玉，有时清明，有时便疯傻昏沉，贾府人人正为宝玉鸡飞狗跳时，竟又传来元春在宫中因病暴卒的讯息！

第四十一回

薛姨妈打从贾府回来，问宝钗，可愿答应这门婚事？宝钗正色道："女孩子家的婚事，哪有自己做主的道理？妈妈如果不能做主，也该由哥哥决定。"又低头做女红，一句话也不说。薛姨妈知道，宝钗并没有不肯的意思，大大安了心，这事当然不用问那个糊涂儿子薛蟠去。

才想起薛蟠，家仆来报，两名衙役已到了门口，大呼小叫，金桂号声震天，如雷贯耳；薛姨妈和宝钗赶了出去，只听外面的衙役说，薛蟠打死人！金桂抓着香菱哭道："他从前也为你打死过人，不是一点事也没有吗？你们有钱有势有好亲戚，平常仗势欺负人，现在可好了，我看，他吓得手忙脚乱！我这辈子，可该怎么过才好？"

薛姨妈气得发昏，但也不知如何是好，给差役几两银子，把他们打发走了，赶紧到贾府求王夫人和凤姐。照凤姐的老方法，有钱能使鬼推磨，要薛姨妈先筹几千两银子，买通知县。平日薛姨妈不管家事，根本不知道家库里还有多少银子，这一盘查，才明白丈夫积聚的万贯家财，没几年间，已给不肖家人和儿子败得所剩无几。

原本是薛蟠酒醉后闹事，用酒碗把掌柜的打死了，但在薛蝌斡旋下，知县收了银两把杀人罪改为误杀，关在监里，待事情平息后，再花点银子把人赎出来。

元妃暴毙的消息，也在此时传进贾府里。大前天晚上，贾母明明记得自己是睁着眼睛的，却看到了元妃前来告辞，说："荣华易退，该是退步抽身时。"

众人以为老人家糊涂了，安慰一番，并未当真，没想到竟成真实。贾妃没有子女，死后封为贤淑贵妃。大家为处理丧事忙得不可开交，一时没能把心放在丢了玉的宝玉身上。宝玉丢了玉后，却变成疯疯傻傻，失魂丧魄，连姐姐死了，他都无动于衷，一滴眼泪也不掉，袭人等人以为他病昏头了，谁知他一日比一日奇怪，偶尔清明，多半混沌，袭人扶他坐就坐，要他睡就睡，叫他说什么，他就说什么。贾母心想，他那通灵宝玉，大概是被人偷了，只得做主帮他寻玉。这一日，贾政办完长女丧事回家，在车内听到外头的人说话："人要发财，也容易得很，今儿我看见荣府贴了告示出来，说他们哥儿丢了玉，有人捡了，送一万两银子，通风报信的，也有五千两！"

贾政知是母亲主意，叹气道："家道该衰！偏生出一个孽障，这回大张旗鼓地找玉，成何体统！"

没过多久，果然有人到荣府门前，声称找到了那块玉，大小式样果然不差，但色泽却不对。拿给宝玉，宝玉看也不看便扔在一旁，说："你们又来哄我了！"

打从娘胎带来的玉，和他的血气肌肤脉理相通，寻常东西，瞒得了别人，怎瞒得了自己？

宝玉的痴病久久不愈，贾母请人到外头找算命先生，算命先生说：非得找个命中带"金"的人冲喜不可，更使贾母认为，让宝钗当孙媳妇就对了！于是贾母找了贾政、王夫人、薛姨妈和凤姐商量，挑个娶亲的日子，让他们拜堂坐床，看宝玉会不会好。贾母又担心冲了黛玉的病，说："咱们还在为贵妃服丧，蟠儿也还在狱里，论道理，这时不宜娶亲，但为宝玉的命，只好凡事将就些。除了行礼照旧外，其他不可铺张，不请亲友，也不排筵席，等宝玉好了再请客。宝丫头心地一向明白，应该能体谅。"

贾政听母亲这么说，心里虽不愿意，也不敢违命，勉强赔笑道："老太太想得极是，只须当心吩咐家人，不可吵得里外皆知。"此时贾政受命发放江西粮道，即刻便要出京，顾不得家中人口不宁，只求别再惹出灾祸来便好。

王夫人领了命，唤袭人来吩咐，要她好好为宝玉打点。袭人听要娶宝钗，虽然欢喜，却也有另一层忧心，在王夫人面前跪下来哭了，说："这话奴才不该说，却不得不说。"

王夫人忙拉了袭人的手，要她坐着，慢慢说。袭人道："宝玉的亲事定了宝姑娘，自然是一件极好的事，只是，依奴才之见——太太可想到，宝玉是和宝姑娘好，还是林姑娘好？"

王夫人想也不想："宝玉、黛玉两人从小在一块儿，自然要好些。"

袭人说："他两次为林姑娘砸玉，又为紫鹃的玩笑话哭得失了心，如今若要叫宝玉娶宝姑娘，硬把林姑娘搁开，恐怕不但不能冲喜，反而是催命了！奴才再不把话说明白，岂不一次害了三个人！"

王夫人恍然明白，到贾母房里，见凤姐也在，便和两人商议。贾母听了，老半天不说话，许久才叹道：“别的事都好说，林丫头倒顾不得了，但宝玉要真是这样，可教人为难！”

凤姐眼珠儿一转，献了计策，说，“依我看来，只有一个主意，不知老太太、太太肯不肯？”

“你有主意，尽管说来，大家商量着办。”

“依我看，这件事，只有一个‘调包儿’的方法！跟宝兄弟说是老爷做主，把林姑娘配给他，试试他怎么样？”

说着，细细解释给贾母听。贾母笑道：“这么做也好，只是苦了宝丫头……但他吵嚷出来，我们对林丫头怎交代？”

“这个话只许说给宝玉听，”凤姐道，“外头一概不许提起，尤其不能给林妹妹的人知道，不就神不知鬼不觉了？”

三人商量妥当，以为此事万无一失，贾母便命贾琏为宝玉准备新房。偏偏这天黛玉精神稍好，吃过早饭，就要往贾母这里请安，出了潇湘馆，要紫鹃回去拿手绢来，自己慢慢走着等她，才刚走到沁芳桥，听见昔日葬花的那个山坡有人呜呜咽咽，走过去一看，是贾母房里那个丫头傻大姐。

那个丫头见了黛玉来，不敢再哭，摇摇蹭蹭站起来，用袖子拭泪。黛玉问：“你为什么在这里伤心？”

傻大姐说：“珍珠姐姐为我说错一句话，就打了我两巴掌！林姑娘为我评评理，她打我应当吗？”

黛玉看她傻得可爱，笑了一笑，问：“那你说错了什么话？”

傻大姐说：“我只不过说，我们宝二爷要娶宝姑娘，又可以看热闹了……”

黛玉心一缩，险些摔了身子，扶住山石，定了定神，又听傻大姐说：“这是我们老太太、太太跟二奶奶都商量好的事，就是真的，为什么我说真话也打我？他们还说，这次是给宝二爷冲喜的，赶明儿还要给林姑娘说婆家！”

黛玉心里，油儿酱儿糖儿醋儿全倒在一起，竟说不出是什么滋味！转身要回潇湘馆，身子仿佛有千百斤重，两脚又仿佛踏在棉花里，摇摇荡荡走到沁芳桥，紫鹃正在那儿等她，问：“姑娘，你往哪里去？”黛玉模糊听见了，迷迷痴痴地答道：“我问宝玉去。”

紫鹃只得扶她走进怡红院。才要问黛玉方才发生了什么事，黛玉的步子却越走越稳，不再那么恍恍惚惚，自己抓了帘子就踏进宝玉屋里。袭人笑迎：“林姑娘，屋里坐吧。”黛玉却像没听见似的，自己走进内室，见宝玉坐在炕上，便瞅着宝玉傻笑。宝玉也不问好，竟对黛玉傻笑了起来。

袭人、紫鹃只得愣愣站在两旁，忽听黛玉问："宝玉，你为什么病了？"

宝玉笑答："我为林姑娘病了。"

两人又不说话，对坐傻笑起来，笑了好半刻，目光不移。袭人看情况不妙，忙要秋纹同紫鹃扶林姑娘回去。黛玉看着袭人："不用送，我这就回去了。"一起身，飞快地走了，燕子一般，紫鹃、秋纹都还跟不上。

一到潇湘馆门口，黛玉的身子往前一栽，哇的一大口血，吐得满地。秋纹赶紧回报贾母，贾母同王夫人来看黛玉时，黛玉脸上已无血色，神气昏沉，气息微细，旁边一个痰盂，全是痰中带血。黛玉微睁眼看见贾母，喘吁吁地说："老太太，你白疼我了！"

黛玉微微一笑，又闭了眼睛。大夫进来诊脉，贾母便在外厅盘问众人，可说了什么话给黛玉听。对凤姐说："我看这孩子的病，不是我咒她，只怕难好了，你可得替她预备预备！"又自己叹息道，"孩子小时候在一起玩是常有的，长大了，就要知男女有别，不可痴心妄想，才是女孩儿本分，我才打心里疼她，如果自己有别的想头，我可真的白疼她了！这心病——断断不能有的！"

凤姐又奉命去试宝玉，走到怡红院，看见宝玉惨惨笑着，劈头便说："宝兄弟大喜！老爷已经择了良辰吉日，要给你娶亲，你喜不喜欢？"

宝玉瞅着她点了点头，一个劲儿傻笑。

凤姐又问："娶了林妹妹过来，好不好？"

宝玉大笑起来。凤姐给他弄糊涂，又问："老爷说，你要是还这么傻，就不让你娶林妹妹！"

宝玉忽而板着脸，说："我不傻，你才傻呢！"说着便站起来要往外走："我去跟林妹妹说，要她放心。"

凤姐连忙拉住他："林妹妹老早就知道了。她如今要做新媳妇，自然害臊，不肯见你了。"

"那娶她过来以后，她到底见我不见？"

凤姐心想，他虽然神志不清，但提到林妹妹，人还是清楚的。又好气，又好笑，只得对宝玉说："你好好地，林妹妹才见你，你若是疯疯癫癫的，她就不见你了。"

宝玉道："我本来有一颗心，已经交给林妹妹收着，你叫她顺便帮我带过来，放进我肚子里头！"

这偷天换日的计策，就要趁夜里进行，跟薛姨妈商量了。薛姨妈心里也愿意，只怕宝钗受委屈，嘴里说："恐怕还要从长计议才好。"贾母和王夫人却急得像热锅上蚂蚁："我们家里都有事，不如先娶过来，互相冲个喜，也可早放一天心！"又因薛蟠在狱花了不少银子，薛家的富贵气象也大不如前，贾母叫薛姨妈省了妆奁，一切从简，薛姨妈在王夫人、凤姐的游说之下，从善如流。宝钗知道此事，始终低头不语，暗自垂泪。薛姨妈知道女儿向来孝顺守礼，心头虽不愿意，也愿意为大家委屈，并没劝说什么，当下收了贾家的聘。

宝玉还以为自己就要娶黛玉了，看过聘礼，兴冲冲地说："你何必麻烦呢？送来送去还不都在我们的园子里，自己的人送，自己的人收，多此一举。只要林妹妹过来便是了。"

大观园中喜气洋洋，潇湘馆里却一片萧瑟，黛玉的病，一日比一日重，紫鹃再苦劝都解不开黛玉的心。刚开始，从贾母到姐妹们的丫头、婆子都常来问候，到如今，大家忙着喜事，贾母的心也冷落了黛玉，就没过来探病了。黛玉虽然病重，心里却明白。这一天半夜，忽而坐起，挣扎着叫紫鹃："妹妹，你是我最知心的人，我一直……把你当我的亲妹妹看……"说到这里，已是上气不接下气，紫鹃过来扶她，要她好好躺着，黛玉却说："我的诗本子——"

雪雁将她前不久写的诗稿送到黛玉面前，黛玉却猛摇头，两眼直瞪着一只箱子。紫鹃料想她要里面的东西，便打开箱子来。黛玉猛然又吐了一口血，使劲地说："有字的！"

紫鹃这才明白，黛玉是要宝玉从前叫人送来的那块旧帕子！黛玉曾在上头题过诗。黛玉颤颤巍巍伸出手来接过帕子，狠命地撕，气如游丝，手如枯枝，哪里撕得动？紫鹃知道她恨宝玉，却也不敢说破，只道："姑娘，何苦自己生气？"

黛玉不理，叫雪雁拿火盆子来。黛玉将刚才拿在手中的绢子往火盆子上一搁，看着绢子着了火。紫鹃想抢又不敢，呆呆看着黛玉拿起诗稿，一同撂在火上。等不到烧化，闭着眼昏厥过去了。

紫鹃知道不好了，叫雪雁守着，自己来回贾母。哪知贾母房里静悄悄的，只有一两个做粗活的丫头守着，丫头们看到她都诧异，紫鹃问什么，都推说不知道。紫鹃无奈，只好走到宝玉屋里，宝玉屋里留守的丫头也一问三不知。她倒也明白八九分，想必宝玉真的娶了亲，搬到新屋子去了。心想："当年我才说一句玩笑话，宝玉就急成那个样子，如今林姑娘病着，他竟做出这种事来，可知天下男人的心，都是冰寒雪冷，令人切齿！"

人还没回到潇湘馆，已听得两个小丫头就大叫：不好了！黛玉的奶妈王嬷嬷，只知在一旁大哭，被紫鹃喝止了。园里、园外找不到一个人来帮忙，紫鹃忽而想到了李纨：李纨是寡妇，结亲的日子自然回避，当然请得到！

李纨早知原委，三两步走进屋子，看黛玉的眼睛已睁不开来了，一时心酸，叫了她两声，黛玉的眼皮和嘴唇稍微动了一下。李纨看紫鹃眼泪像断线珍珠般，只晓得哭，忙拍她的肩：“傻丫头，别只顾哭你的！还不赶快把林姑娘的衣衾换上！”

这时，门外却冲进两个人，一个是平儿，一个是管家林妈。林妈说：“二奶奶同老太太商量好了，那边要叫紫鹃姑娘去使唤。”话未说完，紫鹃已经悟到了他们的意思，哼了一声，说：“林姑娘还有气呢！”李纨、平儿忙打圆场，叫她带了雪雁去：“就回老太太说，是我们的主意！”

雪雁便跟着林妈换了新衣服，以为是要到新房子去看热闹。虽然想起自家姑娘的情景，未免伤心，但也不敢在贾母和凤姐跟前哭，心想：“姑娘好时，宝玉每天来看姑娘，嘴巴像蜜里调油似的，这时候，竟然不理我们姑娘的病，娶宝姑娘！”

雪雁跟在新娘身旁，打量身穿大红袍的宝玉，只见到他一副畅心满意的样子，手舞足蹈，只知他为娶亲而乐，根本不知道那遮了脸的不是林妹妹！宝玉看见雪雁，竟像看见黛玉一般欢喜，傻乎乎地拜了天地父母，送入洞房。坐了床，便要揭盖头。

一边伸手，嘴里一边说：“妹妹，几天不见，身上可好？”此时雪雁已走开，由莺儿上来服侍。宝玉睁眼一看，眼前凤冠霞帔的美人儿，哪里是黛玉？发了一回愣，又看见莺儿，直以为自己身在梦中，两眼失了神，半句话不说。贾母亲自扶他上床。

宝玉定一定神，才看见满屋子人，轻轻问袭人：“我可是在做梦？”

袭人道：“今儿是你的大好日子，别乱说话！”

宝玉悄悄用手指着新娘子：“如果不是梦中，这一位美人儿是谁？”

袭人说：“是新娶的二奶奶。”众人忍不住都笑了，独宝玉不笑，正经八百问：“你别说傻话！这二奶奶到底是谁？”

袭人说是宝姑娘。宝玉一急，口口声声要找林姑娘，“我刚刚看见林姑娘和雪雁，怎么说是宝姑娘呢？”挣扎着便要走，众人拦都拦不住，贾母只好叫人点起安息香来，让宝玉睡下，于是，昏昏沉沉地睡了，一夜无梦。

安息香袅袅点起时，黛玉正说了最后一句话。黛玉握着紫鹃的手，哽咽说：“妹妹，我在这里并没亲人，我的身子是干净的，你好歹叫他们送我回去吧。”

探春此时赶了进来，只听黛玉念道：“宝玉，宝玉，你好——”

听到好字，黛玉气息已绝，身子渐渐冷了。

第四十二回

薛宝钗从听见母亲答允亲事，低头不语的那一刻起，一直到进了洞房，心窝里、脸颊上都没有再笑过。当莺儿换成了雪雁来搀扶她这新嫁娘时，她恍然明白，自己只是一枚棋子；宝玉口口声声说，我要娶的是林姑娘，坐在那里的美人儿是谁？宝钗的心暗暗淌血。

她可不是个真没脾气的人，只不过不肯让人家看到。

她只是个顺命的人。就像棋子离了棋谱就失去了意义一样；她离不开她的命；她也是个好强的人，既来之，则安之，不让别人看出一丝不对劲，她不哭。

既然已经行过大礼，做了二奶奶，薛宝钗无半句怨悱，接受被安排的命运。噩耗一一传来，并没有动摇她。

大喜之日，又传来舅舅王子腾过世的消息。王子腾是王夫人与薛姨妈的胞弟，节度使任内被远派他乡，偶一回京，却客死于途中。王家本为金陵豪富，在王子腾死后，却与薛家同一命运：祖宗积聚的家财，已经给不肖家奴与子弟们败得一干二净，都像外头富丽堂皇的大粮仓，里头的东西已给老鼠搬个精光。

贾府的景况何尝不是如此？她灵敏的鼻子早早嗅到一种讯息，腐叶般的气味，弥漫了整个园子，早在她从蘅芜院里搬回家前，宝钗便已察觉不可抵挡的枯败气息。

可是，冥冥之中的宿命，使她走入编排好的一出戏中，戏码便是金玉良缘。她看见每个老妇人的眼睛里，都藏着一双溺水者的手，把她的终身大事当成绳子，她们想借着她拯救一切。那一双双手之下，悬着一个千斤万重的锤，全要搁在她身上。

金玉良缘。金玉良缘。宝玉婚后，非但不加清明，反而一日比一日昏愦，从前还能吃能睡，如今形同活尸，谁也不认识。

宝钗哪里不知道原因？他找不到林妹妹，就魂不守舍——恐怕连魂儿、魄儿都跟林妹妹去了。她心里怨母亲，这桩婚事配得糊涂，但又何能多言？母亲为舅舅去世、为哥哥坐牢，已多了不少白发，家里又有一个嫂子天天荒唐闹事，哪能再多添她的忧愁？

宝钗只好笑。在皮肉上笑，宽慰许多老妇人的心。

薛姨妈为了薛蟠的官司，变卖仅余的家产，不知花了多少银两，才将罪名改为误杀，正要将祖传当铺再卖人折现弄些银两赎罪时，案子上了刑部又被驳了回来，依旧定了薛蟠死罪，等候秋天大审。薛姨妈又生气又心疼，日夜啼哭，宝钗只好把自己的忧心搁着，先回娘家安慰母亲。要薛姨妈别担忧薛蟠事，银钱、家产还有薛蝌料理。

正说着，只听见里头的门撞得砰砰乱响，夏金桂披头散发地哭嚷了出来："我的男人如今是别想活命了，我的命也不值钱，不如大家闹一闹，到法场上拼一拼！"又拿头撞隔门木板。薛姨妈气得说不出话来，光瞪着两只眼睛看。宝钗嫂子长、嫂子短地劝了两句，金桂吼道："姑奶奶，你如今嫁到别人家里去，是别家的人了。你们两口子日子过得安稳，哪里知道我形单影只的苦！"说着，便冲到街上去，嘶喊着要回娘家，几个丫头上去把她拉住了，吵了半天才休止。宝钗吓得不敢再劝。

薛蟠久不在家，薛蝌住进薛家帮忙料理家务，夏金桂看这门亲戚比薛蟠的人品、文才都高出不知凡几，便把心眼放在薛蝌身上。若薛蝌在家，她便刻意涂脂抹粉，打扮得异样风情，打从薛蝌房里过，也故意咳嗽一声；遇见薛蝌，妖妖娆娆地嘘寒问暖；薛蝌没法子，只有躲着她，有事只敢交代香菱，弄得金桂又把一层恨意加在香菱身上，旧恨新怨涌上心头。宝蟾老早看出金桂的心意，在旁怂恿，想要金桂把薛蝌弄上手，自己也与有荣焉。

这晚，薛蝌喝了喜酒回来，还没走到房门前，就给宝蟾拦住。

"二爷，你不是跟咱们说不会喝酒的，怎么一脸红烫烫地回来？"

金桂在房里听见宝蟾的话，赶紧掀了帘子出来，听薛蝌说是有人强迫他喝了喜酒，接口道："人家的酒，当然比咱们自家人的酒有趣！"

薛蝌脸红，赔笑道："嫂子这是哪儿的话！"薛蝌一时讷讷不知如何应对，手足无措，看在夏金桂眼里，那含羞带怯的样子更加可怜、可爱，笑道："这么说，是要硬逼你才肯喝？不喝也好，不像你哥哥，喝出乱子来，让我在这里守活寡，多孤单！"

说着两颊晕红，两眼含醉，硬拉着薛蝌进房。薛蝌急了，全身发抖，说："嫂子，放尊重些！"金桂早已豁出去了，硬扯不放，说："你尽管进我房里来，我跟你说句要紧的话！"

两人正拉拉扯扯，忽听宝蟾叫了一声："香菱来了！"金桂一瞧，在廊间那头悄悄走来的，可不是香菱那个杀千刀的！香菱听宝蟾一嚷，虽吓得心头乱跳，不知该往回转，还是像没事人一般往前走？正犹豫时，薛蝌已趁着金桂发愣时脱身溜走。金桂恨恨嘟起嘴，扫兴回房，将这笔账又记在香菱身上。

没过几天，薛姨妈又派人进来找宝钗，说是金桂忽然暴毙！宝钗大吃一惊，王夫人则请贾琏和她一起回家处理，贾琏又找了周妈等婆子同来料理。薛姨妈见到女儿时，泪水已哭干："那天，她硬要香菱和她做伴，我没办法，只得叫香菱去了，谁知她反而待香菱好了起来，亲姐妹似的。昨儿晚上，她叫宝蟾做了两碗汤，说自己要同香菱一块儿喝，隔一会儿，两个人便在屋子里乱嚷，我去一看，只见金桂的鼻子、眼睛里都流出血来，在地下乱滚，两只手捧着胸口，不一会儿就断气了。宝蟾就过来揪香菱，说她毒死了奶奶，我只得叫人把香菱捆了，交给宝蟾，现在她们两人都反锁在屋子里！"

宝钗说："捆香菱就不合情理了。妈妈说汤是宝蟾做的，就该捆起宝蟾问她呀。一面打发人报夏家去，一面报官才是。"

薛姨妈说："倒不是我要捆香菱，实在是怕她病中受冤，一时委屈，便要寻死，才将她绑着。"

开门一看，香菱已哭得死去活来，宝蟾得意扬扬地坐守着，忽然看见有人进来捆她，便乱叫乱嚷起来。不多久金桂的母亲带着侄子来了，一样大吼大叫："你们毒死了我的女孩儿，我和你们拼命！"

几个人吵，一堆人劝，差点掀了薛家屋顶。金桂的母亲一时着急，赖谁都赖不成，便赖到金桂的陪嫁丫头宝蟾头上来，说是宝蟾毒死的。宝蟾气急乱嚷："别人赖我也就罢了，怎么你们也赖起我来！你们不是常和奶奶说，叫她别受委屈，先闹个他们家破人亡，再卷包袱一走了之，另配一个好姑爷？"

金桂的母亲气得咬牙切齿，骂道："平日我待你不薄，你怎么反咬自己人来？等官爷来了，我就说你毒死姑娘！"

宝蟾也气得不得了，说："既然如此，不用白害别人，先放了香菱，我见了官爷，自有话说。"

宝钗听出玄机，叫人放了宝蟾，说："你是个爽快的人，何苦不说真话？索性把原因说了，也免得自己受罪！"

宝蟾也豁出去了，说道："我们奶奶天天抱怨她娘，说我娘瞎了眼，凭什么把我配给这混账东西？奶奶说，如果配的是蝌二爷那样人品，她死了都不怨！后来她就把气记在香菱身上，这几天，好不容易和香菱和好了，我倒觉得奇怪，没想到就在汤里下毒！"

金桂母亲斥道："胡说！若要毒香菱，怎么毒了自己。"

宝钗示意宝蟾说下去，宝蟾一口气说完："昨儿奶奶叫我做两碗汤，说是要和香菱一起喝，我气不过，心想：香菱哪里配喝我做的汤？我故意把其中一碗多放一把盐，做了记号，想让香菱喝咸汤！又做了些事，转头回来，发现盐多的这碗竟在奶奶跟前，我怕奶奶咸到了舌头，又要骂我，便趁奶奶没瞧见时，把汤换过来。料是奶奶在先前把砒霜洒上了，却不知我后来又换了碗，是她自己毒死了自己！"

一听此话，金桂的母亲也狡辩不得，大家只好把香菱松绑了，让她躺在床上。宝蟾又说，前几天金桂表哥偷偷摸摸递了一包东西给金桂，不让她知道，恐怕就是砒霜。

待刑部的人来了，反是夏家的人怕惹上官司，不要他们验尸，只说是病死误报，没别的事。

原来夏金桂叫宝蟾做汤，待毒死香菱，就要宝蟾担罪，如此一石二鸟，将薛蟠两个爱妾全部撵走，眼看再三勾引薛蝌无效，自己也打算收了东西和她表哥逃到天涯海角。哪里知道忙来忙去反倒害了自己？

在宝钗陪着母亲着急的当儿，看遍太医罔效、日益变得痴傻的宝玉，得了城外破庙里穷医生的药，意外回复片刻清明。

人才清楚，睁开眼睛，看见袭人，便拉住袭人的手问道："宝姐姐是怎么过来的？我明明记得娶的是林妹妹，为什么宝姐姐偏偏霸住这里，林妹妹到底怎么样了？"

袭人不敢明说黛玉已死，怕又刺激了宝玉，只说："林姑娘病着，不能来看你！"

宝玉说："我瞧瞧她去。"说着就要起身，但连日没吃东西，一站起来，头冒金星，哪里负担得了身子的重量，哭嚷着，"我要病死了，你就替我把心里的话回给老太太吧——横竖林妹妹也会哭死，我们都要死了，不如腾出一间空房子，把我和妹妹抬在那里，活着一同医治，死了也好一处停放，你依我的话说，也不枉我们几年情分。"

袭人闻言哽咽，不知该说什么，宝钗在外头听见了，四平八稳走了进来，两眼炯炯地看着宝玉，说："你放着病不保养，说这些不吉利的话做什么？老太太如今八十多岁的人了，苦心养你长大，你还要气她？太太也只有你一个儿子，你若死了，太太将来托付谁？我虽然薄命，到底才刚过门来，容不得你死！"

宝玉无话可答，嬉皮笑脸道："你不是好些日子不跟我说话了？这会子说大道理给谁听？"

宝钗见他搬出无赖脸色来，更正色道："我和你说实话吧，林妹妹在你不省人事时，已经亡故了。"

"……真的死了？"宝玉面如白纸，整个人坐了起来。宝钗道："如果没死，我会说空话诅咒人？”

宝玉放声大哭，眼前一黑，倒在床上，身子如断根的莲花，漂在一汪黑水里，悠悠游游随着冥冥中的牵扯向前走。不久，一个黑影子飘了过来，宝玉茫然问道：“借问此处是何处？”

黑影子说，这是阴司黄泉路，你阳寿未尽，来这里做什么？

宝玉答，我来找一个人，迷了路，请你指引我，往何方寻访？那人是姑苏林黛玉。

黑影子哈哈大笑，忽而散去，半空中听见一个细微的喘声，道：“黛玉生不同人，死不同鬼，无魂无魄，你哪里找得到她？回去罢。”宝玉胸口硬生生地给撞了一下，吓出一身冷汗，只想要回头寻归家的路，正在踌躇时，忽听见有人叫他。忽然间，睁开眼睛，只见自己仍躺在床上，贾母、王夫人、宝钗、袭人等围着哭泣。那一道黑色的水流已经不见了。桌上灯火灿亮，窗前明月窥人，他依旧在锦绣丛中，繁华世界。

黛玉和他如此之亲，她死了，他竟浑然不觉。她生前、她死后，世界一样没变，昏愦的是他，痴傻的是他，浑浑噩噩的也是他。宝玉想着，怔怔出神。

既知黛玉已死，又能如何？

好好的一个人，只剩一副棺材，寄放在外头尼姑庵里。一来，他知黛玉喜欢洁净，也不会要他看见她失了魂魄的躯体，没再过去看。二来，贾母早叫人封了潇湘馆不许让宝玉过去。

袭人心里原来怪宝钗，不该告诉宝玉实情，后来看宝玉的病反而好了，则深服宝钗明智。其实宝钗已打定主意，她是非说不可的。他是夫婿，他可以闹他的；她做夫人，该劝的不能不劝。昔日，他自可当富贵贤人，无法无天，今日，她不许他装疯卖傻！

贾政在江西粮道任内，为探春谈好了婚事，没多久，探春即将远嫁到南方沿海，而宝琴和湘云也在近日内出阁，一万八千里外，宝玉又哭得说不出话来，耍赖哭喊着：“这些姐姐妹妹，一个都不留在家？单留我做什么？”

看他吵得不像话，袭人苦口婆心劝他，一点效果也没有，宝钗一喝就让他住了口：“难道天下人就只有你一个是爱姐姐妹妹的？如果天下人都像你，连我们都不能陪你了！大凡人念书，总是越念越明理，怎么你越念越糊涂？”她句句理直气壮，宝玉被说得无话可答。知道黛玉亡故以来，宝玉倒比从前乖巧得多，言语里虽还有些疯言傻语，但比从前愿意看书、习字，多了一番沉稳气象。

人人只知他与从前不同，没有人看得他少了什么。

在失魂落魄的黄泉一梦中，胸口那一痛，有些放在心里的东西，风吹云散，再也找不回来……

第四十三回

凤姐才要往探春的秋爽斋，和探春商量些事情，一走上幢幢树影的这条小路，已觉得不对劲。陡然一阵凉风吹得落叶唰唰作响，寒鸦惊飞，枝头上青翠的叶子竟如散落铜钱般打下来，凤姐冻得全身哆嗦，要丰儿回去拿她的银鼠披肩：“我先到三姑娘那里等你！”丰儿应了一声，往回头跑了，剩凤姐独行。

没走多远，先给一只不知打哪儿来的大黑狗吓得心惊肉跳，急急向秋爽斋走来，眼看拐过假山就要走到门口，迎面忽有个人影飘了过来。

凤姐尖声问：“是谁？”连问两声，没人应。背后恍恍惚惚有人说道：“婶娘，连我也不认得了？”凤姐回头猛一看，那女子模样俊俏，十分眼熟，却想不起她是谁。那人笑道：“婶娘，你只顾享富贵荣华，把我那年说的话都付江洋大海！”

凤姐才想起来，她是贾蓉的先妻秦可卿！当下冷汗直流、颤声道：“哎呀，你不是死了吗？怎么跑到这里来？”急忙往前跑，被石头绊了一跤，跌在地上，全身毛发悚然，动也不能动，待丰儿和小红两个人赶来，才将她扶起。凤姐说什么也不肯往秋爽斋去了，口口声声说要回家。回到房里，老半天不言语。平儿问怎么回事，凤姐叹了一口气道：“我早明白，自己撑不久了，虽然只能活二十五年，人家没见的我都见了，没吃的我都吃了，气赌尽了，强也挣足了，就是‘寿’字上缺一点，也没什么。”

平儿听她没头没脑地这么说，也没来由一阵心酸，红了眼圈。凤姐却冷笑道：“你也不用假慈悲了！我死了，你们不就可以和和气气过日子，省得我这人像刺一样，天天扎着你们。我只有一件事不放心——你们疼疼我那孩子吧。”

平儿泪水掉了下来，却被凤姐骂道：“我还没死，这么早就哭了起来！我不死，都叫你哭死了呢。”

嘴里还逞强，心里却仿佛有什么一点一滴地流散。凤姐成日忧心惶惶等着什么事发生似的，无一刻得安宁。旧病加上新愁，原本尖削的脸，又日日少了光泽。

贾政才从江西粮道替当朝办完赈灾回来，家里又张灯结彩设宴，大伙人正开心时，抄家的大批人马已开进宁荣两府！

外面乱哄哄的一团，在屋里摆家宴的贾母，还以为大家高兴得没分寸了。谁知，平儿披头散发拉着巧姐，哭哭啼啼地进来：“不好了，有官爷来抄家！”又对凤姐说，“我正要进房拿要紧的东西，就被一伙强盗般的人推赶出来！”

众人一听，不知如何是好，都吓得愣坐当地，或涕泪纵横，或板着脸不发一语，独独宝玉像个没事人似的，喝他的酒，吃他的肉，宝钗杏眼圆睁瞪着他，他也像没看见似的，嘴角里竟还有一抹笑。平儿才刚止住了哭，凤姐便咚一声，往后栽倒，婆子们忙将她扶在炕上急救。

查封的人马已进内眷屋里，贾琏捎来贾赦已被两个亲王拿下的消息，又对贾母说：“亲王们的心是向我们家的……不过是奉旨带了锦衣府的人来搜检，请老太太别急！”

贾母活了八十几岁，却也没见过家里这般乱糟糟的景况，一急之下，胸口疼痛，一口气比一口气急，待贾政到了母亲身边，贾母已奄奄一息，说：“我的儿，没想到还能见着你！”话未说完，号啕大哭，满屋子的人都陪着掉泪，呜咽声不绝。

只见锦衣军抄出一大堆物件来，一一陈报，封箱没收，房地契纸和家人的往来文书也一并封裹。贾琏和凤姐房里，更搜出一堆放高利贷的借据。北静王和西平王问贾政：“这是违法之物，请政老据实回答。”贾政说他不曾理过家务，全然不知此事，贾琏乖乖出来认了罪。

薛蝌从刑部打听了消息，才知道贾府获抄家原因，一是贾珍引诱世家子弟赌博，二是贾赦为贪人财物，将人陷害致死；还有尤二姐原来夫家的亲人，控告贾府夺人妻害人命之事。后者本与贾雨村有关，贾雨村本依贾政才得了官，但见有人参奏贾府，罪证渊薮，元妃又已亡故，在朝也失了庇荫，干脆端出青天大老爷的姿态来，顺便参奏了贾府一本，以示他大公无私，与贾府全无瓜葛。

凤姐听说有人来抄家，心里一急，昏了过去，最怕的是屋里那些多年攒下来的借据被发现，没想到贾琏却因此被收押！后来虽有北静王和西平王代为求情，皇上又念着元妃去世未久，不忍加罪，将贾赦所有财产、违法物充公后，放了贾琏，又把荣国公的世袭职位从贾赦转到贾政身上。风波虽然稍稍平息了，凤姐处心积虑了那么多年，换得一无所有，陡然又被大家怪罪，惭愧加上心痛，只想求死。

贾母却一声也没骂凤姐，只要她好好休养。

贾母从嫁入贾家后，打从做儿媳妇开始，一直到当了曾祖母，何曾历经家道衰微？贾政自己清点了财务后，据实回报贾母，家里的银子早已耗光，外头还有亏空；该收的地租，又早已收了。贾赦和贾珍被发配偏远地方当差，竟须典当女眷的衣服、首饰才能凑出盘缠。

此时金陵四大族，王、薛、史、贾，都已是空架子，虽有联姻关系，谁也救不了谁，贾母只得叫鸳鸯开箱倒柜把自己一生积攒的东西全拿出来，典当银两，分派大家，给贾赦夫妇三千两，贾珍夫妇三千两，贾琏凤姐三千两，又拿了五百两，要贾琏把黛玉的棺材送回南方去。

“给了你们，我所剩的东西也有限了，剩下的，等我死了，也不须花你们的钱，再有剩的，全都给服侍我的丫头们。”子子孙孙听了十分伤感，纷纷跪下，贾母又叹道，“这几年看你们轰轰烈烈，我乐得都不管，说说笑笑，只顾养自己身子，谁知道家运败到这种地步！”

迎春的夫婿孙绍祖，偏在此时叫人来讨贾赦欠他的五千两银子，把贾政气得说不出话，贾母也为迎春命苦哽咽落泪。

连日来的好消息，只有探春的人从南方捎信来，说是姑爷待姑娘很好，请家人放心。但毕竟宽解不了贾母的满腹愁云。贾母正思念着迎春近况；不料又有人捎来迎春已在孙家身亡的书信！打发人找湘云来陪，来人却说，湘云不久前才嫁了夫婿，好端端的人忽而得了暴病，史姑娘正分身乏术，不能过来请安。

内忧外患纷至，这年热夏，贾母一病不起。贾母一脸和平地咽下最后一口气，重病的凤姐还是硬撑起身子打理丧事。哪知贾府上下奴仆，因抄家之故，剩不到四十人，剩下的也都是走不动、听不清的，见贾府已失势，叫也叫不应。

鸳鸯跪求凤姐，务求她办得风光一些，将贾母生前仅剩的银两全拿出来，凤姐应允，鸳鸯千恩万谢。凤姐含悲忍气，只苦于手上银两短缺，还要听婆婆邢夫人的闲言闲语；丧事才处理完，咽喉里一腥，鲜血一口接着一口吐个不停。

法事刚办完，有人传来：鸳鸯上吊自尽，陪贾母走了！她当初说，老太太一有三长两短，她也会跟着去，誓言已成真。王夫人和邢夫人只得叫鸳鸯的嫂子来替鸳鸯入殓，赏了一百两银子，又把鸳鸯的东西领去。

她嫂子喜不自胜，再三磕头说：“我们姑娘真真是个有志气的，有造化的，得了好声名，又替我们挣了这么些钱！”

旁边一个婆子看不过去，冷笑道：“嫂子，这会儿你把一个死姑娘卖了一百两，就这子，谈何容易？王夫人只得叫人偷偷把自己的东西全送到当铺换银两。宝玉听了，将玉交给道士，说："我不用这东西，还给你就是了！"

袭人在旁拉住，说："这万万使不得，这玉是你的命根子，若他拿去了，你又要生病了！"

宝玉硬要将玉还道士，袭人叫道："没了玉，你活不成，我也活不成了！"

宝玉偏说："你死也要还，你不死，我也还！"宝玉气急，扳开袭人的手，袭人忍痛不放，紫鹃、宝钗都来帮忙，一群人哭哭嚷嚷。宝玉甩甩袖子，冷笑，"你们这些人，原来是重玉不重人的，我干脆跟了他，让你们守着这块玉一辈子，如何？"

宝钗只得叫大家放手，任凭宝玉将玉交给道士，跛足道士喃喃地念着歌，扬长而去。

宝玉才知道自己刚才从生死边缘清醒。在袭人、宝钗看来，人是清明了，却也更无情了。对丫头、家眷皆不苟言笑，见父母也如木头人一般，镇日关在书房里。宝钗偷偷打发袭人去看他做什么，想不到宝玉口中读的，都是他平日最不屑读的圣贤书。宝钗以为他的疯病全好了，大大放心，自认为从此终身有靠。

没想到，这年秋试，宝玉乖乖巧巧地和贾兰应试去了，两人双双名登金榜，然而一场试考完后，宝玉不见踪迹，再也没进过荣府大门。众人怎么寻他都没有用。

当一个人不想被找到，用什么方法、让谁来找都找不到。因为他已经不是原来的那个人，还尽俗世的债后，再也不想与红尘浮沉。

宝玉走了，没有名分的袭人，由哥哥花自芳做主，嫁给当年唱干旦的琪官——蒋玉菡。袭人数年大梦成空，本欲在新婚之夜自尽，蒋府的丫鬟东一口奶奶、西一口奶奶，把她哄得没了主意，温柔款款的蒋玉菡，腰上系的竟是当年自己给宝玉的松花绿巾！袭人拿出妆奁中的大红汗巾一问，才知道那是当年蒋玉菡与宝玉交换的礼物，到此，她相信姻缘前定，再也不想求死了。

宝钗守着肚子里头已成形的胎儿，以及贾家破败的产业，像李纨一样，默默过日，依然是事不干己不张口，一问摇头三不知。

宝玉走了，她仍有她的世界，她的世界自有不能侵犯的尊严。

已经不叫宝玉的宝玉，呆呆望着山下红尘滚滚的金陵城。金陵城，忽然化作一条混沌的河，滚滚向前流去。他笑道：从前我说，女儿是水，男儿是泥，现在知道，泥水原来一气，清浊本相依。

一张又一张熟悉的脸孔，在浊流中，被浪涛推向前去。秦可卿的脸、秦钟的脸、晴雯的脸、黛玉的脸、金钏儿的脸、凤姐的脸、宝钗的脸、袭人的脸、父亲的脸、母亲的脸……

死者的脸，生者的脸。他们或笑或哭，或平静或挣扎，或狂笑或怨叹，但他都听不见了！一切喜、一切哀，都随着滔滔流水，渐行渐远……

而他，只如一条蛇，悠悠脱去了旧壳。

他也看见自己的旧壳，随泥水湍湍漂去。

一切都留不得；留不得，留得也无益！

为官的，家业凋零；富贵的，金银散尽；有恩的，死里逃生；无情的，分明报应；欠命的，命已还；欠泪的，泪已尽；冤冤相报自非轻，分离聚合皆前定。欲知命短问前生，老来富贵也真侥幸。看破的，遁入空门；痴迷的，枉送了性命；好一似食尽鸟投林，落了片白茫茫大地真干净。